廢柴么女勞碌命 3

風文創 1265

雁中亭 著

目錄

第五十一章　明哲保身

趙瑾一頓，她轉過身來，目光落在唐韞修臉上。「你知道？」

唐韞修輕聲道：「殿下，從您懷有身孕以來，落在公主府的視線多了許多，我又不眼盲心瞎，自然能猜到一二。」

見趙瑾沈默，唐韞修又說道：「殿下不如想想，皇儲一事，旁人怎麼想都不要緊，聖上怎麼想才重要，若是與聖上流著相同的血脈便能當皇儲，您身為先皇與太后的孩子、聖上的親妹妹，難道不更加名正言順？」

「別鬧。」趙瑾回了一句。

別說她對那個位置毫無想法了，就算她有，她也明白這個時代不具備誕生一位女帝的條件。

唐韞修笑了聲道：「殿下且放寬心，孩子的月分還小，很多事也不該您一個人煩惱，我會解決。」

十九歲的年輕男人說出這種話，趙瑾的第一個反應是無所適從。算上前世的年齡，她年長唐韞修遠不只兩歲，假設真的只差兩歲好了，按照現代社會的各種案例，與一個十九歲的男孩談戀愛，都是一件看不見未來的事，可如今他們卻孕育著新生命……

唐韞修看著趙瑾，似乎還有什麼話要說，只是對上趙瑾的眼睛後又換了語氣。「殿下，先起床吃點東西。」

好說歹說之下，唐韞修將人哄了起來，畢竟他長了這麼一張臉，不是誰都抵擋得住的。

不過趙瑾倒是想開了許多，她那個便宜大哥確實沒直接說過他究竟屬意何人繼承，這也就意味著皇儲還處於海選階段，說不定比後宮妃嬪都難選。總不至於她生個兒子，便宜大哥就會將皇位傳下來，她沒這麼大的臉。

想通之後，趙瑾吃飯香了些。

至於那所謂的「轉胎藥」，並不難解決，只要太后了解那些吃藥後生下的「男孩」都是怎麼一回事後，便會明白此法不可行。

就是太后的眼線還沒處理好，姜嬤嬤依舊在公主府活躍，她的身邊仍有人持續監視著。

有了身孕之後，趙瑾的日子悶了些，像悅娛樓這種人多的地方都不太適合去，可她真的很想出門透透氣……

左思右想，趙瑾決定去做做客。

第一個被華爍公主「找碴」的人，就是和她住在一條街上的宸王。

宸王府迎來了這麼個稀客時，府裡上上下下都沒能反應過來，包括宸王妃在內。

「華爍公主來了？」

宸王妃聽到通傳時，正對著京城眾多名門閨秀的畫像嘆氣。她的兒子靖允世子超過二十歲了，房中丫鬟都不見一個，平日也不見他對女子有什麼興趣，她這個當母親的，實在是怕兒子身體有什麼問題。一些交好的夫人們都抱孫了，只有她，連媳婦茶都沒喝上。

趙瑾踏進門時，宸王妃桌上的畫像還沒來得及收拾。

「妾身見過殿下，不知殿下前來，有失遠迎，還望殿下見諒。」

趙瑾忙伸手扶住宸王妃。「八嫂這說的是什麼話，咱們兩家住得這麼近，我早該上門拜訪，以後多多來往便是。」

宸王妃忽然不知道該怎麼反應。聽聞華爍公主有一種讓人看了便害怕的能耐，如今看來，似乎是真的。

趙瑾眼尾餘光一瞥，瞧見了桌面上的畫像。「這是……」

宸王妃見到華爍公主的眼神從好奇逐漸轉為興奮。「八嫂可是在替世子挑選世子妃？」

此時此刻，被親爹帶去跟人交際的靖允世子突然打了個噴嚏，背脊一陣發涼，莫名其妙生出一股不妙的感覺。

宸王趙恆哼了一聲道：「方才出門叫你多穿些，現在知道冷了吧？」

靖允世子心道，倒不是因為冷。

宸王妃確實是在挑兒媳，原本苦悶得很，此時趙瑾上門，她正好有了個能傾訴心事的人。

「殿下若是有空，不妨替妾身掌掌眼？」宸王妃試探性地問了一句。

趙瑾露出恭敬不如從命的笑容道：「八嫂，這是我應該做的，靖允也算是我的姪子，咱們都是一家人。」

宸王妃有些訝異。從前倒不知華爍公主如此熱心腸。

「殿下如今有身子，先坐吧。」宸王妃生怕公主一直站著給累壞了，立刻招呼她坐到位置上。

趙瑾並不客氣，坐下以後饒富興致地看起了畫像上的女子。

這一瞬間，彷彿回到她當初對著畫像挑選駙馬的時候，現在她連孩子都有了，時間過得可真快啊。

宸王妃看趙瑾不像是來找麻煩的，難得身邊有人能商量討論，於是她便傾訴了自己的想法。

看來看去，宸王妃還是比較屬意親兄長的小女兒，也就是她的外甥女，與靖允世子算是青梅竹馬。她嫂嫂似乎也有意將女兒嫁來王府，雖然家世上比王府差些，但這外甥女早已按照宗婦的方式培養起來了，日後定有當家主母的風範。

「殿下覺得妾身這外甥女如何？」宸王妃問道：「殿下從前與妾身那兒子有過同窗之誼，您覺得他可會喜歡這姑娘？」

不提宸王妃口中的外甥女如今才十六歲，趙瑾一聽到這種表哥與表妹結親的戲碼就頭皮發麻。

「八嫂，妳聽我說。」趙瑾乾咳一聲。「是這樣的，妳知道宮中的徐太醫吧？他近年來都在研究生孩子的事……」

宸王妃一聽「徐太醫」這三個字，下意識一頓。誰不知徐太醫是聖上的御醫，他為誰研究生孩子的事，不言而喻。

聖上的事，豈是她能探聽的？

宸王妃正要開口制止趙瑾，便聽她道：「徐太醫發現，有血親關係的男女成親，生出病兒的數量比毫無瓜葛的兩人要多，且親緣關係越近，越容易生出病兒，甚至有些女子身體無礙，但就是懷不住孩子。」

宸王妃頓時訝異得不得了。

子嗣一事，事關重大。她原本還覺得趙瑾說的話荒唐，但仔細一回想，就憶起閨中好友與她自己的表哥成親後，求子之路確實一度艱難，好不容易生下了兒子，又偏偏是個病秧子，反而好友她表哥與妾室所生之子健康許多。

這一刻，不管趙瑾的話是真是假，宸王妃都已將娘家的姑娘們排除在外了。

當晚靖允世子趙景舟回到宸王府時，就見他的母親笑得格外溫婉。「舟兒，母親想了想，覺得書兒確實與你不太合適，我們再看看其他姑娘吧。」

針對這件事，靖允世子這些日子來不知跟他母親說過多少回了。一想到舅舅家的表妹不過二八年華，又想起曾經有個人在他耳邊說，讓未滿十八歲的女子生孩子的人都是人渣，他就忍不住一陣惡寒。

今日，他母親總算是想開了。

不過趙景舟很好奇事情怎麼突然有了轉機，便問：「母親為何改變主意了？」

只見宸王妃笑道：「今日你姑姑過來和我說了一會兒話，母親也覺得你和書兒本就是兄妹情分，若是貿然結親，日後怕是徒增一對怨偶。」

趙景舟不禁愣了一下。「姑姑？」

他是有不少姑姑，但沒聽說他母親與哪位公主交情好啊？

「是華爍公主。」宸王妃滿臉笑容。「她不只特地上門拜訪，還送了許多東西過來，若不是她，母親還不知道原來你喜歡的是那樣的姑娘。」

趙景舟一臉疑惑。

趙瑾？等等，她怎麼知道他喜歡什麼樣的姑娘？

時間倒回到白天，事情是這樣的——

在否決掉自己幾個姪女與外甥女之後，宸王妃愁眉苦臉地盯著畫像，想到京城那些待字閨中的千金大小姐們，只覺得自己抱孫無望。

這時候，趙瑾隨手抽出幾張畫像看了起來，隨後沈吟片刻，道：「八嫂，下次要姑娘們的畫像時，不如要個全身的。」

宸王妃一臉不明所以。

「據我所知，靖允應該喜歡豐滿些的女子，性子也要活潑點。」

可想而知，靖允世子本人聽完這話之後，他急了，恨不得立刻跑去公主府找趙瑾大吵一架。

他趙景舟豈是如此膚淺之人?!

「母親，您怎麼能聽她胡說啊？」趙景舟努力擠出了一句話。

宸王妃此刻根本聽不進兒子的話，她心想，身材豐滿些的女子生養上也容易些，哪個婆母不想抱個白白胖胖的孫子呢？

兒子超過二十歲依舊沒娶妻生子這一點，已讓宸王妃在京城的貴婦圈輸人一步了，既然如此，娶個模樣好又好生養的兒媳，也是應該的。

若說好生養，年紀不免會偏大些，十九、二十歲也在考慮範圍內。

趙景舟無奈道：「母親，您還是少與她接觸吧。」

宸王妃反射性地拒絕。「舟兒，你與你父親平日常忙得見不著人影，好不容易有人來看母親，你卻不讓我們親近，是什麼意思？」

不是趙景舟以小人之心度君子之腹，如今多少人盯著趙瑾那肚子，怕她生下女兒，更怕她生下兒子。

這個時候趙瑾來接近他母親，誰知道是懷了哪種心思？

趙景舟從小就知道趙瑾不是省油的燈，一個嬌滴滴的小姑娘將上書房的男兒們玩弄於股掌之間，哪像是沒心眼的樣子？

然而不管靖允世子再怎麼不樂意，趙瑾之後還是繼續上宸王府做客。

與此同時，趙臻也從暗衛口中得知趙瑾這幾日的動靜，他手上的筆一頓，眸色冷了些。

「公主這幾日都到宸王府走動？」

「是。」

御書房的氣氛彷彿凝固了一般，趙臻隔了半晌才開口問道：「她都幹了什麼？」

跪在地上的暗衛說：「殿下忙著給靖允世子決定對象。」

聖上滿臉疑惑道：「什麼意思？」

「殿下給世子物色了好幾個世家千金，世子昨日和她大吵一架，之後便出了門，不敢回家了。」

短短幾天時間，趙瑾便將人嚇到不敢歸家。

趙臻點頭道：「確實是她能幹出來的事。」

說著，他又冷哼一聲。「朕還以為她如今出息了，有點野心，誰知還是這麼個鬼樣！」

這話聽著有些恨鐵不成鋼的意味。

暗衛一句話也不敢說。

這究竟是希望公主有野心還是希望她安分守己啊？聖上的心思可真難猜。

趙瑾確實是因為無聊而去「禍害」了一下姪子，但身為長輩，她的出發點畢竟是好的，解決姪子的婚姻大事，也算是她為自己積德。

然而，積德的後果是：姪子連夜離家出走。

趙瑾心道，失去了一點點快樂。

不過這個問題不算大，大的跑了，小的還在。

趙景舟還有個一母同胞的弟弟，才十歲，粉裝玉琢的，看著就讓人想多給他找幾個老師。

閒來無事逮著人折騰，正月就這麼在風雪中過去了，趙瑾不得不注意起了自己的飲食與其他方面的安全。公主府一個月內便處理了三個廚房的下人，至於之前從宮裡帶回來的那位常姓婦人，唐韞修依舊沒能從她嘴裡撬出什麼有用的訊息，唯一知道的是，的確有人指使她。

唐韞修在工部的日常就是聽八卦，話雖如此，工部侍郎可不是閒職。身為聖上的妹夫，沒人敢怎麼為難他這個駙馬，但因為上一位工部侍郎留下來的爛攤子還沒人收拾，唐韞修這個新人的存在便可有可無，有那麼點邊緣人的傾向，每日回來能說的，就是工部尚書又與禮部尚書吵了什麼。

關於那個爛攤子，唐韞修並不想主動收拾，反正沒有哪位駙馬能在朝中擔任要職，聖上也只是要他先頂著，他何必給自己找麻煩？年輕的駙馬顯然不想這麼快就丟掉飯碗，於是他靠著混水摸魚，領到了第一個月的俸祿。

這一個月以來，除了工部尚書沒有一個任勞任怨的下屬能為他分憂解勞以外，其他人倒是樂見華爍公主的駙馬這般毫無建樹。

然而朝中的局勢變化並不小，聖上隔幾日便能找到小事訓斥晉王一頓，連傻子都明白，聖上這是在警告晉王。

在二十多年前，晉王也是皇位的有力競爭者，他的生母是皇貴妃，他本人也頗受先帝寵愛。先帝將這對母子捧到了極高的位置，可在他彌留之際，卻一道聖旨都未下，這麼一來，當時的太子趙臻便順其自然地登上皇位——儘管他中了毒。

多年過去，聖上成功坐穩自己的龍椅，唯一美中不足的，就是無子。

最近一個月內，又有一個官員遭到貶斥，朝中上下人心惶惶，生怕這種厄運隨時會降臨到自己身上。

此事與趙瑾、唐韞修都沒有關係，他們本來就是不結黨營私的皇親國戚。所有人都明白，嫡長公主絕對站在聖上那一邊，而唐韞修身為唐家後人，就算再胸無大志，也不可能招致聖上厭棄。

三月，在趙瑾懷胎四個月時，出了一件大事——淮北一帶的一個偏遠縣城裡，發現有人私鑄銅錢。

私鑄銅錢是重罪，就算是發生在幾十年前先帝還在世時，讓他來處理這種事，也是格殺勿論。

一個地方出現了私鑄銅錢，必定與地方官員脫不了干係，只是這次情況特殊，那個縣城的縣令才新上任兩個月不到，更重要的是，那人與趙瑾的駙馬有些關係，正是永平侯府的三公子宋韞澤。

永平侯在朝堂上聽見這個消息時，膝蓋一軟，差點就跪下了。

原本將兒子塞去做縣令，是想讓他好好歷練一番，結果竟攤上這種事；若是處理得不好，別說白髮人送黑髮人了，說不定永平侯府的榮耀便斷送於此。

聖上大怒，奏摺被他直接扔到地上，縣令的父親與二哥站在朝堂上看著這一幕，兩人的態度卻截然不同——前者惶恐不安，後者平靜無波。

果然，有人當場扯出了永平侯府。「臣記得，槐梅縣的縣令，似乎正是永平侯的第三子。」

這句話，很快地將火引到永平侯與駙馬身上。

永平侯宋敬宇直接跪下道：「聖上，這其中必有誤會，犬子上任不到兩個月，他初入官場，如何能做出這些？」

趙臻絲毫不體諒這位已經不年輕的侯爺，他正在氣頭上。「初入官場？宋愛卿對自己的兒子還真是寬容啊，你乾脆說他還小，不懂事好了！」

宋敬宇馬上磕頭道：「聖上息怒！」

其餘朝臣也跟著跪下道：「聖上息怒——」

私鑄銅錢這件事究竟包藏著什麼禍心，誰也不知道，又有誰能保證誰一定是清白的？此時，唐韞修的心態改變了——即便不想承認，但那個姓宋的確實是他弟弟，就算不在乎他的死活，也不代表自己能完全置身事外。

「唐韞修，」在一干跪著的官員裡面，駙馬被趙臻點了名。「你來給朕說說，此事應當如何？」

唐韞修語氣平和。「稟聖上，臣認為此事蹊蹺，不如先查清楚再下定論。」

「你也覺得你弟弟無辜？」趙臻的語氣有點危險。

唐韞修道：「回陛下，臣雖不知宋韞澤與私鑄銅錢一事有沒有關係，但身為地方官員，對私鑄銅錢一事失察，已是罪過，德不配位，聖上應革除其官職。」

一開口便讓同父異母的弟弟丟了烏紗帽，駙馬這招實在夠狠。

聖上當然不會全聽唐韞修的，只是他說得合情合理，宋韞澤這位公子哥兒縣令，確實當得不及格。

唐韞修此舉，與其說是給弟弟教訓，不如說是明哲保身，既撇清了與宋韞澤的關係，也斷開了與永平侯府的牽扯。

第五十二章　意有所指

君王震怒、朝堂震盪，聖上下令徹查此事，宋韞澤遭革職查辦。

趙瑾很快就聽說了這件事，在得知扯上永平侯府時，她沈默了片刻，之後吩咐道：「傳令下去，自今日起，公主府閉門謝客。」

果不其然，過了幾天，永平侯來求見華爍公主。

永平侯會找上門來，對趙瑾而言並不意外，她意外的是永平侯挑了個好時機，這個時間，唐韞修還在工部。

說句實話，永平侯這個身分雖富貴，但真正擁有實權的應該是他的嫡長子，如今正在邊疆戍守的唐韞錦。

「殿下，永平侯求見，您是見還是不見？」紫韻在一旁問道。前幾日公主才說了閉門謝客，如今就有人來了，還是駙馬的父親。

趙瑾沈吟了一會兒，似乎在思考什麼，不過她很快就回過神來。「請他進來吧。」

自從成親以來，趙瑾並不像是嫁給唐韞修，反而像是將他給娶回來一般，永平侯這個當爹的，唐韞修都沒怎麼見過他，更何況是趙瑾。

按照倫理，兩人是兒媳與公爹的關係，但永平侯當然不敢在趙瑾面前擺出這麼個架子。

宋敬宇進門時，悄悄地打量了趙瑾一番，才行禮道：「臣見過華爍公主。」

趙瑾從座位上站起身來。「永平侯不必多禮。」

她沒有要將永平侯奉為上賓的意思，客氣之餘，更多的是陌生與疏離。

趙瑾吩咐人為永平侯倒了熱茶，她輕聲道：「永平侯今日實在來得不巧，駙馬如今還在工部，您若是有要緊的事，本宮差人去工部將他請回來。」

「殿下，臣是來找您的。」永平侯道。

趙瑾裝傻道：「哦？不知永平侯有什麼事？本宮可幫得上忙？」

永平侯的神情不禁一滯。他的年紀已經大了，許久沒有以長輩的身分來求小輩辦事。「殿下可曾聽說槐梅縣私鑄銅錢一案？」

趙瑾頓了一下，隨後緩緩點頭，垂眸道：「確實有所耳聞，聽聞槐梅縣的縣令，是永平侯府上的三公子。」

「殿下既然聽說過，那臣便不拐彎抹角了。」宋敬宇像是下定決心般說道：「殿下，宋家與唐家一樣，向來對聖上忠心耿耿，祖上也是隨高祖開疆拓土的臣子，韞澤身為永平侯府的人，怎麼可能會有謀反之意？還望殿下能在聖上面前為他說些好話。」

這話算是點明了自己的目的，想來永平侯確實許久不曾求人了，在趙瑾看來，他這是病急亂投醫。

趙瑾輕笑道：「永平侯何必如此憂心，既然您堅信三公子是無辜的，何不靜候真相查明？本宮若是進宮向聖上求情，他會如何看待永平侯府？」

宋敬宇並未因趙瑾這麼說就放棄。「殿下有所不知，私鑄銅錢一案實在蹊蹺，韞澤上任不過兩個月，便出了此事，難保不是有人給永平侯府下套。臣與韞修的關係雖然一般，但畢竟是父子，他大哥日後還要繼承爵位，煜兒也還在公主府養著，公主府與永平侯府的命運可謂緊緊相連。」

趙瑾安靜地聽完，並未立刻表態，反而笑了一聲道：「永平侯說笑了，公主府的命運不會與永平侯府的命運相連，只會與聖上的命運相連。」

便宜大哥在的一日，任何人都不能動她分毫。

宋敬宇道：「朝中人人皆知殿下與聖上兄妹情深，不過殿下可不能說公主府與永平侯府之間毫無瓜葛吧？」

趙瑾的目光落在永平侯身上。永平侯的原配唐氏郡主唐知秋去世後，繼任的永平侯夫人生了一兒一女，其他妾室也育有兒女。永平侯府算得上是人丁興旺，有出息的卻只有唐家的兩個孩子，今日才會淪落到讓他這個父親來替兒子求情。

「永平侯，」趙瑾輕聲道：「本宮雖然對政事不感興趣，但也知道聖上正在氣頭上，本宮若是開了這個口，招致他厭棄，永平侯負得起這個責任嗎？」

「殿下有孕在身，聖上想必不會為難您……」宋敬宇張了張嘴，終究未將剩下的話都說出來。

在宋韞澤出事之前，還有不少人特地巴結永平侯，就算公主肚子裡的孩子不姓宋，甚至不一定姓唐，那也是他宋某人的親孫子。

趙瑾挑眉說：「說實話，本宮與貴府三公子不過幾面之緣，三公子似乎交遊廣泛，永平侯真的敢打包票，確信此事與三公子無關嗎？」

永平侯愣了一下，還沒反應過來，便又聽趙瑾說道：「本宮和聖上一樣，只信唐家。永平侯為官幾十年，應該明白什麼叫過猶不及，侯府不是只有一位公子，若是聖上煩了，先降罪於侯府，便是得不償失。」

說完，趙瑾站起身。「來人，送客。」

永平侯還想張嘴說點什麼，結果公主府的管家陳來福便上前說道：「侯爺，請回吧。」

唐韞修從工部回來後，聽聞永平侯找上門時，氣不打一處來，一副想立刻去侯府找晦氣的模樣。

趙瑾攔下了他。「這麼晚了，還出去做什麼？」

唐韞修反問道：「殿下既然閉門謝客，為何還見他？」

明知那人找過來不會有什麼好事。

「我已經推拒，自然不會將這點事捅到皇兄那裡。」

趙瑾的話無法讓唐韞修完全安心，他道：「宋韞澤好大喜功，被他那些豬朋狗友與紅顏知己吹捧得心比天高，當初聽說他甘願去當一介小小的縣令時，我便覺得蹊蹺……」

說到這裡，唐韞修一頓，隨後道出自己的猜測。「我懷疑私鑄銅錢一事，他未必不知情。」

知情與不知情，兩者截然不同，前者丟命，後者頂多丟頂烏紗帽。

稍微聰明一點的，就知道此事起碼有一半是衝著公主府來的，就算對趙瑾與唐韞修沒影響，但背後有什麼更深的陰謀，卻不得而知。

這件事誰都能插手，唯獨趙瑾與唐韞修不能。宋韞澤也許是被坑了，但冤不冤枉可不一定。

懷孕四個月時，肚子裡的小傢伙終於有了些存在感。趙瑾入宮時，每次都有人候在宮門等著迎接她，就算是宋韞澤出了事，也絲毫沒影響趙瑾身為嫡長公主享有的待遇。

起初趙瑾每個月入宮兩次，這個月開始便每個月只入宮一次。看得出來每逢這個時間，便宜大哥便有些害怕，趙瑾覺得是施針過於密集引起的結果。不過呢，對醫者常懷敬畏之心是應該的。

御書房內，聖上看起來心情不算好，伺候的宮人大氣都不敢喘一下，連帶著趙瑾進去時都有些心驚膽戰。

趙瑾道：「參見皇兄。」

趙臻大概還在忙，抬頭看了趙瑾一眼道：「妳找地方坐一會兒。」聽得出來語氣很不耐煩。

唯一值得安慰的是，李公公還記得要端零食來給趙瑾。

趙瑾在等待的過程中見到了好幾個大臣，雖然她本人並不在意，但這次他們的話題真的不是她該聽的了。

華爍公主心想：我既非聾子也非傻子，你們那麼大聲罵晉王，我都能聽見！

其中有人談及槐梅縣私鑄銅錢一案，還隱晦地朝趙瑾瞥了一眼。

趙瑾無語。她又不是什麼瞎子，再隱晦她也照樣看得見！

不過官員們已經習慣華爍公主這麼個礙眼的人形吉祥物了，公主殿下年幼時，他們還得安慰自己「公主還小，什麼都不懂」，如今倒是省事，連掙扎都不用了。

等人都走了以後，趙臻疲憊地撐著腦袋，探手揉了一下太陽穴。「瑾兒，過來。」

沒連名帶姓喊，說明還是安全的。

趙瑾迅速地走到他前面道：「皇兄。」

聖上一睜開眼，瞧見的就是趙瑾這樣一副什麼事情都不經過大腦的模樣，他的頭又開始痛了。

趙瑾疑惑道：「皇兄？」

「妳知不知道，朕看著妳的眼睛裡，透著一股清澈的愚蠢。」趙臻說道。

趙瑾沈默了。好端端的，怎麼就人身攻擊起來了呢？

對於這個莫名其妙的評價，趙瑾顯然很有意見。她最近安分守己，甚至因為肚子裡的孩子鬧得不太舒服，都好幾天沒去宸王府折騰別人了，還因此失去了一些單純的快樂，結果今日進宮換來的卻是一句「清澈的愚蠢」，這話聽著多侮辱人啊！

然而這是聖上，趙瑾再次在心裡告誡自己，不能和他一般見識。

「怎麼，妳不服氣？」

趙瑾委婉地說道：「皇兄，臣妹覺得說話還是得有理有據。」

只見趙臻冷哼一聲。「方才這麼多大臣在這裡談話，就差指著妳的腦門說妳的駙馬有問題了，妳卻半點反應都沒有，還不承認自己蠢？」

趙瑾心道，還不是因為她一個公主不能議政。

方才確實有人暗示唐韞修這個駙馬與私鑄銅錢一案有所關聯，既是如此，就說明正在獄中的宋三公子說了些不太聰明的話。

當然，這種時候著急上火的不只永平侯府，還有將女兒嫁給宋韞澤的御史大夫高峰一家。

說起來，永平侯府與高家這兩戶姻親之間才是真正榮辱與共，高峰這位彈劾專業戶，也迎來了自己事業的低潮期。

從趙瑾的角度出發，要倒楣的是永平侯府與高家，哪輪得到她跟唐韞修？

「皇兄，您若實在不想聽他們彈劾駙馬，就拔了他的官職吧，臣妹看駙馬不太能勝任。」趙瑾勸道。

聖上非但沒將駙馬革職，甚至還想給趙瑾安排一個女官當，讓她體會官場的不易。

趙瑾沒再廢話，提著自己的針走上前，聖上的眼皮子跳了一下，隨即站了起來。

趙瑾淡淡地道：「皇兄，您都這麼大一個人了，難道還怕針？」

對這樣的「羞辱」，趙臻道：「胡說八道！朕豈會怕？」

趙瑾沒說什麼，兩兄妹站著乾瞪眼，伺候的宮人全低著頭，只當自己什麼都看不見、什麼都聽不見。

半晌後，趙瑾忽然說道：「算了。」

她轉頭對李公公道：「去叫徐太醫過來吧。」

李公公沒動，趙臻不禁問道：「喊他做什麼？」

趙瑾說道：「自然是讓徐太醫過來學習啊，日後臣妹這肚子月分越來越大，皇兄難不成想要臣妹捧著肚子來為您施針？」

聖上心道這的確是有幾分道理，可隨即又想到——等等，這針究竟要扎多久？

徐太醫很快便來了，看見這對兄妹一個坐在龍椅上，一個坐在門邊的位置上，他頓時陷入沈默。

雖然知道眼下這個時機估計沒幾個人敢跟聖上鬧脾氣，但這種事出現在華爍公主身上，倒也合理。

「臣參見陛下、見過華爍公主。」

「不必多禮，平身吧。」趙臻面無表情地說道。

見徐太醫來了，趙瑾也不再拖延時間，她道：「皇兄，開始吧。」

聖上心想，妳倒是積極。

徐太醫還沒弄清楚聖上為何召自己前來，就聽見華爍公主突然開口道：「皇兄，還請寬衣。」

見便宜大哥與徐太醫的眼神有些古怪，趙瑾反射性地為自己辯解了起來。「臣妹的意思是，之前是第一療程，如今是第二療程，需要扎背上的穴位。」

趙瑾的目光坦坦蕩蕩。醫者，眼中無男女。

不是她愛說，便宜大哥態度這般扭捏，著實沒有必要。大男人脫個衣服還這麼不瀟灑，也不想想自己已經被幾個妃嬪瞧過了。

趙瑾不是很有耐心，也可能是有了身孕後脾氣變差，現在不太怕死，她對著李公公道：「李公公，去給聖上寬衣。」

李公公心頭一驚。公主殿下啊，您找死何必拉上奴才？

然而李公公畢竟是伺候聖上的人，知道聖上什麼事允許、什麼事不允許，他走上前去為聖上寬衣，聖上沒吭聲，於是趙瑾有幸見識了一下他的身材。

難怪便宜大哥年過五十，後宮的妃嬪還會爭寵，看這身材，加上趙家的好基因，這老小子活該天天被女人惦記。

趙瑾沒想到便宜大哥這麼一把年紀還每日持續鍛鍊，有腹肌跟胸肌的成熟男人，果然有魅力。

華爍公主對當今聖上的皮囊表示肯定。要是光憑一張臉，多年看下來也會審美疲勞，可搭配上精實的身材，那就讓人「愛不釋手」了。這個便宜大哥，不愧是皇室顏值扛霸子。

「收起妳那賊眉鼠眼的表情，堂堂公主，姑娘家家的，注意點。」

趙瑾沒管理好自己的表情，被訓斥了。

接下來是施針的時間，徐太醫終於知道自己今日的任務。

之前便聽聞華爍公主會醫術，甚至還解決了臨岳城的瘟疫，加上羅太醫一直在自己耳旁念叨著，徐太醫早就想見識趙瑾的醫術了，如今算是得償所願。

這次施針的時間略長了些，趙瑾站了許久，腰有些痠，但總算撐到下班，甚至還與獲益匪淺的徐太醫約好了下次針灸的授課時間。

教學素材聖上本人全程保持沈默，看著兩位大夫相談甚歡，李公公不禁為他們捏了一把冷汗。

聖上被當成示範對象，倒是沒說什麼，還留趙瑾在宮裡用了晚膳——當然，是在坤寧宮。

帝后間的矛盾還沒完全解決，皇后對聖上現在是恭敬有餘、敷衍也有餘，不過有趙瑾在，皇后臉上的笑容都多了不少。

趙瑾在心裡對便宜大哥豎起了中指。你清高，你為了跟人家一起用膳，拿我這個妹妹當擋箭牌。

「瑾兒說好些日子沒見到她皇嫂了，央求朕帶她過來的。」趙臻用身體力行表明自己並不是很想吃這頓飯。

趙瑾使勁點頭，表示對極了。

蘇想容神色淡然道：「聖上政事繁忙，瑾兒這裡有臣妾在，不如聖上還是先去忙正事？」

看得出來，皇嫂似乎不是很想當皇后了，這股叛逆勁，就差直接對聖上說：你小子把我打入冷宮吧。

趙瑾當然明白皇后不會被廢，吃瓜吃得正起勁時，突然被人瞪了一眼。

於是華爍公主立刻正襟危坐道：「皇嫂，皇兄已經在御書房處理一整日政事了，眼下當然要先用晚膳，況且，勞逸結合才能維持身體健康，臣妹覺得皇兄待會兒用過膳，應當儘早歇息。」

華爍公主的求生慾，也是不低的。

一頓飯吃得趙瑾都睏了，好不容易熬到出了宮，就見公主府的馬車在外面等著。

趙瑾走近掀開簾子，果然看見唐韞修在裡面用手肘撐著腦袋，她不禁露出笑容道：「你怎麼來了？」

馬車內的人睜開了眼，一雙丹鳳眼勾魂攝魄。「來接殿下。」

說完，唐韞修便出去將趙瑾抱上了馬車。

這一刻，趙瑾忽然明白被另一半接下班是什麼感覺了。之前唐韞修不是沒這麼做過，但此時她才生出某種不一樣的情緒。

前世女同事大冬天值夜班，下班看見男朋友坐在長椅上等她時，笑得臉上都開了花；還有男同事，老婆來接他下班時，笑得那叫一個得意。

難怪當時大家都叫她早點找對象，現在覺得，還真有幾分甜。

第五十三章　自作主張

才三月，天還涼著，不過京城已經出了不少款春衣。趙瑾目前略微顯懷，過去的衣裳尺寸便有點不大合適了，於是她訂做了一批新的，唐韞修也有份。

今天駙馬穿著金絲滾邊的墨色暗花長袍，腰間束著月白色素腰帶、掛著暖玉，那張臉即便不靠衣裝，也足夠勾人。

趙瑾在馬車上靠著唐韞修睡了一會兒，直到馬車停在公主府門口時小小顛簸了一下，她才醒過來。

公主回府以後第一件事是沐浴，今日進宮雖是為聖上針灸，但也用了些藥，現在身上都是藥味，她實在聞不得，於是一進門便讓人準備好熱水。

趙瑾平常沐浴不讓人守著，公主府的守衛比起從前也森嚴了許多——至少不會像當初那樣天外飛來一個唐二公子；可他如今已是公主府的主子之一，沒必要攔了。

聽見屏風外頭傳來開門聲時，趙瑾還愣了一下，結果一轉頭就看見唐韞修走了進來。

趙瑾此時寸縷未著，脖子以下泡在水裡，門一開，吹進了些涼風，她不禁哆嗦了一下。

「你進來做什麼？」趙瑾挑了挑眉，盯著眼前的人看。

唐韞修一步步地朝趙瑾走近，垂眸落在她臉上，再一寸一寸往下，一語不發。

他提著一桶熱騰騰的水，邊為趙瑾添熱水邊輕聲道：「殿下，夜深天氣涼，我給您添些熱水。」

趙瑾感受到桶裡的水溫逐漸升高，唐韞修的手沿著桶壁緩緩向下試水溫，像是不經意般觸碰到趙瑾背後的皮膚，讓她猛地起了雞皮疙瘩，反射性地想遠離他一些。

「殿下，水溫還可以嗎？」

趙瑾一頓，微微抬眸，只見唐韞修居高臨下，雙眸鎖定趙瑾的臉蛋不放，那隻剛試了水溫的手抽了出來，濕漉漉地撫上趙瑾的臉頰，他的視線移到她的雙唇，道：「殿下身子不方便，以後我伺候您沐浴可好？」

說著，那隻手緩緩移到趙瑾唇上的位置，還輕輕地用指腹摩擦了一下，暗示性十足。

趙瑾張了張口，正想說句什麼，他便乘機低頭將她的聲音全部吞了下去。

唇舌之爭。趙瑾居於下位，張嘴就是被掠奪。

外面風聲呼嘯，浴間裡水聲嘩啦嘩啦。不知什麼時候，唐韞修另一隻手沿著另一邊的桶壁緩緩向下，不斷攪動著水波，完完全全將趙瑾掌控在自己手上。

趙瑾一睜眼，對上的就是一雙赤裸裸地寫滿了慾念的眸子，她一時失神，城池轉瞬失守。

屋內的聲音不算大，卻曖昧得很。

不知過了多久，趙瑾倚靠在桶壁輕輕喘著氣，旁邊的駙馬身上濕了大半，就連髮尾與額前的碎髮都濕了些。

「殿下，我伺候得如何？」唐韞修下意識地舔了一下唇，這個動作在趙瑾眼裡格外具有衝擊性。

趙瑾忽然笑了一聲，她往前靠了些，探手對唐韞修招了招。「蹲下來些。」

駙馬單膝跪在浴桶邊，目光緊盯著趙瑾的唇，似是意猶未盡般。

「難受？」趙瑾輕笑著問道。

唐韞修面上不顯，讓人很難想到方才失控的人是他。「想殿下時，會難受，殿下要幫幫我嗎？」

他用這種目光盯著人看，實在令人難以抵擋。

「其實三個月後，是可以同房的。」趙瑾湊近他，輕輕說道。

此話一出，唐韞修的眸色深了些。「殿下是什麼意思？」

趙瑾淡淡一笑，拍了拍他的臉道：「拿衣服過來給我，等一下你洗完再回房。」

等趙瑾走出浴間後，沒多久，身上還帶著水氣的駙馬也回房了，趙瑾當時還在梳頭髮，下一刻就被人從身後抱起，走了幾步後放到床上。

「殿下方才說的話，我當真了。」唐韞修聲音微啞。

趙瑾抬眸，目光落在唐韞修的唇上，不知想了什麼，嘴角勾起道：「還挺好親。」

這話與火上澆油沒什麼區別。

駙馬畢竟是個血氣方剛的男人，能忍一時，但不能次次都忍。

趙瑾一笑，唐韞修便又低頭親了上去，濕漉漉的氣息從臉轉移到脖子上，再慢慢往下。

兩人身上的衣物盡數褪去。

唐韞修將身體撐在上方，他不敢肆無忌憚地壓下去，怕傷了趙瑾肚子裡的孩子。

相較之下，趙瑾反而比孕前熱情主動許多。她用眼神挑逗人，唐韞修的動作也逐漸放肆起來，然而當他想進行下一步時，趙瑾忽然用手擋了一下。

箭在弦上，唐韞修額前沁出了汗，難耐得很，卻又被迫停下來，他眼尾略紅，像是向她求饒別折騰了。

結果，趙瑾只是淡笑著提醒了一句。「輕點。」

情到濃時，唐韞修將頭埋在趙瑾脖頸間，深深嗅著她身上的香氣，恨不得將她揉進自己的身體裡，唇舌四處打轉，最後輕輕落在那微微隆起的小腹上，吻得虔誠。

他伸出手指輕輕點著那個小東西道：「乖點，不然出來就讓你好看。」

趙瑾無語。真是有夠出息的，都威脅上一個還沒生出來的孩子了。

不過唐韞修並不覺得自己是幼稚的人，他甚至自認應該從孕期就端起父親的架子來。

趙瑾在這時候終於真切地意識到，她的駙馬要當一位父親還是早了些，只是孩子都懷上了，已無轉圜餘地，順利的話，這孩子會在今年八月誕生。

唐韞修抱著趙瑾，今夜雖然是開了葷，但主要是伺候趙瑾，他自己不太敢放縱。

「殿下，」他低頭親了一下趙瑾的頭髮，語氣繾綣。「您真漂亮。」

趙瑾漂亮這個事實她自己也知道，不說現在，其實以前她的追求者不少，在選駙馬之前，不是沒人想當這個駙馬。只是求娶公主實在不是一件簡單的事，加上該談婚事的那兩年，趙瑾自己躲清淨去了，錯過了不少青年才俊。

華爍公主累了，對於駙馬的誇獎，只是「嗯」了一聲，敷衍地啃了他一口，之後便睡了。

駙馬負責後續的清理工作，叫了一次水，本應該進去送水的丫鬟們只送到門口，駙馬便將東西接了過去。他脖子上有些痕跡很明顯，就這麼落入丫鬟們眼中，她們立刻低下頭去，不敢多看。

太后派來伺候趙瑾的姜嬤嬤走了過來，她看著唐韞修蹙眉，下意識地板著臉道：「駙馬爺，公主殿下如今有孕在身，您還是節制為好。」

唐韞修扯了一下嘴角道：「姜嬤嬤是以什麼立場在教本駙馬做事？」

姜嬤嬤回道：「老奴不敢，只是駙馬爺應該知道，太后娘娘對公主殿下肚裡的孩子有多大的期待，容不得半點差池。」

唐韞修眸光冷了下來。「姜嬤嬤，做好妳的本分便是，殿下與本駙馬的事，什麼時候輪到妳多嘴？」

說著，房門就這麼被他合上。

夜已深，唐韞修懶得多說。他端著熱水，為床上的人擦拭了身體才歇下。

趙瑾原本不知道這件事，然而第二日唐韞修上朝後，姜嬤嬤忽然在趙瑾用早膳時領了幾個人過來，都是些水靈靈的年輕小姑娘，談不上國色天香，但容貌頗為姣好。

「奴才見過殿下。」

趙瑾疑惑地看著姜嬤嬤，又看了她身後的小姑娘們一眼，問道：「姜嬤嬤，這是？」

姜嬤嬤道：「回殿下，奴才看殿下房中近來缺了些伺候人的丫鬟，便物色了幾個，殿下看哪個順眼，便留下來伺候。」

在這方面，趙瑾並沒那麼敏銳，她不覺得自己房中缺人伺候，紫韻都偶爾會抱怨唐韞修這個駙馬將她的活兒全攬了，還需要添人嗎？

「姜嬤嬤是覺得本宮哪裡缺人用了？」

姜嬤嬤又道：「殿下如今懷有身孕，現在月分還小，但再過些時候孩子會更大，殿下便不再適合與駙馬爺同房，所以奴才讓人來伺候殿下與駙馬爺。」

趙瑾還沒反應過來，在一旁站著的紫韻便忽然開口道：「放肆！姜嬤嬤，殿下房中事豈是妳能插手的?!」

瞧紫韻一臉怒容，趙瑾這才明白是怎麼回事。

姜嬤嬤自恃是太后的人，並不認為這麼做有什麼不妥，她道：「奴才是太后娘娘派來伺候公主殿下的，自然凡事都以殿下還有她腹中之子為主。」

「妳！」紫韻氣到往前走了一步。「妳算什麼東西？敢將手伸到殿下房裡來？」

趙瑾這會兒不吃東西了，再次看向姜嬤嬤與她身後的姑娘們。不得不說，姜嬤嬤用了心，只是她挑的姑娘們比起趙瑾這位真金白銀養出來的公主，還真不是一個等級的。她挑人的標準，大概是能讓唐韞修留宿，但又不至於被迷了心智的程度。

姜嬤嬤方才說的，讓旁人來伺候趙瑾與唐韞修這句話，如今想來實在值得深思。

「姜嬤嬤，」趙瑾抬眸，開口道：「妳這是給駙馬挑了通房丫鬟？」

「殿下放心，這些丫鬟主要還是伺候您。」姜嬤嬤笑著說道：「只是等殿下腹中胎兒月分大了，便不適合再與駙馬爺同房，奴才這麼做也是為了殿下著想。」

自己準備的通房，總比外面那些亂七八糟的狐狸精乾淨，趙瑾相信姜嬤嬤挑人是為她著想，只是……

「姜嬤嬤，既然此事是為本宮著想，為何不先問過本宮的意思？」趙瑾語氣平靜，絲毫沒有興師問罪的意思。

姜嬤嬤卻是一副過來人的模樣，說道：「殿下如今與駙馬爺正是蜜裡調油的時候，自然不會同意，奴才此番先斬後奏，也是希望殿下明白，想抓住男人的心，也不能時刻盯著看……」

「姜嬤嬤，」趙瑾平靜地打斷了她的話。「妳是以什麼身分在給本宮的男人塞女人？連本宮的母后也不會如此。」

趙瑾這句話是在反問姜嬤嬤，難不成她的身分比太后還要高貴不成？

姜嬤嬤終於察覺到不對勁，她立刻跪了下去。「殿下，奴才是為了您與腹中胎兒著想啊，太后娘娘對殿下腹中胎兒極為關心，殿下切不可為了一時貪歡而傷到孩子。」

趙瑾聞言沈默了許久，久到姜嬤嬤都以為她想通了的時候，趙瑾忽然問道：「怎麼，妳的意思是，本宮腹中這個胎兒比本宮更尊貴是嗎？」

這話顯然有些顛覆一般人對「母親」這個身分的認知，按照他們的想法，母親愛子女勝過自己，才是天經地義。

「殿下，您是母親。」姜嬤嬤說了這麼一句，沒回答趙瑾的問題，又似乎已經回答了。

在趙瑾拋出問題的時候，她就想到會得到這個答案，她扯了一下嘴角道：「在本宮眼中，所有還沒生出來的胎兒，都不及其母萬分之一重要，妳想讓本宮為了孩子忍什麼？」

「殿下！」姜嬤嬤猛然抬頭。「您可知您這腹中胎兒意味著什麼？如果讓太后娘娘知道您的想法，她老人家定然……」

「定然什麼？」趙瑾眯了眯眸子。「妳拿母后來壓本宮？」

姜嬤嬤張了張嘴，還沒等她把話說出口，便聽趙瑾笑了一聲道：「來人，將姜嬤嬤遣送回宮，若太后問起來，便說她伺候得讓本宮不舒心，本宮心情鬱結，對胎兒不好。」

畢竟「孩子」重要不是嗎？

姜嬤嬤陡然睜大了眼睛，訝異道：「殿下？」

趙瑾沒再說話，陳管家已經開始動手趕人了。

天知道陳管家忍姜嬤嬤忍了多久，自從姜嬤嬤來公主府之後，仗著自己是太后派來的人，一直對府上的事務指手畫腳，陳管家一直敢怒不敢言。

終於，她自己作死，折騰到公主面前來。要知道，公主出嫁時都沒給自己準備通房丫鬟，哪裡用得著她一個奴才過問？

駙馬與公主感情有多好，大夥兒全看在眼裡，駙馬都沒說什麼，又豈需旁人置喙？

正所謂牆倒眾人推，姜嬤嬤被趙瑾遣送回宮的消息一傳出來，很快便有人向趙瑾告狀，內容不外乎是姜嬤嬤平日的所作所為，包括昨晚夜裡駙馬叫水時給他的「忠告」，趙瑾差點被氣笑了。

太后顧玉蓮聽聞自己送去的人伺候得公主不舒心時，眼皮子都沒抬一下，只道：「讓她去領罰，瑾兒那邊，隨她心意吧。」

等唐韞修下朝時，姜嬤嬤已經不在府裡了，只是她帶來的那幾個姑娘還杵在院子裡。

唐韞修的腳步一頓，問道：「殿下，這是？」

趙瑾坐在桌子前，語氣平穩。「駙馬，你看看這幾位姑娘，哪個更順眼些？」

唐韞修敏銳地察覺到氛圍不對，他沒仔細看那些女子的長相。「殿下，這些是新入府的丫鬟？」

趙瑾沒什麼情緒地「嗯」了一聲，說道：「給你挑的通房，喜歡嗎？」

在這一刻，唐韞修只覺得滿心委屈。他每日恨不得時時刻刻與趙瑾在一起，誰知他一顆真心全餵了狗。

趙瑾看著唐韞修從一開始的不明所以到後面的難以置信，再到眼眶紅了。

……他到底腦補了些什麼？

只見唐韞修冷著臉將人都打發走，包括那幾個礙眼的姑娘，隨後才走到趙瑾面前，居高臨下地看著她，抬起她的下巴問道：「殿下，這麼快就玩膩我了？」

唐韞修，駙馬本人，對自己的身分認知一向十分清晰。

趙瑾貴為公主，放著那麼多世家子弟不挑，偏偏選了他，一來是他生得好看，二來是他在那些拘泥於各種禮節的男人當中算是浪蕩，合她的胃口。

當然，那些世家公子不是不浪，而是明著守禮、暗地浪蕩。

趙瑾覺得自己剛才說話可能太隨意了些，導致如今在唐韞修眼中，她成了個騙財騙色的渣女。

在院子裡不太適合談事情，趙瑾乾咳了一聲道：「回房說。」

唐韞修鬆開了手。「眼下沒其他人，殿下有什麼話不能現在說？」

趙瑾小聲道：「回不回房？」

唐韞修不再多嘴。「……回。」

房門一關，兩人的談話聲便真正與外面隔絕了，趙瑾解釋道：「人不是我找的。」

「人都往府裡塞了，是不是殿下找的很重要嗎？」唐韞修依舊沒消氣。

趙瑾沒多少哄男人的經驗，她說：「不是給你準備的。」

唐韞修愣了一下，接著趙瑾又補充道：「姜嬤嬤自作主張找來的，我已經將她遣返回宮，滿意了？」

「姜嬤嬤被送走了？」

「是，不送走，難不成還放在這裡礙眼？」

趙瑾還記得姜嬤嬤說過的話，「男人最是管不住自己」這種論調在她這裡是個雷。

在這偌大的封建朝代裡，在帝制的絕對掌控之下，與聖上一母同胞的公主竟還要忍受男人的劣根性，而勸說她接受這個事實、想將她同化的，是個太后身邊稍微有點地位的奴才。

趙瑾很不高興，在這個時代身為女子雖然天生弱勢，可她終究貴為公主，在便宜大哥的庇護下，尚且有人試圖掌控她的思想，那麼來日呢？新皇登基，她這個曾經的嫡長公主，又將會面臨什麼樣的處境？

第五十四章　勢同水火

趙瑾很少這樣思考自己的未來，因為她始終讓自己游離在這個世界外，然而，在姜嬷嬷想要她像這裡的其他女子一樣分享自己的男人時，她忽然不想忍了。

她喜歡的東西，哪怕是自己親手砸了，也未必願意讓別人碰。

唐韞修想從這三言兩語間聽懂趙瑾的話並不難，他很快就意識到，趙瑾方才那齣不過是試探。

身為一個薦枕席上位的駙馬，他的腦子構造上原就與常人不太相同。

別人被妻子試探，只會覺得對方無理取鬧、不信任自己，甚至生出反叛心理；但是在唐韞修這邊是這樣的：她試探我，表示心裡有我。

趙瑾當然不知道唐韞修心裡是怎麼想的，她覺得自己剛剛的說話態度不算好，想要道歉，不料還沒等到她開口，便聽見唐韞修道：「殿下，我錯了。」

直到今時今日，華爍公主都沒意識到一個事實：她親自挑選的駙馬，嚴格意義上來說算是戀愛腦。

然而趙瑾沒多說什麼，這件事就這樣過去了。

公主府少了個喜歡自作主張的姜嬷嬷，皆大歡喜，陳管家終於奪回了自己身為公主府管家的大權，心情愉悅之下，更賣力做事了。

至於姜嬤嬤買來的丫鬟，被安排到各個位置，若是不安分守己，自然無法長時間留下。

如今外界最為關注的，是槐梅縣私鑄銅錢一案，大理寺與刑部最近不知道抓了多少人，就連御史大夫高峰跟永平侯宋敬宇兩人都被禁足。永平侯在遭禁足前曾去找過一次趙瑾，只是她軟硬不吃，甚至不在乎自己腹中的孩子是否會流有罪臣家族之血。

永平侯此番算是束手無策了，只是永平侯夫人不是這麼想的，她抹了幾日的眼淚，怨恨趙瑾、怨恨唐韞修、怨恨永平侯無能。她就這麼一個兒子，這也是她在故永平侯夫人離世後能這麼快被扶正的原因——她生了永平侯第一個姓宋的兒子。

毫不意外，永平侯是個迂腐的男人，他必須考慮宋家後繼人選的問題，哪怕知道除了死去的原配，無人再有資格成為永平侯夫人，他依舊將妾室扶正，只為她的兒子能成為嫡子，甚至絲毫沒意識到，在他將妾室扶正之後，聖上便逐漸疏遠了他。

直到唐世子能獨當一面的時候，永平侯已完全不被聖上放在心上，更別說器重了。

永平侯心裡不可能沒有任何想法，奈何再有雄心壯志，也無法忍受多年冷待。

「侯爺，您難道不想救韞澤嗎？他才多大啊，有什麼能耐做出這種事來？就算給他十個膽子，他也幹不出造反的事啊！」

永平侯當然知道自己的三兒子沒這個本事，但事情就是這麼不湊巧，在宋韞澤管轄的地區出現了流通的假銅錢，這哪是三言兩語說得清的？就連永平侯過去在朝中交好的大臣，如今對他也是避而不見。

見丈夫不說話，永平侯夫人邵孟芬又抹淚道：「旁人便算了，華爍公主與韞修都是聖上面前的大紅人，有再多不愉快，也是整個家族榮辱與共的事，便是不姓宋，也不能否認他身上流著侯爺的血啊，怎麼能這般見死不救？」

雖然永平侯不只一個兒子，但宋韞澤畢竟是宋家嫡子，對他而言意義不同。永平侯原本打算豁出老臉去向聖上求情，結果還沒等他進宮，聖上就先下旨命令宋、高兩家禁足，外面雖然不至於有重兵把守，但想出去幾乎是不可能的事。

見永平侯無動於衷，邵孟芬不再維持溫婉的模樣了。「侯爺當真不救韞澤？他可是您兒子啊！」

宋敬宇站起來道：「夠了！還嫌事情不夠亂嗎？聖上如今懷疑宋家與高家勾結，韞澤若真是清白，頂多受點苦罷了，如果我們輕舉妄動，到時候被聖上知道了，那才是真正搬石頭砸自己的腳，成天只知道哭哭啼啼的，有什麼用?!」

邵孟芬急了。「侯爺若是不肯救韞澤，那妾身便自己想辦法。」

永平侯夫人明白兒子便是她立足永平侯府的保障，所以無論如何兒子都不能出事。

聽到這話，宋敬宇眼皮子一跳，道：「妳一介婦人能想出什麼法子來？別添亂了！」

「侯爺有所不知，」邵孟芬冷笑一聲。「韞澤並非全然比不上你前頭那兩個兒子，他與晉王府的安承世子還算有些交情，在韞澤出事後，那邊便有人來找妾身，說可以幫忙，只是妾身之前壓下不提罷了。」

在聽到「晉王」兩個字時，宋敬宇愣了一下。「妳說韞澤與安承世子有交情？」

「自然，韞澤下定決心步入官場，便是受安承世子鼓勵。」邵孟芬冷哼道。

然而她沒想到，在自己說完這些話之後，宋敬宇竟然踉蹌了一下，摔坐在椅子上，嘴裡呢喃道：「完了……」

邵孟芬被嚇了一跳，忙上前扶了一把。「侯爺，您怎麼了？」

永平侯慌了神，站起身來，嘴裡念叨著要入宮，然而走了幾步才又想起來，自己正被禁足。

在這一刻，永平侯已經看見侯府沒落的徵兆。在聽聞自家夫人說到三兒子與晉王府有聯繫時，他就意識到這個兒子也許並不像自己想像中無辜，趙瑾那日在公主府說的話，似乎真有可能……

禁足令只針對宋家與高家，像唐韞修這個與宋韞澤是同父異母兄弟的人不僅安然無恙，甚至天天雷打不動地上早朝，每日都能聽到各種彈劾永平侯府的話。

原因無他，隨著案情持續往下推進，大理寺與刑部漸漸發現，永平侯府三公子興許是替罪羔羊，但絕非毫無干係。

這就導致唐韞修直接或間接地受到了排擠，即便如此，面對諸位大人的口誅筆伐，駙馬還有心思冷笑道：「凡事講究證據，若是沒有證據，諸位大人便是在聖上面前信口雌黃。別忘了，下官是華爍公主的駙馬，誣衊下官等同於誣衊公主，誣衊公主等同於……」

唐韞修沒將話說完，只是所有人，包括聖上都聽懂了他的話——他是有靠山的男人。

聖上又一次想下旨棒打鴛鴦，他從未見過將吃軟飯說得如此冠冕堂皇甚至理所當然之人，簡直無恥。

駙馬顯然不在意其他人的看法，如今唐韞錦正在邊疆戍守，若是永平侯府或宋韞澤便算了，如果動了唐韞修，他在邊疆如何安心？

於是唐韞修不僅每日照樣上下朝，還總是第一個回家。得益於宋韞澤那個蠢東西，工部的人生怕這個新上任的工部侍郎很快就會下馬，稍微重要一點的任務都不敢安排給唐韞修，他也樂得輕鬆，早些下朝回去陪趙瑾。

只是朝中已經到了人人自危的地步，做了虧心事的人害怕被查出來，沒做虧心事的也怕自己被捲進去。

眼下在朝中蹦躂的主要有兩批人，一批是查私鑄銅錢案的，還有一批是始終惦記著國不可一日無君的，這兩批人當中，都摻雜著不知哪個陣營的人。

其中不免有些「熱心腸」的人，見到這位年輕的駙馬剛踏入官場便遭受排擠，閒暇之餘也會寬慰他幾句。

只是駙馬畢竟不是個善於應付這些場面話的人，一不小心便說了真心話。「幾位大人的話，下官都明白，只是下官覺得挺好的，永平侯府如何與下官關係並不大，聖上都不曾說什麼，下官不會想不開的。」

言下之意是：我很好，勿擾。

唐韞修這副模樣看起來就是天塌下來也有人給他頂著，讓人不禁恨得牙癢癢的。

認真想想，唐韞修背後的靠山有哪些呢？

唐世子？嫡長公主？抑或是如今坐在龍椅上的聖上？

這麼一想，他確實有不害怕的本錢，只是其他人都不明白，駙馬難道真的看不懂朝中的局勢？

此事涉及謀反，靠山再多也會倒啊！

聖上與晉王算是勢同水火了。

自從臨岳城發生水災與瘟疫之後，朝中下馬的官員數量與速度幾乎超過二十多年前聖上剛登基的時候。剛從太子晉升為君王的聖上當時受到頗多掣肘，可這麼多年下來夠讓他變得雷厲風行，現在動起手來比從前狠多了。

雖然誰都不曾說出口，然而大部分的人都明白，聖上這是在清算晉王的黨羽，更是給他的警告。

只是晉王明顯沒理會聖上，依舊我行我素，直到爆發槐梅縣一案，他終於真正向世人展示了自己的野心。

這樁案子比想像中查得更久，原本永平侯府與高家還盼望能水落石出，還宋韞澤一個清白，然而時間拖得越長，就越說明事情不簡單，宋韞澤到底是不是無辜的，除了他自己與主使者的陣營，誰也不知道。

永平侯夫人憂心兒子在獄中受刑，想找晉王將兒子撈出來，永平侯這次沒再縱著她，直接將她禁足。

自此，永平侯老實地在府中乖乖待著，哪裡也不去了，他不僅與公主府及遠在邊疆的長子保持距離，更未打探三兒子在獄中的消息。

不說其他人，就連趙瑾也沒想到，私鑄銅錢的案子一查就是兩個月，從三月中旬查到五月中旬，仍舊沒收網。

天氣熱了，趙瑾腹中的胎兒活潑得很，唐韞修每夜入睡前都要捧著她的肚子和那未出世的孩子說些話。雖然年輕，但這幾個月下來，他已經非常自然地展現出父親的模樣了。

他接受他與趙瑾的生活裡將添上一個會哭會鬧的小不點，連唐煜也常盯著嬸嬸的肚子，十分期盼自己有朝一日成為哥哥。

太后一樣十分關心女兒腹中的胎兒到底是男是女，才六個月大而已，就迫不及待派了太醫為趙瑾把脈。然而，即便是經驗老到的太醫，也無法在這個時候給出最為穩妥的答覆，太后只能再等一個月。

趙瑾並不在意她母后的舉止，橫豎男女已定，就算她做得再多，也改變不了什麼。她比較關心的是近來朝中的局勢，原因就在於，她那位便宜大哥最近弄死的人似乎多了些。

先是槐梅縣私鑄銅錢一案，剛上任兩個月的縣令宋韞澤還在獄中，原本的縣令卻在受審不久後就被聖上下令處死，不僅是縣令，槐梅縣往上的地方官員也被問責。在此期間，大理寺與刑部更是從各種蛛絲馬跡查出幾位牽扯此案的朝廷命官，有的畏罪自戕，有的被抓回來受審不到幾日便離奇地死在獄中。

這批人當中，有些罪證確鑿，有些只是受到質疑，不過他們全死了，而且幾乎都死在獄中。原因當然不全是聖上，然而不管如何，天子的威嚴在這段時間內可說是被人踐踏——您要抓就抓吧，活口難留。

有意踐踏聖威的人沒留下任何痕跡，那麼牽扯其中者就必須有人付出代價，以平息聖怒。

這種情況足以說明聖上已經非常不耐煩，他正在布局，想一舉拿下忤逆他的人。先帝臨終前曾下密旨，王爺們若無謀逆之罪，斷不可手足相殘，正因如此，聖上才暫且按捺住自己。

趙瑾出生時，她的父皇已經離世，她當然沒聽說過這些話，只是近來與宸王府的交情還算過得去，從她那個八哥口中，多少猜得出先帝對自己的兒子們還是有些期盼的。

然而，說起來也挺諷刺的，先帝登基後沒多久，便找藉口一一除掉了自己的兄弟，剩下的都是些不堪重用的王爺，到了自己兒子這一代，卻希望能有個美滿的結局——好人、壞人，全讓他當了。

趙瑾還從宸王口中聽到，其實便宜大哥登基後曾除掉自己兩個兄弟，當時還被幾個知道密旨內容的大臣指責，後來從那兩個王爺府中搜出了不臣的證據，才令事情平息。

多年過去，聖上不希望自己的手再度染上兄弟們的血，所以還算隱忍，讓人幾乎忘了他也上演過手足相殘的戲碼。就算他已不再年輕，仍舊是那個不臉軟心慈的君王。

趙瑾再次入宮，抵達御書房外面時，聖上正在斥責他的大臣們。

奏摺灑了遍地，大臣們跪在地上不敢抬頭，趙瑾聽見便宜大哥的聲音從裡面傳來。「看看自己查出來的都是什麼？拿的都是些什麼東西來糊弄朕?!」

如今華爍公主進宮面聖多半是為了治病，聖上便讓她進來時不必經過通傳，而這麼做的後果，便是趙瑾踩著散亂的奏摺，看著跪在地上的朝臣以及滿臉怒容的便宜大哥。

趙瑾當然明白自己此時不應該出現，但是她不曉得便宜大哥還要發多久的火，她身子重，想早點坐下來休息。

聖上盛怒，但凡其他人敢靠過來，他都可能毫不猶豫地叫對方滾，然而他瞧見趙瑾的臉以及她隆起來的腹部時，便馬上換了個表情。

「李卓，還不趕緊將公主帶下去？」趙臻這話是在斥責李公公不會看眼色。這種情況下，他可能會對這些大臣說出更狠的話，或做出更過分的事，若是讓趙瑾撞見了，會怎麼想他這個兄長？

只是當李公公正要將趙瑾帶離時，趙臻似乎又改變了主意，說道：「算了。」他看向那些大臣。「你們給朕滾回去，若下次呈上來的還是這種東西，就不要來見朕了！」

幾位大臣如獲大赦，華爍公主就像他們的救星一般。

趙瑾莫名其妙地得到幾位大臣感激的眼神，還有些沒反應過來。

等人走了之後，趙瑾緩緩蹲下，撿起地上散亂的奏摺，當她的目光觸及上面的一些內容時，眸色未變，慢慢將奏摺合攏。

別說聖上，李公公也不能讓她幹這種事。「殿下，這些都是奴才們的活兒，您歇著，別累壞自己。」

趙臻顯然餘怒未消，雖然沒有將怒火撒在趙瑾身上的意思，但看她也不甚順眼。「朕不是說過妳這個月開始不用每月進宮了嗎？將朕的話當作耳邊風了？」

便宜大哥說的話，趙瑾當然記得，而她也不是放著躺平的日子不過，非要進宮給自己找活幹的人。

「聽駙馬說，皇兄近來心情不太好，臣妹進宮看看您。」趙瑾懂得說話的藝術。近來死的人實在太多，她很難不多慮，於是過來瞧瞧便宜大哥是不是不太對勁。

趙臻聽了這話之後冷哼一聲道：「怎麼，怕朕收拾人收拾到妳身上？」

不會聊天，大可以不聊。

趙瑾垂眸道：「皇兄，氣急容易傷身，您就算平時政務繁忙，也該以自己的身體為重。」

方才李公公帶她進來時便已說過，便宜大哥最近不僅易怒、睡不好，甚至還食慾不振。

她覺得這樣下去不是辦法。便宜大哥可不是血氣方剛的小夥子，他都這個年紀了，說不定什麼時候就冒出病來。

第五十五章　雨夜謀反

「臣妹從宮外帶了些膳食進來，皇兄要不先陪臣妹吃一些？」

聖上無語。專程跑一趟，就是為了找他用膳？

「駙馬不在府裡陪妳用膳？」趙臻眯著眼睛問了一句。

此時此刻，在府裡獨自一人用膳的駙馬，背影略顯落寞。他那已經吃飽的三歲姪子正滿院子瘋跑，而他的夫人則進宮找她大哥去了。

聖上那句話說完以後，駙馬猝不及防地打了個噴嚏。

趙瑾說道：「駙馬沒出門，但臣妹擔憂皇兄龍體安康，特地進宮來。」

這個說法夠不夠讓便宜大哥滿意？

趙臻果然不執著這個話題了。「既然還未用膳，便先吃些吧。」

兄妹倆離開了御書房，趙瑾的腦子裡想的卻是方才不小心看到的奏摺內容，就算沒看全，她也意識到便宜大哥與晉王即將走上成王敗寇那條路。

聖上如今還沒表現出那個意思，但趙瑾卻莫名心慌了些。

布膳的宮人正在試吃趙瑾帶進宮來的吃食，即便是御膳房做的菜，這個環節也不能省略。

試菜完畢，宮人沒什麼不良反應，趙瑾與聖上便拿起了筷子。

趙臻只吃了一口便停下來問：「妳府裡的廚子哪裡請的？」

聞言，趙瑾一臉疑惑。

只見趙臻緩緩說道：「讓他進宮，朕給妳找新廚子。」

進宮一趟，損失一個廚子，血虧。

送廚子事小，趙瑾比較關心她這位兄長為何還有心思想廚子的事。讓她訝異且想不通的，就是便宜大哥竟給了晉王許多次機會。

按照君王的鐵血手段，早在爆出私鑄銅錢這件事之後，聖上就能順藤摸瓜地揪出晉王了，可他偏偏將此案交給大理寺和刑部，讓案子一拖再拖，有人死得不冤，有的人卻成了權勢之爭下的冤魂，無處訴苦。

可在這一刻，趙瑾忽然又察覺到，她這個的大哥的心思到底有多深沈。

事情拖得越久，背後的人就越不安，也越有可能做出破壞原訂計劃的事，只要對方狗急跳牆，聖上就有充分的理由能大大方方地下手了。

「怎麼不吃了？」趙臻忽然開口問道。

趙瑾猛然回過神來，發現自己正盯著筷子出神。

「不就是要妳一個廚子，這就食不下咽了？」趙臻嗤了一聲，而後停頓了一下，才又問道：「女子有了身孕以後，器量會變小嗎？」

趙瑾原本以為便宜大哥是在嘲諷她，結果卻發現他是認真發問。

自從聖上登基以來，就沒有妃嬪能成功誕下子嗣，安悅與安華兩位公主都是聖上還是太子時生下的，那時的他，肯定沒想過自己這輩子竟然會沒兒子命。

為了扭轉便宜大哥的錯誤觀念，趙瑾立刻決定將公主府的廚子送進宮裡面當御廚，畢竟能當上御廚，算是一個廚子職業生涯的最頂端，只要她點頭，不僅便宜大哥滿意，廚子也高興，沒什麼好猶豫的。

趙瑾此番入宮，確實是想看看便宜大哥的身體狀況，朝中大小事需要人操持，他要是倒下，就會全亂了套，而且朝中近日傳聞聖上龍體有恙，她有些放心不下。

於是吃過東西以後，趙瑾非常體貼地說道：「皇兄，臣妹給您把把脈吧。」

聖上看了她一眼，片刻後還是緩緩將手伸了出來。

趙瑾一把脈就發現是老毛病，雖然不至於現在就發作，但是得好好養著才可以。

就在這個時間點，趙瑾突然想通了。她縮回自己的手，仔細看著聖上的臉。

這世間幾乎沒人敢這樣打量聖上的龍顏，趙瑾之所以這麼做，是因為意識到擺在她面前的是一盤棋，她不知何時踏了進去，成為盤上的一枚棋子。不僅僅是她，還有眼前的君王，他將自己也變成了一枚棋子。

「朕的身體怎麼了？」見趙瑾不說話，趙臻問道。

趙瑾眸色稍稍閃爍了一下，垂眸道：「皇兄龍體安康。」

此時在場的不僅僅是他們兩兄妹，還有宮人，趙瑾的話聽起來沒什麼特別，只是眾人各有不同的解讀。

趙瑾很快就告辭了，在她離開之前，趙臻說道：「瑾兒，最近就別進宮了，妳身體不方便，不要到處亂跑，自己受累就算了，可朕的外甥還小。」

趙瑾聽不出這話是真的關心他那個還沒出生的外甥，還是有其他暗示，她應了一聲後，便有宮人護送她出去。

這日過後，趙瑾便沒再入宮，反而是唐韞修忙碌了許多，雖然他還是每晚抱著趙瑾跟孩子說話，但早上一醒來，趙瑾就發現旁邊的被窩早已涼了。

唐韞修在忙什麼，趙瑾並不知道，只是很難見上他了，有時候趙瑾已經睡下，他才踏著夜色返家。

近來從宮裡傳出來的消息有真有假，不過聖上的身體不好這點倒能確認是真的，因此朝臣要求立儲君的呼聲更加強烈了。

趙瑾懷胎還不到七個月，仍未知男女，而且就算是個男的，她的便宜大哥難道真的願意將大好江山交到一個剛出生的外甥身上？

就算他敢好了，那些大臣或虎視眈眈的宗室，會將一個公主之子放在眼裡嗎？

只要整個皇室裡還剩一個男的，就不會將這個位置讓給公主之子；更何況，皇室的人數少，主要是在聖上這塊——因為他無子。至於其他宗親，可是卯足了勁在生孩子。
趙瑾拍拍自己的肚子，嘆道：「崽啊，你到底什麼時候能出來？」
崽在她的肚子裡踢了一下，算是回應了。
趙瑾挑了挑眉。還挺有脾氣的嘛。
太后那邊依舊著急，很關心自己這個外孫能不能讓她得償所願。
再過幾日太醫便要再上一趟公主府的時候，出了這樣一件事——安華公主特地入宮為一位朝臣求情，只是不僅沒成功，還被聖上訓斥。安華公主想不開，跟聖上頂嘴，結果便是再次被禁足。
聖上子嗣不豐，只要不是太過嚴重的事，他也捨不得對兩個女兒說重話，偏偏安華公主向來清楚怎麼把他給氣壞。
趙瑾聽說那位即將被處斬的犯人姓賀，忽然想起過去在宮中撞見的那一幕，那位賀大人既然要被處死，必然有聖上容不下他的理由。
這件事本身沒什麼問題，然而趙瑾後來卻聽說在賀大人行刑當日，竟有人公然劫囚，賀大人被帶走了。
聖上第一時間就想到是誰幹的，那一日，他病倒了。
五月末，正是天氣炎熱與暴雨連連的時候，趙瑾看著窗外一直落下的雨水，還有時不時一閃而過的刺目紫光及轟隆聲，心中隱隱不安。

唐韞修離家已經三日。

雖然工部之前顧忌唐韞修的身分，很多事情不會由他操辦，然而近來經常下雷雨，他們終於讓這位上任以來沒認真幹過實事的工部侍郎出勤了——去京城外邊的護城河勘察水位。

這一走就是三天，趙瑾倒是一切安好，甚至還請人到公主府唱戲。

自從那次帶皇室女眷去過悅娛樓後，趙瑾便沒怎麼管那邊的事，她逐漸削弱自己的存在感，悅娛樓也按她預想的方向發展下去，那幾位男女名角受人吹捧，不僅是騷人墨客，甚至連閨中女子也願意為他們寫詩編曲。

因為有趙瑾作為靠山，在戲子這一行當中，悅娛樓的底氣就是比其他家更硬一些。

然而，京城中出現關於聖上龍體的風言風語後，那些娛樂活動明顯沈寂了下來，見趙瑾看著雨簾發呆，紫韻便走過去輕聲道：「殿下，要不先回房歇息？」

趙瑾點了點頭道：「回去吧。」

隔離在朝堂外，趙瑾的消息並不是特別靈通，也不知道自己如今是什麼處境。

午睡時，趙瑾在半夢半醒間，忽然憶起聖上說過的「最近就別進宮了」這句話，也不知道是哪根筋通了，她注意到自己忽略的細節。

聖上病重。

這究竟是怎樣一個信號？如果她是居心不良的人，會選擇在什麼時候動手呢？

一聲驚雷喚醒了趙瑾，她坐了起來，長髮披散在身後。她喚了紫韻一聲，半晌沒回應，耐心等了一會兒，卻還是沒人過來。

趙瑾摸黑下地，披了一件衣服。如今挺著肚子實在是不方便，她扶著牆走了幾步去開門，外面還是雷鳴電閃，雨好像一直沒停過。

一打開門，便有人在雨幕中迎了上來，趙瑾定睛一看，是紫韻。

紫韻撐著一把傘，可那把傘在大雨中沒太大的用處，雨水依舊濺濕了她的裙襬。

趙瑾還沒來得及開口問話，紫韻便匆忙道：「殿下，快隨奴婢走，晉王反了，已派重兵圍住皇宮！」

趙瑾聽見這件事時並不覺得意外，只是還有些地方沒能想明白。晉王多年來一直活在聖上的眼皮子底下，私鑄銅錢一事，聖上未必全然不知情，那麼養一支軍隊呢？逃得過誰的眼睛？

晉王派重兵圍住皇宮……京城裡什麼時候能這般毫無聲息地出現一支軍隊了？

趙瑾還沒想通其中的問題，紫韻便催促道：「殿下，謝統領已經在等您了，聖上派他來護送您離開。」

不用任何人提醒，趙瑾都明白自己現在是個怎樣的累贅。

聖上此時必然還在宮內，不僅是他，還有太后、皇后以及其他妃嬪都在那裡，既然要反，晉王不可能沒有萬全之策。
嫡長公主這個身分，注定讓趙瑾不可能全身而退，她又懷有身孕，斬草除根，這個道理誰都懂。
一個懷胎將近七個月的孕婦，在這種天氣跟狀況下，要怎麼逃出去？
約莫是趙瑾遲遲未出現，謝統領在雨幕中出現了。
他過來時毫無聲息，待走近了，趙瑾才看見一身黑衣的謝統領。即便被大雨沖過，趙瑾也能聞到他身上淡淡的血腥味，他這一路過來，是殺了人的。
「公主殿下，聖上吩咐卑職護送您離京。」
「離京？去哪裡？」趙瑾問。
謝統領回道：「暫避風頭，為了殿下與腹中胎兒的安全，還請殿下隨卑職走。」
趙瑾沒動，她問了謝統領一個問題。「皇兄只派了你來嗎？」
謝統領先是一頓，才道：「聖上……自顧不暇。」
趙瑾不知道謝統領口中的「自顧不暇」到底是什麼意思，她又問：「謝統領有辦法在這種境況下將本宮帶出京城嗎？」
那當然是……難！
既然是造反，晉王自然在城門安排了人手，別說是趙瑾這麼明顯的目標，就算是一隻蒼蠅，也別想飛出去。

謝統領遲疑之際，趙瑾已經做好決定。「本宮要進宮。」

一聽到這句話，謝統領第一時間表示反對。「殿下，如今聖上被圍困宮中，您不能在這種時候過去。」

「本宮心中有數。」

趙瑾何嘗不知道情況有多危急，即便雨聲不小，她還是聽得到馬蹄聲與刀劍相接聲，就算有謝統領護著，她這個靶子也太大，很難躲過叛軍的耳目，但她有理由回去。

在謝統領看來，華爍公主沒道理拿自己與腹中胎兒的安危冒險，可即便他不解，公主還是堅持要回宮。

無奈之下，謝統領只能順著趙瑾的意思。

「隨本宮來。」趙瑾道。

不僅是謝統領，紫韻也不明白自家主子是什麼用意，但公主要進宮，她當然也得跟著。

京城馬上就要變天了。許多人都沒想到這天來得這麼突然。

晉王有不臣之心，人盡皆知，然而沒有明確的觸發點，他卻選擇在此時發動兵變，出乎眾人意料。

無人做好準備，聖上被御林軍保護著，與叛軍在宮門僵持。

若說聖上有什麼明顯的軟肋，大部分的人都會認定是華爍公主。她是聖上最疼愛的妹妹，此刻還懷有身孕，一個懷著身孕的女子，比什麼都好控制。

不料，此時此刻，當公主府的大門被人衝破時，無人想到趙瑾一個挺著大肚子的公主，竟然已經逃離了公主府。

公主府有密道。這是當初修葺時秘密所建，知道的人並不多，從這裡出去可以直接通達城北——靠近皇宮的地方。

回皇宮前，趙瑾預想過最糟糕的場景，只是她畢竟自幼養尊處優，實在想不到所謂的動亂會是這般鮮血淋漓。就算曾經被人擄走，看著賊人在自己面前被殺死，也沒對她造成心理陰影；即便是在臨岳城看著瘟疫奪走一條又一條生命，那也是染病以後無藥可治的下場。可如今是大規模的廝殺，刀劍無眼，生死不過是一瞬間的事。

「殿下，」謝統領將趙瑾攔下。「如今回宮凶險萬分，請殿下切勿冒險。」

趙瑾轉過頭，語氣沈著冷靜。「謝統領，你是皇兄的人，你告訴本宮實話，今夜這一齣，皇兄究竟有沒有後手？」

在這個雷雨交加的夜裡，趙瑾的目光顯得特別銳利，謝統領在她的注視中低下頭，心裡想著公主殿下不愧與聖上是兄妹。

「皇兄向來不是魯莽的人，就算不知道晉王今夜會叛亂，他也應當有所防範。」趙瑾緩緩道來。「如今宮中可算安好？」

「殿下放心，即便晉王叛亂，聖上也有應對之道。」謝統領解釋道。

儘管謝統領算是回答了趙瑾的問題，可她聽了以後卻還是無法放鬆。

他們三人正躲在偏僻的角落裡，不遠處傳來打鬥聲，慘叫聲不時響起，血腥味透過空氣傳進鼻子，直到這個時候，趙瑾終於有了想吐的衝動。

紫韻勸說道：「殿下，不如我們先躲躲吧？」

趙瑾道：「往哪兒躲？」

要麼今夜，最遲明日，晉王就會拿下京城，登上龍椅。破解這件事的唯一方法，就是城外的軍隊趕回來勤王，解決晉王。

趙瑾很少見到她那位選擇叛變這條路的七哥，何況她與聖上是一母同胞的兄妹，在情感上，她無條件偏向聖上。

人會趨利避害，對趙瑾來說，只有當今聖上在位，她的日子才相對安穩。

趙瑾說道：「我有辦法混入後宮。」

「後宮？如今亂成一團的地方，皇后與太后的情況如何，尚不得而知。

「殿下，依您如今的身體，入宮實在危險。」謝統領繼續勸道。

「本宮知道。」趙瑾瞇著眼睛道：「謝統領，幫本宮進去看看皇嫂與母后。」

趙瑾貴為嫡長公主，不管是死是活，都是晉王能利用的對象——雖然在她懷有身孕的情況下，晉王應該更傾向於斬殺她。

然而趙瑾沒乖乖待在公主府，反而逃了出來，這就意味著晉王的計劃中有了漏網之魚。

在叛軍圍住皇宮的情況下，不難想像聖上會用盡一切辦法保住這個「不在宮中」的親妹。按照趙瑾的想法，叛軍沒在公主府找到人，一定會在京城內四處搜索，既然無法從城門逃出去，被找到是遲早的問題。

不過若是潛回皇宮，反倒能爭取一些時間。

第五十六章　命懸一線

對謝統領而言，他的任務只有保護趙瑾，然而這位公主實在像是不怕死一樣，好不容易從公主府逃離，偏偏又要進皇宮送死。

就在此時，趙瑾忽然瞧見雨幕中出現一道纖細的身影，明顯與軍隊之間的廝殺無關。

「那是何人？」

前往皇宮的方向，有人踉踉蹌蹌地跑了過來，是名女子。

紫韻驚呼道：「殿下，那是高家小姐！」

高家小姐，算是趙瑾的妯娌，也就是永平侯三子之妻，高珍珍。

自從宋韞澤鋃鐺入獄後，這位永平侯府的三少夫人便被接回娘家，眼下怎麼會出現在這裡？

沒多久，高珍珍身後又出現了一個人，那個人後面還有幾個人舉著劍追了上來。

紫韻定睛一看，訝異道：「是高大人！」

高祺越，護著自己的妹妹一路來到皇宮，身後追殺他們的人，應該是晉王麾下的士兵，高祺越似乎受了傷，眼看就要撐不下去了。

趙瑾瞇起了眼。高祺越曾是晉王府安承世子的伴讀，如今竟也在逃亡？

在這一瞬間，趙瑾迅速弄清了高家與晉王的關係，以及在這場叛亂中扮演的角色。

「謝統領，這兩人救得下來嗎？」趙瑾問道。

謝統領看了雨幕一眼，說道：「殿下躲好，卑職去去就來。」

身為聖上身邊的得力助手，謝統領的身手自然不在話下，雖說這時候出面救人有那麼點冒險，但趙瑾實在無法眼睜睜看著這兩人送命。

趙瑾與紫韻躲在暗處，沒多久，謝統領像是拎著兩隻小雞崽一樣將那兩兄妹拎到趙瑾面前。

雨幕中，狼狽的兄妹倆對上了趙瑾的目光，微弱的光線下，依稀可見高祺越臉色蒼白，他的眼神落在趙瑾隆起的小腹上，反射性地問道：「殿下怎麼在這裡？」

這才是趙瑾想問高祺越的問題。

能成為皇子或世子的伴讀，表示背後的家族與這些勢力有所牽扯，就算高祺越不是晉王的人，也不至於會淪落到被追殺的地步，比較有可能的情況是，高家不從。

為了驗證自己的想法，趙瑾問道：「你們這是怎麼回事？」

說起這個，高祺越便沈默了，反而是高珍珍哭著開口說道：「請公主殿下為高家作主，臣女的父親一生清正，可晉王卻逼他造反，父親不從，便被安承世子當場斬殺。高家上下幾十餘口人，只有臣女與兄長逃了出來。」

趙瑾敏銳地從這番話裡聽出了端倪，問道：「晉王何時找上你們的？」

說起這個，高珍珍便低下了腦袋，高祺越更是保持沈默。

晉王要造反，不會是突發性的，這代表他之前肯定已經跟親近的朝臣表達過自己的想法，當然也會給對方時間考慮。也就是說，高家肯定早就曉得這件事，卻沒說出來，直到高峰被殺。

趙瑾意識到一個事實：在這場權勢之爭中，他們這些參與者，都不過是可有可無的陪襯。

真正能決定輸贏的人遲早會碰頭，這場博奕，還在等待一個「勝者為王」。

這時候，刀刃相接的聲音更加接近了，夜幕之中，他們這幾個人還有辦法藏一藏，可等到天一亮，便會無所遁形。

趙瑾說道：「隨本宮來吧。」

這裡畢竟是趙瑾的地盤，她又自幼不安分，皇宮內外的地形算是被她摸透了，就連紫韻也驚訝自家主子對皇宮竟然熟悉到這個程度。

趙瑾帶著幾人數次左拐右拐之後，來到一個陰暗潮濕的洞穴。

眾人不禁一臉訝異。很難相信，在皇宮附近會有這樣的地方。

趙瑾大著肚子，小心翼翼地彎腰進了洞穴，說道：「從此處再往裡面走，可以通到冷宮。」

她看起來相當冷靜，絲毫沒因為碰到叛亂而手足無措，比一般人都要來得沈著；重點是，她還懷著孩子——或許這也是為母則強的一種表現吧。

在這種時候，謝統領才想起來，華爍公主年幼時，確實有幾次滿宮跑，最後急得宮人到處尋找的經歷，這路該不會是從前便摸索出來了吧？

趙瑾說道：「此處在天亮之前應該還是安全的。謝統領，煩勞你入宮查探一下情況。」

在確定趙瑾的安全之後，謝統領終於下定決心入宮。

趙瑾自顧不暇，卻還是想到了唐韞修。如今他正在城外，就算得到了消息，一時半刻也趕不回來，何況回來做什麼呢，不過是送死罷了。

眼下聖上的安危才是最重要的，他若是出事，武朝的權力中心人物便要重新洗牌了。

謝統領這趟走得極為匆忙，剩下四人面面相覷。趙瑾打量起了高祺越，高祺越也在審視她。

注意到高祺越的腹部在流血，趙瑾說道：「傷口還是包紮一下吧。」

她這麼一說，高珍珍才發現自家兄長受了重傷，一時之間又是驚恐不安，嚇得一副快暈倒的模樣。

趙瑾顧不得安撫高珍珍，轉頭吩咐紫韻道：「紫韻，去為高大人包紮一下傷口。」

在臨岳城待的那段時間經歷了許多，紫韻這會兒在包紮上也算是得心應手，只是他們逃得急，沒帶上任何藥，只能為傷口加壓止血，沒有更有效的治療方法。

這會兒高祺越癱坐在地上，嘴唇與臉色發白，是失血過多的徵兆。

打鬥聲越來越靠近，紫韻為高祺越包紮結束後，幾個人連一口大氣都不敢出。

不知過了多久，洞穴通道另一側出現略顯慌亂的腳步聲，包括狀況不太好的高祺越在內，幾個人全望了過去，直到看清來人後，他們才鬆了一口氣。

「瑾兒……」是皇后蘇想容。

皇后的模樣也狼狽不堪，她身邊沒其他人，顯然謝統領護送她過來後又離開了。

趙瑾小心翼翼地迎上前去，用手指示意皇后噤口，隨後抓住她的手腕帶她往裡面走，然而過了片刻後，趙瑾忽然愣了一下。

光線昏暗，加上情況緊急，因此無人注意到趙瑾的異樣。

皇后說自己從坤寧宮出來以後便撞見了謝統領，當時宮中亂成一團，她便換上尋常宮女的衣物好掩人耳目。只是宮中已經有晉王的人混進去，如今裡面狀況不明，可以確定的是，叛軍來勢洶洶，京城與皇宮的兵力皆不足以抗衡。

「瑾兒，駙馬怎不在妳身邊？」蘇想容忍不住看著趙瑾的孕肚。就算平日再怎麼能折騰，此時此刻這個小姑子都是一個極需要被保護的孕婦。

「他被派到城外去了。」趙瑾的語氣依舊冷靜。

外面兵荒馬亂，今夜一過，不知要添多少冤魂。

若政權無法和平轉移，那麼權力更替向來免不了刀下亡魂獻祭，趙瑾幸運逃了出來，可是聖上的兩個女兒都被困在公主府裡，其他王爺也是如此，能不能抵擋住叛軍攻擊，就看自家侍衛的能力跟運氣了。

所謂擒賊先擒王，晉王此時必然在皇宮附近，這是聖上需要破的局。

趙瑾回憶起上次進宮時便宜大哥說的話，不僅後背發寒，更不禁猜想今夜這齣究竟在不在他的預料之中。此外，她在意的還有一件事，就是他到底有沒有留了一手？

冷靜地在此處待到天亮，一切便可知分曉，只是所有人都不得不憂慮起一件事：假如晉王勝了呢？若真是如此，他們將凶多吉少。

不管夏日的溫度如何，在這種暴雨下必然降溫，況且眾人渾身濕透，在惶恐與未知的等待之中，身體與心理同時受到的煎熬非同小可。

趙瑾這個懷著孩子的孕婦更是如此，身子本來就重，濕答答的衣物與長髮又黏糊糊地與肌膚緊緊相貼，令她有說不出的難受。

她肚子裡的崽估計沒想到，自己不僅還沒享受到親娘身為嫡長公主的榮華富貴，反而還沒出生就跟著體驗逃命的驚恐。

今夜過去，將決定趙瑾需不需要亡命天涯，不論是為了孩子還是為了她自己，保住一條小命最重要。成王敗寇，她只希望便宜大哥這個聖上能當得可靠些，最起碼給自己留點後路。

其實趙瑾如今也沒心思關心聖上的事，她身邊的人當中，紫韻尚能在這種時候挺身而出擋在她面前，可是高家兄妹的情況著實不太好。高祺越失血過多，處在失去意識的邊緣，靠求生意志強撐著；高珍珍是典型的千金大小姐，嫁人也沒多久，忽然碰上家族覆滅，沒能反應過來，根本幫不上忙。

至於皇后……趙瑾不能讓她去冒險。

叛軍不斷在他們的藏身之處附近搜查，已是半夜，宮門那邊的動靜聽起來，像是即將被攻破。

趙瑾手中握著一把匕首，是她從公主府出來時特地拿在手上的，好歹能當成自保的工具。

雨停了一陣子以後又下了起來，外面的廝殺聲卻從未停止過。

就在這時候，趙瑾的肚子有了動靜，孩子輕輕踹了她一下，力道不大。這提醒了趙瑾，她的孩子再兩、三個月就要降生，就算一開始是個意外，但辛辛苦苦懷胎將近七個月，總是有感情，要趙瑾死在這樣一個夏夜，她並不甘心。

趙瑾明白封建王朝的權力之大，不僅讓人心生嚮往，甚至會不惜一切爭取坐上那個位置的機會，但是一將功成萬骨枯，又有誰在乎達成這個目標的背後會有多少人犧牲？

皇后似乎身體不適，她看起來很虛弱，臉色蒼白、精神不振，趙瑾吩咐紫韻道：「紫韻，照顧好皇后娘娘。」

「殿下，您要去哪兒？」紫韻反射性地問道。

趙瑾搖頭道：「不用擔心，我就在這兒。」

能從公主府逃到這裡，已經算是能跑了，她難不成還能跳出去和晉王談判不成？就算能，她也沒這個本錢。

等待是漫長的，在這段時間內，血腥味不但沒減少，反而越來越濃，濕潤的空氣混著從四面八方傳來的血腥味時，讓人胃裡一陣翻湧，不光是趙瑾，就連皇后與高珍珍也乾嘔起來。

紫韻始終放心不下趙瑾，蘇想容也是如此，她站起來對趙瑾道：「瑾兒，妳去那邊靠一下，這裡由皇嫂來守。」

這種時候，誰的命都不算嬌貴了，何況皇后的年紀足以當趙瑾的母親，她是嫂子，也是長輩。

趙瑾蹙眉看著皇后片刻，最後還是搖了搖頭。

皇后勸不過趙瑾，雖然沒有上前，但也一直盯著外面。

趙瑾正在思考一件事，就是皇宮與城外的距離。晉王今夜發動兵變，如果不能一舉成功，開城門的時辰一到，城門若依舊緊閉，城外的軍隊必會發現不對勁。

也就是說，他們起碼得熬到寅時五刻開城門，城外的軍隊才可能察覺京城內出了狀況，從城外將領下了判斷到領軍入城，起碼還需要額外兩個時辰，這段時間若是他們沒能熬過去，便是功虧一簣。

只不過，就算趙瑾等幾個女眷能熬，高祺越卻是等不了了，趙瑾醫術是高超沒錯，可是在沒藥、沒工具且環境惡劣的情況下，她救不了他。

好不容易熬到寅時，雨依舊在下，雨水混著大量鮮血四處流淌，令人毛骨悚然。

御林軍節節敗退，宮門被破，大批叛軍衝進皇宮，一部分人開始檢查起漏網之魚，像洞穴這種不起眼的角落，便成了被重點搜索的對象。

一夜未睡，趙瑾只覺得眼睛痠澀，腰背也不舒服得很，最重要的是她的腦神經高度緊繃，比起從前動手術時更甚，然而，當聽到不遠處響起腳步聲時，她忽然冷靜下來。

高珍珍雙手捂住自己的嘴，生怕發出一點點聲音，至於高祺越，他已經昏死過去了。

紫韻打算起身，馬上被趙瑾制止了，她右手抓緊匕首，天邊透出的一縷光線，讓匕首上的銀光越發駭人。

「這種地方怎麼可能有人？」外面有人說道：「還不如趕緊跟進宮去在主子面前多表現，日後飛黃騰達就指望這個了。」

另一道聲音響了起來。「謹慎些總是沒錯，說不定能被咱哥兒倆在這裡撿到個大功呢！」

兩個碰運氣的士兵就這樣走進昏黑的通道裡，誰都沒想到，這通道內部藏著武朝的皇后與嫡長公主。

趙瑾明白現在的情況，按照那兩個人的行動軌跡，早晚會發現他們。雖然他們明面上是五個人，但除了一個昏過去的高祺越，其他都是弱女子，幾乎不可能贏。

想到這裡，趙瑾再次握緊手中的匕首，匕首的把柄有些濕滑，不知是雨水還是她的汗水。

對方的腳步聲越近，趙瑾的呼吸放得越輕，除了匕首，她還順勢拔下自己頭上的銀簪，做好萬全的準備。

趙瑾突然從洞穴的通道走了出去，速度快到其他人根本沒機會開口阻攔。

她的想法很簡單，即便她失手，也不能讓剩下幾個人暴露。

通道裡的兩個叛軍逐漸走近，藉助通道壁上突起的石頭，趙瑾勉強藏好了自己。

「我就說這地方沒人，你還作什麼春秋大夢呢……」

那人話音未落，忽然一道銀光閃過，他察覺到有東西從自己眼前晃過，還沒來得及反應，便覺得脖子一涼，鮮血噴湧，他探手一摸，發現是自己的血。

鮮血就這麼噴到趙瑾身上、臉上，她毫不猶豫地迅速將匕首刺向另外一個人，但是對方躲開了，匕首只劃傷了他的手臂。

當他看清行凶的是個懷有身孕的婦人時，頓時生出幾分惱怒與輕視，怒罵道：「賤人！」

他打掉趙瑾手中的匕首，下一步便是要踹她的肚子，趙瑾不得不彎腰護住自己的腹部，結果被對方抓住了頭髮。

趙瑾忍痛用力踹向對方的下盤，那人果然吃痛，手一鬆，彎下了腰。

在這個空檔，趙瑾抬起膝蓋使勁一頂，膝蓋重重地撞向對方的下巴，她隨即亮出另一隻手上藏著的銀簪，對準對方的胸膛毫不留情地刺了下去。

這一刺，趙瑾幾乎用上自己所有的力氣，她只有這麼一次機會，絕不能讓對方張口呼救，不然就白忙一場了。

身為醫師，趙瑾清楚地知道哪裡是致命傷，雖然她用的工具是簪子而不是刀，但既然被刺中心臟，人多半活不成了。

這是趙瑾第一次殺人。

她毫不驚慌失措，反而冷靜到極點，在那人倒下之後，她又撿起地上的匕首往對方胸膛上補了一刀，鮮血染紅趙瑾的雙手，濺上她的衣裳與臉龐。

聽到動靜的紫韻終於按捺不住走出來察看，卻看到她那懷孕七個月的主子手握匕首站在兩具屍體旁邊，渾身上下都是血，雙眸不帶一絲感情。

紫韻被嚇了一跳，連忙跑到趙瑾身邊道：「殿下，您怎麼了，不要嚇奴婢！」

「我沒事。」趙瑾抬手用衣袖擦了一下臉。「快跟我將屍體拖到角落藏起來。」

第五十七章　千鈞一髮

看到趙瑾渾身鮮血地回來時，皇后與高珍珍都被嚇了一跳。

趙瑾保持沈默，她方才已經就著雨水清洗過雙手，可臉上與衣物上的血跡仍舊清晰明顯，時不時就會聞到血腥味，令她作嘔。

前世趙瑾拿刀是為了救人，從沒想過自己有朝一日會這樣手刃兩條人命。

趙瑾在這個陌生的時代生活了超過二十年，哪怕憑她的身分，只要一句話便能要人一條命，她也從不隨意傷害他人。直到今日，在遭受嚴重的性命威脅之下，她才不得已動手殺了兩個人。

刀刃劃破喉嚨時的觸感，與她過去動手術剖開人體時沒什麼不同，她出奇地冷靜，就連紫韻也被唬住了。

在這一刻，紫韻眼中向來溫和的主子就像換了一個人似的——她當然不可能知道趙瑾前世有什麼經歷。

趙瑾衣袖下的手正緊緊握著匕首，她如今神經緊繃，一點點動靜都可能引起她極大的反應。

趙瑾能殺掉兩個叛軍，不僅僅是靠運氣。上輩子為了強身健體練的跆拳道此時派上了用場，只是自己這個肚子確實影響她的發揮，只有配合偷襲，她才有勝算。

這種情況不是你死就是我活，沒人會對敵人懷抱慈悲之心，趙瑾的職業病並不包括「聖母」這一點。

誰都看得出趙瑾的狀態不太對勁，但是她們又覺得此刻的她莫名可靠。

生命受到威脅，加上趙瑾知道自己身後那幾個人都不能暴露，在這種精神高度緊繃的情況下，除了陷入昏迷的高祺越，其他幾人在武力上完全比不過趙瑾這個孕婦。然而孕婦畢竟弱點明顯，孩子便是她最大的軟肋，所幸在那兩名叛軍之後，便沒人再走進這條通道裡面。

高珍珍守著自己的兄長無聲流淚，她明白高祺越這傷繼續拖下去，很可能再也醒不過來，不過她很清楚，這種時候跑出去就是自尋死路。

眼下，只能期盼奇蹟發生了。

昨夜大雨滂沱，仍掩蓋不了打打殺殺的吵鬧聲，動靜這麼大，就算是尋常百姓家，都能看出是怎麼一回事，家家戶戶大門緊閉，絕不會出來自討苦吃。

叛軍搜索的目標有從高家逃出來的兄妹倆，以及從公主府消失的嫡長公主，其他皇親國戚多半只是被軟禁，而朝臣若是不識相些，怕是死無全屍。

天色轉亮了些，到了該開城門的時間，京城的大門卻遲遲沒有動靜，駐守在城外的哨兵遠遠看見這一幕，便去稟報頂頭上司，負責調度城外軍隊的吳將軍聽到消息的第一個反應是——是不是有什麼事耽誤了？

然而一炷香過後，城門依舊沒有要開的意思，吳將軍不得不採取動作了。「來人，拿上武器，隨本將軍去查探虛實……」

「報——」

吳將軍的話還沒說完，又有一名哨兵衝了過來。「將軍，城門外有軍隊往這邊闖！」

這方圓幾十里內有其他軍隊？吳將軍疑惑道：「拿千里鏡過來。」

他拿著千里鏡站在高處眺望了半晌，終於在烏壓壓的軍隊裡看到了一面黑色的旗幟，上面繡著鮮明的一個「唐」字。

唐家軍？唐韞錦不是在邊疆戍守嗎，他帶的兵怎麼會出現在這裡？是唐家要造反，還是京城裡面出事了？

這兩種後果都不是他們能袖手旁觀的，吳將軍當機立斷，即刻下令道：「所有人聽本將軍號令，即刻整裝回京！」

眾所周知，唐家就算如今只剩下兩個男兒，也依舊受聖上器重，靠的不光是唐家過去那些將領的忠心耿耿，更多的是唐家軍的威力。

治軍之嚴、訓軍之強、殺敵之勇，這才是唐家被聖上看重的原因。

若不是唐世子領軍後便極少返回京城，說不定聖上都已經另賜爵位給他了，哪裡用得著等候永平侯傳下那個爵位？

正因為如此，唐家軍並沒有叛亂的理由。

唐家雖然有爵位，但血緣上與皇室沾不到關係，造反帶來的後果絕不是唐家軍承受得起的，這就意味著京城內必然是出事了。

在軍隊整裝待發的過程中，吳將軍迅速判斷完局勢，做好國家局勢生變的心理建設，準備進京。

看著逐漸變得明亮的視野，趙瑾的神情有些恍惚，可她卻意識到他們要是再不轉移藏身之地，很快就有被發現的風險。

京城街上的馬蹄聲一直沒停下過，四處巡邏的叛軍也是如此，百姓家緊閉大門，還被叛軍闖進去搜尋趙瑾等人。

作為趙瑾名下風頭正盛的產業，悅娛樓很快就被盯上。面對一群身穿盔甲的士兵，包括悅娛樓的侍衛在內，沒人敢輕舉妄動。

說到底，悅娛樓不過是賣藝的地方，裡面的公子與姑娘會些才藝，也都生得一副好模樣，但完全不具備作戰能力，何況眼前是軍隊，不是些無理取鬧的客人。至於趙瑾請來的侍衛們，面對這種情況，也明白自己不該動手，否則只會讓大夥兒更危險。

帶兵前來的人身著一身黑袍，上面繡著龍騰之紋，細細一看，上面的龍紋是五爪的。

聖上龍袍繡有九爪金龍，太子之袍繡有五爪，安承世子趙巍眼下已經以東宮的身分出面了。

趙巍環顧了悅娛樓的男男女女一圈，隨手拎了一個女子出來。「華爍公主可在此處？」

那女子哪見過這種陣仗，她嚇得瑟瑟發抖，說道：「沒、沒有，殿下已經很久沒來過了。」

從她嘴裡撬不出什麼話來，趙巍不耐煩地將人扔在一旁道：「給本世子搜，不將她趙瑾搜出來，絕不罷休！」

儘管搜尋一番之後沒找到趙瑾，悅娛樓仍被一部分留守的士兵看守得緊緊的。

趙巍帶士兵到皇宮附近搜尋，自言自語道：「趙瑾她一個身懷六甲的女人能去哪裡？」

城門封鎖，就算她有通天的能耐，也不可能在這種情況下毫無聲息地出城。

安承世子要找的人自然不只有趙瑾，還有他那位過去的伴讀高祺越。

高家是傳統世家，家風嚴正又不懂得變通，這麼多年來，不管晉王府怎麼遞橄欖枝，他們依舊不為所動——昨夜是最後的期限了。

身為御史大夫，高峰的腦子很清楚，高家只侍奉當權者，晉王並非儲君，也不是能爭奪那個位置的正統，彼此的關係近，不代表能為了他違背祖訓。

不順從的人，活著和死了沒什麼區別，但安承世子還想留個機會給曾經的伴讀，誰知高峰就在那時突然高聲辱罵晉王造反之舉，安承世子便抽劍斬殺他，血濺當場，高家上下的命運可想而知。

高祺越與高珍珍這對兄妹是趁亂逃出門的，只要一天沒找到他們，叛軍便不會善罷甘休。

趙瑾的臉色蒼白中帶著一抹紅，紫韻注意到主子的狀況，將手放在趙瑾的手上還有額頭上，她心下一驚，道：「殿下，您發燒了。」

「我沒事。」趙瑾道。

紫韻看在眼裡，急在心裡，她慌忙想解下自己的外衣為趙瑾披上，卻被趙瑾按住了手，她輕輕搖了搖頭，示意紫韻噤口。

此時外面傳來了說話聲。

「世子您看，這裡有兩具屍體，是我們的人！」

世子，是趙巍。

趙瑾與這個姪子沒什麼太大的過節，只是在權勢面前，趙瑾注定與他站在對立面。

那兩具屍體被放在布滿藤蔓的城牆之下，還稍微用樹葉遮蓋，表示是有人刻意這麼做的。

趙巍瞥了那兩具屍體一眼，又往通道裡面看過去，忽然笑了一聲道：「這裡應該是連接著皇宮內部的地方吧？」

這些話，準確地傳入洞穴裡的人耳中。

趙瑾意識到他們的位置就要暴露了，要麼坐以待斃，要麼只能順著通道往皇宮而去。

儘管不知道宮裡如今是什麼情況，但是總比坐著等死來得好，只是眼下有個大問題——高祺越正昏迷不醒。

趙瑾只能讓紫韻與高珍珍兩人撐起他，雖然兩名女子要撐一位高大的男子走路有些困難，但別無他法。要是不這麼做，連一點希望都沒了。

皇后走在最前面，紫韻跟高珍珍撐著人艱難地走在中間，趙瑾殿後。

在這樣的情況與環境下，行走的速度實在快不起來，就在他們走了幾步之後，趙瑾清楚地聽到身後的腳步聲跟談話聲變得清晰起來。

「這裡有血跡，趕緊給本世子追過去，看看裡面究竟藏著什麼人！」

「是！」

趙瑾心下一涼，腳步聲快速接近，他們來不及逃了，她一回頭，便對上了叛軍。

她的身分實在好猜，就算走在前面的幾個叛軍沒反應過來，待趙巍一看，他便扯了一下嘴角道：「小姑姑，原來您藏在這裡啊。」

通道狹窄，趙瑾往後退了一步，轉過身擋住其他人。「趙巍，你可知造反是何罪？」

趙巍顯然不將趙瑾的話放在心上，只道：「那就看看您有沒有命來給本世子定罪了，拿下！」

千鈞一髮之際，叛軍身後響起了刀刃相接之聲，所有人都還沒反應過來，安承世子就被一把長劍貫穿身體，劍刃沾上了鮮血。

安承世子難以置信地轉過頭，他後面的人毫不留情地將他推開，隨後大步朝趙瑾走了過去。

趙瑾的視線內出現了一張熟悉但又似乎不應該出現在這裡的臉。

「殿下，我來了，別怕。」來人將狼狽的公主擁入懷裡，輕聲安撫道。

感到安心的下一刻，趙瑾眼前一黑。

此時此刻，皇宮內，金鑾殿上吹著冷風，金碧輝煌的宮殿不似平日爭論聲四起，反而沈寂如死水，與殿外的喧囂形成鮮明對比。

聖上身邊一位侍衛都無，他身著龍袍，靜靜看著闖入的篡位者，他的弟弟。

晉王身著黑色盔甲，手持利劍，劍刃染血，不知有多少人死於其劍下。

這一夜的宮變即將落下帷幕，站在晉王身邊的除了他的部下以外，還有他的兒子們，就像是諷刺聖上一般，他將自己幾個兒子帶來聖上面前顯擺。

「趙臻！」晉王趙承開口直呼聖上名諱。「你沒想到自己也會有今日吧？」

聖上沈默地看著這一幕，一言不發。晉王瞧他的目光沒了往日的恭敬，彷彿那張龍椅上的主人即將成為他的劍下亡魂。

「趙臻，事到如今，你是要自請退位，還是要我出手？」

此話一出，趙臻終於有了反應，他看著下面那群人，開口道：「老七，你這是覺得自己贏定了？」

聖上似乎沒意識到自己已經無力反抗，他面無表情地看著自己的弟弟，想起一些久遠的回憶。

先皇貴妃誕下七皇子趙承時，太子趙臻已經十歲有餘，按照先帝對這個弟弟的疼寵程度，他早就意識到趙承對自己來說是一大威脅，只是他當時沒想到，趙承會有逼宮的一天。

「趙臻，你的御林軍已經潰不成軍，你的後宮也亂成一團，你還在想有誰會來救你嗎？」趙承忽然放聲笑了起來。「當初父皇究竟有沒有下聖旨，你心知肚明！」

話中滿是多年下來累積的不忿，趙承痛恨道：「父皇那時明明寵信我遠甚於你，他怎麼會沒下聖旨將皇位傳給我，而是任由你上位?!」

「老七，這麼多年來，你都覺得朕座下的龍椅是你的？」趙臻反問道。

「不然呢?當時父皇數次當眾訓斥你，朝中甚至有不少廢除你這個太子的言論，他怎麼會任由皇位落到你手上？一個連兒子都生不出來的廢人！」

趙臻並未被這話激怒，只道：「憑朕當時是東宮，父皇若是真屬意你這個七皇子，為何不留下傳位聖旨？更何況，你憑什麼覺得自己有本事坐穩朕這個位置？」

虛長十歲，並非全然沒用，至少歷練與氣勢完全不同。

趙臻說道：「你連自己身邊是人是鬼尚且分辨不出，還想著當皇帝，這江山若是交到你手上，能撐多久？」

「這就不是你該關心的事了，你只需要寫下退位詔書，我還可以顧念著往日情分，留你全屍。」

趙臻在此時站起身來，看著晉王以及他的兒子們。

「朕只問你一句，你知道造反若是失敗了會有什麼後果嗎？還是說，你覺得自己萬無一失，不可能失敗？」

趙臻的語氣變得嚴肅。「朕告訴你，趙承，你今日失敗，不僅僅是你自己，你的兒子們、部下，以及他們的家眷，全難逃一死。你府上的女眷會淪落成官妓，你那些嬌生慣養的女兒、養尊處優的妻妾，都將成為最低賤的女人，這些你想過嗎？」

趙承卻笑著說道：「如今你我誰強誰弱，一目瞭然，你怎麼還能說出這種話來？再說，就算今日失敗了，那也是他們的命！」

見聖上不再多說什麼，趙承等不及了，說道：「既然你不願意寫退位詔書，那就別怪我不客氣了！來人，將趙臻拿下！」

晉王帶來的人就要上前將聖上團團圍住，然而就在此時，金鑾殿外響起一道呼嘯聲，一支利箭劃破空氣，將一面黑色的旗幟插入金鑾殿上方，黑色旗幟鋪展開來，上面赫然是一個鮮紅色的「唐」字。

這面旗幟對武朝人來說都不陌生。唐家曾經憑藉這樣一面旗幟成為鄰國心中的陰影，如今這面旗幟的主人是唐韞錦。

旗幟出現，即說明唐家軍到來。

殿內的叛軍意識到了情況，瞳孔一縮，下一刻，唐家軍便進來了。

叛軍被唐家軍迅速包圍，動彈不得。相對於這些叛軍，唐家軍的戰鬥力處在不同層次，他們每個人都是在沙場上磨鍊出來的戰士，是真正領教過戰場無情的人，豈是這群安穩度日的叛軍可比擬的？

晉王看著自己的士兵在唐家軍面前毫無還手之力，不禁愣住了。

人群當中，緩緩走出一道高大的身影，他身穿黑衣，手持一把長弓，方才的旗幟就是他射過來的。

那個人就這樣大步跨入金鑾殿，無視晉王等人的存在，單膝跪地，雙手抱拳道：「臣救駕來遲，還請聖上恕罪。」

趙臻毫不意外地看著這一幕，緩緩道：「駙馬救駕有功，起來吧。」

直到這個時候，晉王才意識到，自己不僅是大勢已去，聖上看起來甚至不像對造反一事全然不知。

回想之前朝堂上對方數次有意無意的訓斥，趙承終於反應過來了。「趙臻，你早知道今日？你故意——」

這話沒能說完，便被趙臻打斷。「所以朕說你坐不穩朕的這把龍椅，蠢貨一個！」

晉王聞言，反射性地就要衝上前去，只是還沒動幾步，便被唐韞修一劍攔在原地。「晉王殿下最好不要輕舉妄動。」

第五十八章　宮變落幕

趙臻冷眼看著眼前這幕，輕哼了一聲道：「老七，看看你身邊的兒子，他們當中像是有誰能坐穩皇位嗎？」

幾位晉王府的公子們，清楚地意識到這次的行動已是徹底失敗，想到自身即將迎來的命運，皆是臉色蒼白。

「朕給過你機會。」趙臻冷聲道：「朕留你活到現在不是因為心慈，你當初懷疑父皇之死有蹊蹺，甚至質疑朕這個皇位不正當，朕現在告訴你，你能活到現在，都是多虧了父皇。」

聖上隨手朝地上扔下了一樣東西。

晉王撿起來打開，發現是先帝留下的密旨，裡面的內容，正是先帝對嫡子的束縛以及對其他皇子的保護：非造反不得手足相殘。

這道密旨一直放在聖上身邊。先帝在位時雖然手足相殘得厲害，但還是不希望見到自己的兒子們血流成河，他不曉得這道密旨日後是否派得上用場，但總是有備無患。

「你說朕的皇位應該是你的，那這道先帝密旨從何而來？」趙臻反問道。

趙承看著手中的密旨，不敢相信自己的眼睛。「這怎麼可能……你騙我！」

「朕騙你做什麼？」趙臻冷嗤一聲。「來人，將反賊趙承及其黨羽一同拿下。」

聖上的城府遠遠沒有表面看上去的那麼簡單，他明知道晉王有謀反的心思，卻壓下出手整治的念頭，不斷給他暗示，直到今日。

皇權仍未更替，然而皇宮之內、宮牆之外，依舊屍橫遍野。

為了除掉一個眼中釘，聖上連自己都算計在內，這一齣引人踏入圈套的宮變，只要稍有差池，聖上也未必能全身而退。

這說明了一件事：權力越大，值得冒的險也就越大，不論是挑戰者或被挑戰者，皆是如此。

趙瑾作了一個漫長的夢，夢裡的一切如同過眼雲煙一般，她抓不住任何一樣東西。她看到自己前世在手術檯前工作的畫面，又看到自己倒下之後同事拚命為她急救。她那時已舉目無親，父母各自有了新家庭，她不過是一段失敗婚姻裡的產物，養大她的爺爺、奶奶早就去世，為數不多的朋友往來得並不密切，到頭來真正關心她的人只有同事。

畫面很快就轉換了，她甚至還來不及驚慌，便被迫接受了這樣一個結果——穿越到武朝誕生，成為嫡長公主。

在這裡生活超過二十年的回憶並不假，眼前的一幕幕都真實得讓人心底發涼，那被割裂的喉嚨以及噴湧而出的鮮血，都在提醒她，她殺了人。

血腥味似乎還縈繞在鼻翼之間，趙瑾是在作嘔的生理反應下醒過來的，反應之激烈，直接將在她身旁守著的人嚇了一跳。

趙瑾不斷乾嘔，眼淚也在這時候流了出來，身邊有人坐下，伸手攬住她輕拍，旁邊似乎還站著一個人，只見那人開口喊道：「來人，快傳太醫！」

開始乾嘔後不知過了多久，趙瑾終於緩了過來，她先是對上聖上的目光，原本泛紅的雙眼帶著驚慌，很直覺地開口道：「哥，我殺人了。」

「哥」這個稱呼跟「我」這個字，自從趙瑾這位公主進入應該要「知禮」的年紀後便沒再喊過，趙臻倏地一頓，他張口想說點安慰的話，只是話到嘴邊卻是：「殺人罷了，身為皇室女子，如果連這點魄力都沒有，如何擔得起嫡長公主的身分？」

趙瑾還沒說話，摟著她的人便道：「聖上，殿下懷有身孕且驚嚇過度，眼下狀況不穩定，有什麼話，還是等殿下恢復之後再說吧。」

聖上還沒來得及訓斥唐韞修以下犯上，徐太醫就過來了，把脈後的結果和趙瑾昏迷時差不多。

「公主受了極大的驚嚇，胎兒隱有不穩，須好好靜養。」徐太醫說道。

聖上閉嘴了。

趙瑾醒來後依舊驚魂未定，就算心理素質再強大，被這裡的人同化得再久，她也意識到自己與這個時代的格格不入。

不管理由或動機是什麼，她趙瑾終究殺了人，這是鐵打的事實。那兩個叛軍幾乎都遭她一擊斃命，每每想起鮮血噴湧出來，沾染她的雙手以及衣裙時的模樣，趙瑾都忍不住背脊發涼。

就在聖上想再說句話的時候，李公公忽然從殿外跑了進來，神情有種說不出的訝異與驚喜。

他還沒開口，趙臻就不耐煩地說道：「慌慌張張的像什麼樣子？」

李公公垂下頭，語氣裡是壓抑不住的喜意。「奴才恭喜聖上，方才坤寧宮來人通報，道是皇后娘娘有喜了，已有兩個月！」

有喜？一聽見這些話時，趙臻還沒反應過來。「什麼有喜？皇后怎麼了？」

這……這還說得不夠明白嗎？李公公懵了。

趙瑾小聲提醒了一句。「皇兄，李公公的意思是，皇嫂有身孕了。」

其實當她在洞穴摸到皇后的手腕後，就意外發現這個驚天動地的大消息了。

趙瑾補充說明後，聖上仍舊沒什麼反應，等她想再解釋時，聖上突然一言不發地起身出去了。

皇后有了身孕這件事轟動朝堂，連晉王謀反一案引發的關注度都被比了下去。

叛亂遭到平定後，華爍公主這個孕婦因為暈了過去，先被接回宮中由太醫診治，而皇后返回坤寧宮後身體不適，召來太醫察看情況，結果被診斷出喜脈。

皇后已經四十好幾，不年輕了，她嫁給聖上近三十年，從還是東宮太子妃到後來母儀天下，一直沒傳出好消息，卻在跟太后懷上先帝遺腹子差不多的年紀時初有身孕。

針對這件事，眾人無疑是訝異的，不僅是皇后以及後宮的妃嬪們，就連朝中大臣都早已放棄後宮誕下皇子的希望，不料晉王這麼一謀反，皇后就被診出有孕，大臣們不禁直呼老祖宗保佑。

皇后有孕的喜事可以沖淡晉王謀反帶來的驚懼，但並不代表後續的事情不需要處理。

晉王逼宮失敗，晉王府上下以及其黨羽全鋃鐺下獄，數百人牽扯其中，就連晉王府出生不久的世孫都難逃一死，府邸內頓時各種鬼哭狼嚎。

王府中的女人根本不知道家裡的男人們這段日子在做什麼，更不明白自己為何突然成了反賊家眷。不僅如此，她們的父兄或夫君即將被斬首，原本平靜的人生完全變了樣，從天堂掉進了地獄。

趙瑾在皇宮裡住了幾日後便返回公主府，期間多虧皇后有孕這件大喜事，包括太后在內，整個皇宮的目光都集中在坤寧宮，她倒是落了個清淨。

太后在宮變當夜也受了不小的驚嚇，到了臥病在床的程度，然而在坤寧宮傳來喜訊之後，太后神奇地恢復健康，與皇后多年來不上不下的婆媳關係，也詭異地在此時有了突飛猛進的發展。

趙瑾沒去坤寧宮湊熱鬧，她還在休養，回公主府之後，唐韞修便去杜府接孩子了。

晉王發動宮變的時間點令人意外，趙瑾完全沒準備，不僅是她，唐韞修也是。協助晉王造反的軍隊來路不明，至今還沒審出個所以然來。

值得慶幸的是，雖然事發當下唐韞修不在京城內，但他身上帶著虎符，那是唐韞錦上次離京前留下來的。唐家軍在京城外也有駐紮點，除了唐韞錦帶去邊疆的軍隊以外，還有相當一部分留在京城外的軍營裡訓練，若國與國之間開戰，這些人才會整裝前往邊疆。

唐世子為弟弟留了塊能號召剩餘唐家軍的虎符，為的就是防止如今這個狀況。顯然唐世子上次回京的時候，就已經瞧出了不對勁的地方。

這件事，聖上是知情的，這也是晉王叛變時他還能保持冷靜的原因。

那日唐煜小朋友剛好在杜府留宿，同樣面臨被叛軍圍住的困境。不過太保桃李滿天下，那日帶領士兵圍府之人碰巧曾是他的學生，比起用強硬的手段逼自己的老師就範，他選擇勸說，想讓老師歸順晉王。想當然爾，最後他被太保痛罵了一頓。

儘管如此，杜家還是逃過一劫，沒因拒絕站到晉王那邊而遭屠殺。

同樣是拒絕歸順，高家與杜家的下場截然不同，高家兄妹回去後等著他們的是一個殘破不堪的府邸。

趙瑾回去時瞧見公主府的慘況，也說不出話來。那夜叛軍意圖揪出她，她雖然逃了，但公主府免不了被翻了個底朝天，死了幾個侍衛。

就算不是身邊親近的人，趙瑾也沒辦法置身事外，公主府的侍衛，終究是因她而亡。人死不能復生，趙瑾能做的，只有善待那些侍衛的家眷。

這一夜之間的所見所聞，在趙瑾心裡留下不小的陰影，幾次在深夜因噩夢驚醒時，她都會瞧見唐韞修在一旁擔憂地看著她。

「殿下不要想太多了。」唐韞修摟著她輕聲勸慰道：「有我在，不用怕。」

趙瑾已經懷有七個月的身孕，本來就容易睡不好，加上殺人的噩夢一直如影隨形，她很快就有了失眠的症狀。

她睡不著，還能另外找時間休息，唐韞修卻要上朝。自從那日領軍入宮救駕後，唐韞修的處境便變得微妙起來。明面上，他是工部侍郎與駙馬，但誰都知道他手上握著兵權。

有些文官大概是看不慣此事，便在聖上面前意有所指、指桑罵槐——因為唐韞修救駕有功，所有人都有默契地沒正面抨擊這個駙馬爺，只能繞個彎批評。

他們既然沒直接把話說出來，聖上也就跟著裝傻。

皇后被診出有了身孕後，聖上很多時候心思就不在政事上了。已經當了外公的天子彷彿回到初為人父那個時候，每日再忙也會到坤寧宮坐一坐，這種偏寵，即便其他妃嬪有意見，也無可奈何。

誰讓聖上念舊情，放著滿後宮的年輕妃嬪不寵幸，非鍾情於一個徐娘半老的女人，結果還真讓她懷上孩子了。

皇后有孕，最高興的當數其娘家，丞相蘇永銘乘機向聖上請求入宮探望女兒。

聖上看著丞相，想起早在幾年之前，丞相也提過差不多的請求，只不過當初求的是讓丞相夫人入宮探望皇后。當時聖上駁回了，皇后畢竟先是皇后，而後才是他們的女兒，沒碰上特殊情況，雙方不宜有過多接觸。

「丞相與皇后也有好些年不見了。」趙臻語氣平淡，隨後頓了一下才道：「只是皇后如今懷有身孕，月分還小，丞相身為男子，想來不如丞相夫人入宮來得妥當，丞相覺得呢？」

聞言，丞相神色未變，垂頭道：「臣謝主隆恩。」

約莫半個月之後，丞相夫人入宮，得以在宮廷宴席之外的場合與女兒相見。只是此番碰面，母女之間的談話並不算愉快。

「本宮絕對不同意。」坤寧宮殿中，蘇想容突然拍桌站起。「請母親回去轉告父親，本宮與瑾兒乃是姑嫂，她這些年來待本宮這個嫂子如何，本宮心知肚明，何況這次晉王叛亂，還是她冒險救本宮一命，本宮怎能害她？」

丞相夫人歷經後宅幾十年鬥爭，對於一些彎彎繞繞相當了解，她面對貴為皇后的女兒，平靜道：「皇后娘娘在後宮生活了這麼久，難道還天真地相信人心嗎？華爍公主在聖上面前的地位如何，皇后娘娘應該知道。

「如今駙馬爺手握兵權，唐世子也帶領著大批精銳唐家軍，若公主殿下誕下麟兒後想要那個位置呢？皇后娘娘考慮過自己的處境嗎？」

蘇想容覺得可笑。「母親，瑾兒已經懷孕七個月有餘，此時出意外，妳覺得她能安然無恙？聖上難道不會追究？還是說，你們覺得本宮腹中的定是皇子，而非公主？」

皇后的反擊極有道理，丞相夫人卻站起來道：「皇后娘娘要明白，朝中大臣皆盯著您的肚子，這一胎必須平安，也只能是個皇子。」

蘇想容花了些時間才理解這段話當中的意思，她瞪大雙眼。「母親，你們瘋了，此乃欺君之罪！」

「比起欺君之罪，皇后娘娘還是想想自己的處境為好。」說著，丞相夫人遞出一個裝著東西的荷包。「要如何選擇，請皇后娘娘好好考慮。」

說完這些話後，丞相夫人稍稍一頓，又緩緩道：「您如今懷有身孕，後宮眾人必定蠢蠢欲動，想來朝中大臣會勸聖上充實後宮。正好您兩位庶妹到了出嫁的年紀，還沒定下親事，若有您出面為她們開口，想來聖上會顧念您有孕在身，願意給這個面子。」

聽見自己的母親若無其事地說出這些話，皇后有種說不出的心寒。十幾年前他們也是如此，試圖用家族榮耀讓她妥協。

「母親，」蘇想容開口道：「這究竟是您的意思，還是父親的意思？」

「是臣妾與您父親兩人的意思。皇后娘娘入宮多年，應該明白，想在後宮生存，就必須這麼做，您那兩位庶妹，不會威脅您的地位。」

蘇想容說道：「既如此，那便讓父親去勸，若聖上同意選秀，再來同本宮說這些吧。」

丞相夫人離開後留下兩位嬤嬤，負責伺候有孕的皇后，並處理「相關生產事宜」。

皇后當日便將兩位嬤嬤調離了身邊。左右她是皇后，要做什麼，哪裡輪得到他人置喙？

至於那不知裝著何物的荷包，蘇想容盯著它看了許久，掙扎了一下，最後還是召人過來，輕聲道：「去找個地方燒了。」

當夜趙臻照例來到坤寧宮，問起白日丞相夫人入宮探親的事。「皇后今日與丞相夫人聊得如何？」

蘇想容淺笑道：「橫豎只是些家中瑣事，聖上日理萬機，怎麼會有心思聽這些呢？」

趙臻說道：「皇后可以說說。」

一陣沈寂之後，蘇想容道：「聽聞聖上近日要選秀？」

選秀最後還是沒搞起來，也許是因為皇后的「關心」，也許是因為聖上實在無心與眾多臣子虛以委蛇。

趙臻是腦子清醒的人，這也是當初先帝即便再寵愛其他兒子，也義無反顧地維護東宮正統的理由之一。後宮多年無所出，原因不在於妃嬪，而是在於他。比起往後宮塞女人，倒不如想想，該如何收拾晉王留下來的殘局。

各種大大小小的事需要解決，因涉及此事而入獄的官員也有一大串，冤與不冤的都需要查明。

晉王與其兒孫以及部下擇日斬首，該流放的就流放，要當官妓的也將送往樂坊，不管是哪種下場，都已成為定局。

在晉王府眾多女眷被流放或送往樂坊之前，懷孕七個月有餘的華爍公主挺著大肚子入宮求見聖上。

趙瑾去的時機不巧，安華公主正跪在聖上面前，父女兩人似乎在對峙。在君王面前，即便是父女，也只能以君對臣的關係相處。

裡面傳來安華公主趙沁聲嘶力竭的呼喊以及聖上的怒斥，這場對談顯然是劍拔弩張。

趙瑾選擇站在御書房外等候。

第五十九章　秋後算帳

御書房內。

「父皇，兒臣已經懷有賀郎的骨肉，還請父皇饒他一命。」安華公主趙沁跪在地上說道。

趙臻冷笑道：「妳用一個反賊的孩子來威脅朕？」

翰林院編修賀大人是晉王的人馬，這件事聖上早就知道了，可偏偏有人執迷不悟。

「父皇，他也是您的外孫！」

趙臻猛力摔筆，拍案而起道：「妳也知道這是朕的外孫，妳是朕的女兒？看看妳自己做的都是些什麼好事！刑場劫囚之後，還沒看清那個男人的真面目？妳以為他接近妳是心悅妳，卻不知他是晉王的人！」

他的語氣裡有幾分恨鐵不成鋼。「妳竟因一個反賊忤逆朕？若不是妳身上流著朕的血，如今斷頭臺上也有妳一份，妳還敢跟朕討價還價?!」

身為聖上唯二的孩子，安華公主從小不曾受過冷待，只要是公主能享受的待遇，聖上都會依著她。她養面首，不只駙馬敢怒不敢言，就連聖上也睜一隻眼、閉一隻眼，誰知她卻對反賊動了真情，還想生下這個孽種。

「皇后娘娘有孕，父皇便覺得兒臣腹中的孩子是孽種。」趙沁著實不服氣，眼神裡流露著幾分不甘心。「父皇怎麼能肯定皇后娘娘腹中的孩子能順利生下來？又怎麼能肯定那是個皇子？」

在這個封建父權社會，說一個女人生不出兒子，彷彿是最惡毒的詛咒。

「放肆！」看著自己的女兒，趙臻的目光由滿是怒火逐漸轉冷。「皇嗣豈是妳能置喙的？」

趙沁這時候還不知道閉上嘴，甚至破罐子破摔道：「父皇待趙瑾肚裡的孩子也比待自己的外孫好，如果不是皇后娘娘有孕，父皇是不是打算立趙瑾的孩子為儲君？」

直到這時候，聖上才終於明白，自己這個女兒是徹底廢了。一個不擁護皇權的公主，一個空有野心與嫉妒心的公主，能養出什麼樣的皇孫來，還需要說明嗎？

「趙瑾是妳的親姑姑，也是朕一母同胞的親妹妹，妳既不懂敬重她，更不明白自己的身分，看來是朕從前太縱容妳了。」

趙臻冷哼道：「若妳執意要生下這個孽種，行，朕成全妳。朕會收回妳的封號與公主府，下令讓駙馬與妳和離，妳的兒女朕接回宮中養，妳將被貶為庶人，不再是朕的女兒。」

「父皇！」趙沁難以置信地看著聖上，不敢相信自己聽到的話。「父皇，兒臣是您的女兒啊！」

「妳看看妳自己哪裡有半點公主的模樣！」趙臻如今多看她一下都覺得礙眼。「來人，安華公主目無尊長、以下犯上，送她回公主府，什麼時候想通了再出門，省得丟人現眼！」

趙瑾還沒反應過來，便看見安華公主被侍衛「請」了出來，兩人的視線正好對上。

安華公主此時理智全失，情郎救不得，連情郎的孩子也可能保不住，這會兒看見趙瑾，還有她那高高隆起的小腹，眸光頓時染上殺意，就要朝趙瑾衝過去，結果被身後的侍衛眼明手快攔下了。

趙瑾聽到自己這個姪女喊道：「妳跟父皇說了什麼?! 本宮才是他女兒，妳憑什麼！妳這……」

話還沒說完，安華公主就被侍衛拖著離開了。

趙瑾斂了一下眼眸，就聽見便宜大哥的聲音響起。「還杵在外面做什麼，要朕請妳進來不成?!」

此話一出，趙瑾便知道便宜大哥的心情實在不美麗。

趙瑾踏進了門，身後的宮人便將門關上，現場只剩下兄妹兩個人，地上還散著聖上方才怒斥女兒時扔出去的東西。

「臣妹參見皇兄。」趙瑾扶著肚子跪下。

龍椅上的趙臻看著跪著的趙瑾，沈默了一瞬才道：「妳今日來是求朕辦事的？」

往日華爍公主過來御書房，已經學會自己搬椅子了，現在竟然跪下，這是個讓聖上有心理準備的信號。

趙臻深呼吸了一下，說道：「朕今日心情不好，什麼該說、什麼不該說，自己斟酌。」

見狀，趙瑾也深吸了一口氣，說道：「皇兄，臣妹手邊有個紡織廠，近日缺人手，想向您討那些即將流放與發配樂坊的女子。」

當她把話說完，御書房內便陷入了一片沈寂。

半晌後，趙臻的聲音幽幽響起。「趙瑾，妳是故意的吧。」

趙瑾真心覺得自己冤枉。誰想得到前面還有一個不怕死的安華來鬧？

「皇兄，臣妹真的缺人用，橫豎女流之輩掀不起什麼風浪來，皇兄將她們給臣妹，也算解決了一大麻煩不是嗎？」

「朕看妳就像個麻煩。」趙臻冷聲道。

前有女兒為反賊求情，後有妹妹為反賊家眷求情，聖上忽然想去問問列祖列宗，可是他趙家的風水不好？

趙瑾很清楚自己的處境，如今她這個狀態，便宜大哥絕不會為難她，只是要讓他網開一面，不是容易的事。

看著跪在下面的妹妹，趙臻道：「朕記得從前太傅跟太保對妳說過君臣之道，如今全吃進肚子裡去了？」

「皇兄知道的，臣妹課業一向不好。」趙瑾此時格外的謙虛。

不管怎麼說，今日她就是要在便宜大哥的底線上反覆橫跳，有本事就打她好了。

「皇兄近日處理的人不少，大臣們嘴上不說，但背地裡興許會覺得皇兄不近人情。」趙瑾低頭說起自己的「擔憂」，隨後一頓，又道：「皇兄，恩威並施，方能收攏人心。」

這話不全是胡說。朝中大臣也知道那些亂臣賊子該死，只是涉事男子全遭處斬甚至誅九族，這幾日斷頭臺上的血跡還未乾便又灑上了新的，雖然無人開口求情，但「伴君如伴虎」這句話已給他們敲響了警鐘。

趙臻垂眸看著自己的親妹，似乎在觀察她，不久後才緩緩說道：「朕有時候懷疑，妳從前是不是故意氣妳的老師們跟朕，問妳功課時說不出個所以然來，如今胡謅時倒是能說出幾分歪理。」

聞言，趙瑾又想開口說話，便聽見趙臻輕飄飄地問道：「妳是不是想說，都是男人們造的反，和她們有什麼干係？這些事對她們來說，不過是飛來橫禍？」

趙瑾一聽，便明白她的立場將決定自己能不能得償所願，她斬釘截鐵道：「皇兄誤會了，臣妹並不覺得她們無辜。」

坐在椅子上的趙臻瞇起了眼道：「說說。」

「皇兄英明，她們當中有人是母親、妻子、女兒、奴僕，即便不曾參與造反一事，卻享受了家中男人為官時帶來的福。福禍相依，受其福，便該擔其禍，正如臣妹與皇兄，榮華富貴全得益於自己姓趙，臣妹的皇兄是當今聖上，沒有皇兄，便沒有臣妹這個嫡長公主。」

「既然明白，就證明妳不是沒腦子。」趙臻的語氣沒有剛開始那麼冷了。「起來，自己找椅子坐，別逼朕罵妳。

「說說看，為何要替她們求情？」趙臻又道。

趙瑾沒站起來，依舊跪著。「臣妹是為皇兄著想，即便皇兄處置反賊天經地義，可您想過百年之後史官會如何記錄這一段嗎？或是如今天下讀書人會怎麼看您？」

聽到這番話，趙臻道：「再仁慈的君王，手上也會染血，妳眼前看到的大好河山，也是金戈鐵馬開拓來的。妳欲朕恩威並施，可曾想過，如今對他人仁慈，他日會得來什麼後果？妳能給朕保證？」

趙瑾道：「皇兄，那只是女眷……」

「跟朕說這個？」趙臻冷笑道：「朕可從不小看女人，妳不也是去臨岳城走了一趟，就差點讓朕不認識自己的妹妹了。」

趙瑾沒想到她有朝一日能成為如此正面的例子。然而，聖上是記仇的，他沒懲罰趙瑾的欺君之罪，卻牢牢記在心裡了。

於是趙瑾又道：「皇兄，流放或發配樂坊都是沒有實質作用的懲罰，可若將她們交給臣妹，還能榨乾她們剩餘的價值，何樂而不為？」

在聖上再度開口前，趙瑾低下頭繼續道：「皇兄，駙馬此番救駕有功，您說過讓他自己思考要討什麼賞的，就用這個抵了吧。」

趙臻終於忍不住再次拍案道：「朕賞的是他，有妳什麼事?!」

說到這個，趙瑾的語氣有點弱了。「夫妻一體……」

此時，聖上再次深刻體認到「君無戲言」這話某種程度是在給自己挖坑，他盯著趙瑾看了許久，不知在想些什麼。

趙瑾也一直跪著，沒有起來。

再兩個多月她就要生了，聖上不至於苛責她。她與安華公主情況不同，安華公主懷的是反賊的孩子，而趙瑾肚子裡這個，不管是姓唐還是姓趙，身分都夠尊貴。

更何況，在挑選對象這方面，聖上不得不承認，他這個妹妹的眼光確實比他女兒好，哪怕趙瑾比他女兒還要小上十多歲；但凡安華公主有這樣的覺悟，都不會被一個別有居心的男人玩弄於鼓掌之間。

「瑾兒，妳確定要用駙馬的功勞來換那些罪臣家眷？」趙臻似乎鬆了口。「朕從前沒教過妳，但妳要謹記，凡事不要婦人之仁，畢竟妳不知道一時的仁慈會導致什麼後果。」

趙瑾恭謹地回道：「臣妹謹記。」

既然趙瑾鐵了心要從聖上這裡拿到那些罪臣家眷的支配權，聖上又沒真的將那些人放在心上，便順了趙瑾的心意。

「行了，給朕起來，再跪下去就沒意思了。」

趙瑾不是不知好歹的人，她嘿嘿笑了兩聲道：「謝皇兄成全。」

「好了好了，妳皇嫂近日食慾不振，妳既然進宮了，便去她宮裡坐坐吧。」

聖上像是嫌趙瑾礙眼，頭又低了下去，懶得搭理她了。

趙瑾已經達到自己的目的，於是很識相地說道：「皇兄您繼續忙，臣妹告退。」

如今在坤寧宮伺候的人比趙瑾印象中多了一倍不止，證明這個時代胎兒的確比母體貴重一些。

趙瑾一來，門口的宮人便立刻去通傳，沒多久趙瑾就被迎了進去。

一見面，趙瑾便發現便宜大哥說的是真的，皇后確實食慾不振。

「瑾兒怎麼來了？」蘇想容看到趙瑾時笑了，目光不自覺地落在她的肚子上，又道：「妳應當在府上多休息。」

雖然趙瑾自己不這麼覺得，但她算是這麼多個公主裡最常回娘家的了，連有身孕也沒歇著。

皇后成了後宮的中心，從前只是女主人，現在成了寶。

關於皇后腹中這個孩子，自然也有風言風語，畢竟聖上這麼多年來一直沒能讓後宮妃嬪懷上孩子，誰知皇后竟忽然有孕。

儘管有人懷疑皇后的貞潔，然而明眼人都知道聖上之前臨幸坤寧宮的頻率有多高，皇后有孕，還真是聖上密集勞動做出來的。

「皇嫂臉色看起來比之前差了許多，」趙瑾有話直說。「臣妹給皇嫂把把脈？」

蘇想容當然不會拒絕趙瑾的好意，她笑了笑，屏退左右後說道：「瑾兒坐。」

趙瑾其實不用把脈，光是用看的她也明白，皇后這分明是憂思過重，壓力太大了。

「皇嫂，您是擔心腹中胎兒嗎？」趙瑾邊把脈邊說，又補充道：「孩子很健康，至於其他，都已經定下了，您沒必要給自己太大的壓力。」

趙瑾沒將話說得太死，但話裡的意思很明白——皇后這個當母親的，也擔心自己無法如眾人所願生下一個皇子。

她身為國母，要擔負的實在太多。四十好幾有孕，是非常危險的年紀，雖然當年太后也是差不多在這個年紀生下趙瑾，但太后那是二胎，像皇后這樣四十多歲生頭胎的，實在是少之又少，不說外面，就是這皇宮裡面，也不知道有多少雙眼睛盯著。

皇宮裡有多少骯髒的事，趙瑾明白，她畢竟在這個地方生活了許多年。多虧便宜大哥給力，讓她的母后成為太后，趙瑾這個公主才不用接觸太多爾虞我詐。

然而不接觸，可不代表她不懂。

「瑾兒說的話，太醫們也說過，只是皇嫂年紀大了，難免思慮會多一些，妳的好意，皇嫂心領了。」

趙瑾沈默了。關於生男生女這件事，她大可以說出這並非由女人決定，然而就算她說了，真的會有人相信嗎？

聖上尚且需要生出健康的皇子好向朝臣交代，有人會在乎生男生女背後的原理及知識嗎？

沒有，他們只需要結果。

皇后深知這一點，正因為明瞭，這種焦慮才會成為折磨她的凶器。

「皇嫂要明白，只有保重身體才有希望，不要給自己和孩子太大壓力，壞了健康可是得不償失。」趙瑾知道自己這話注定白講，因為她未面臨皇后的境況。

感同身受說到底是謊言，趙瑾能理解、能體諒，卻永遠無法做到感同身受。

蘇想容點頭道：「瑾兒特地過來陪本宮說話，本宮實在欣慰，妳如今也該多保重身體。」

趙瑾遲疑了一下，還是開口道：「皇嫂，今日是皇兄叫臣妹過來的，您若有心事，其實可以和他說，他雖是天子，但也是您的丈夫。」

要猜測彼此的心思是件很累的事情，趙瑾覺得便宜大哥與嫂子起碼不該這樣過日子。

趙瑾在坤寧宮待了沒多久，便在宮人的護送下離開，沒有要去仁壽宮的意思。

如今太后的精力雖然都放在皇后這裡，但不代表她不關心趙瑾腹中的外孫，趙瑾不想在這時候和太后吵架，可她實在無法眼睜睜地看著她這一世的母親將她的孩子當成捍衛權勢的傀儡。

趙瑾不出意外地在皇宮外看見了公主府的馬車，還沒走近，便看到唐韞修從車上下來，含笑看著趙瑾。

唐韞修這幾日很閒，他那個工部侍郎的頭銜還是被摘下來了，聖上安排了自己的人上去，這會兒有異議的聲音少了許多。

晉王造反後，朝中好些官職都空了出來，需要有人填補。聖上深知帝王權術，他藉著晉王這次造反，為朝中換了一批新鮮的血液，即便有人看穿他的伎倆，也無話可說。

御史大夫高家近乎滅門，僅剩高祺越與高珍珍兄妹，高祺越在御林軍的官職升了上去，至於高珍珍，聖上下旨命其與宋韞澤和離，隨後封她為郡主。

宋韞澤……他確實被晉王洗了腦，被忽悠去當那個縣令，且對私鑄銅錢一事知情，換言之，他是站在晉王那邊的。

按道理說，宋韞澤這行為應當禍及親人，只是他父親的爵位承襲自過去的唐家，他的妻子被反賊屠殺滿門，他的大哥還在邊疆戍守，二哥尚了嫡長公主且救駕有功，怎麼都不至於被他一個蠢貨連累。

查明真相之後，永平侯跪在御書房前求見聖上一面，他已經明白自己與前面兩個兒子之間的親緣淡薄得可憐，與其找他們幫忙，不如直接向聖上求情，何況宋韞澤犯的不是貪污或瀆職的罪，而是造反。

永平侯用爵位換來三兒子的一條命，只是死罪可免、活罪難逃，人還在牢裡，聖上便下旨令他與高珍珍和離，之後還不知要受什麼苦。

第六十章　深藏不露

至於唐韞修，每日仍固定要上朝，然而因為手上握有兵權，他的身分詭異地從文官那邊偏向了武官。

事實上，聖上沒給他其他官職，但也沒任何人提醒駙馬這一身的紫色官服有何不妥。

唐韞修小心翼翼地將人扶上馬車，隨後自己也跟了上去，他看著趙瑾的腹部，嘆了一口氣道：「殿下，下次若是要入宮，還是找我陪同吧。」

趙瑾語氣冷靜地說：「無事，今日皇兄心情不太好，多虧你之前立下的功勞，不然我可得挨他一頓罵。」

唐韞修無語。拚命救駕的功勞是這樣拿來用的嗎……

安華公主被聖上差人送回公主府，消息一傳出來，賢妃就急了，她迫不及待地想去向聖上求情，只是人還沒到，聖上降她位分的聖旨便到了——賢妃成了賢嬪。

身為為聖上誕下孩子的妃子，賢妃這麼多年來雖然不到能在後宮呼風喚雨的程度，卻也從來沒想過自己的位分會不升反降。

從妃降到嬪，原因是教女無方。

她原本還想著去找聖上喊冤，結果在得知女兒做的好事之後，第一件做的事便是請旨出宮。

聖上還在氣頭上，賢嬪沒找他請旨，反而是繞了一圈找上太后，有太后開口，聖上當然同意。

於是在安華公主被禁足公主府的第二日，她的生母出宮來到她的府邸，駙馬帶著孩子出來相迎，賢嬪甚至沒心思多看兩個外孫一眼，便直奔安華公主的院落。

安華公主正在鬧絕食，聖上親口下令禁足，沒人敢將她放出去，眼看救不出情郎，聖上還要與她斷絕父女關係，安華公主對任何人都沒有好臉色，這會兒瞧見她的母妃，彷彿看到了救世主一般。

「母妃……」

安華公主趙沁不過剛張口，曾經的賢妃、如今的賢嬪便一個巴掌重重甩了過去，趙沁的臉瞬間被搧腫了。

「母妃？」她愣住了，沒反應過來。

「妳還知道喊本宮母妃，看看妳做的那些事多丟人現眼，竟然還敢去威脅妳的父皇，妳眼裡還有我這個母妃嗎?!」

賢嬪有多恨鐵不成鋼，只有她心裡明白。聖上降她位分這個舉動無疑是在警告她，若不將趙沁肚子裡的孽種處理乾淨，她與她背後的母族都將完了。

安華公主沒料到她絕食盼來的母妃不是來安慰她的，而是要灌她喝打胎藥。堂堂公主，竟然淪落到被生母灌打胎藥的下場，何其諷刺！

「母妃，兒臣是您的女兒，您這麼能這樣對我?!」安華公主一臉難以置信。

賢嬪高麗云只覺得一巴掌還不夠讓自己的女兒清醒過來。「妳平日如何胡作非為，本宮可以不管，總歸妳的父皇也睜一隻眼、閉一隻眼。妳有野心，本宮只當妳想培養崢兒，誰知妳竟然膽大包天，夥同外人奪妳父皇的權？妳如今的一切是仰仗誰得來的，還需要本宮提醒嗎？沒有妳父皇，妳這個公主什麼也不是！」

說起野心，賢嬪並不比她女兒來得小，只是她更清醒些，又或者說，安華公主畢竟身為皇女，所以更加有恃無恐。養面首這種事，是活在深宮的妃嬪這輩子想都不敢想的事。

賢嬪怨女兒一手好牌打得這般爛，聖上要奪走外孫的撫養權，屆時孩子養在誰膝下，與誰是一條心便難說了。

「來人，給本宮灌藥。」高麗云站了起來，冷眼看著被下人按住的女兒，頭一次覺得心中悲涼。

當年趙臻這個東宮太子繼承大統，她身邊不是沒有貌美且心思活絡的侍女想一飛沖天，就此成為人上人。她想過有朝一日興許要這樣對待那些賤婢，只是無論如何都沒想到，如今要受這個罪的，竟然是她的親生女兒。

可笑。然而女兒肚子裡的孽障必須除掉。

就算皇后有孕，聖上也不過是多了一個孩子而已，女兒只要好好表現，她的地位便不會受到威脅；可一個為逆賊生下孩子的公主，要聖上怎麼容忍她？

賢嬪沒想到自己生下來的孩子竟是個耽於情愛的蠢貨。

「母妃，兒臣不喝，求求您，救救兒臣吧！」

安華公主掙扎得厲害，她又是金枝玉葉，賢嬪帶來的嬤嬤們不太敢下狠手。

「都愣著做什麼？」高麗云怒道：「就這點力氣嗎？這個孽種不除掉，妳們的腦袋都給本宮小心點！」

饒是安華公主嚷得再大聲、叫聲再慘烈，也依舊沒能喚醒她母妃的憐憫之情，待在外面的駙馬立刻帶著兒女遠離了這個院子。

安華公主衣物凌亂、長髮披散，死死咬緊牙關，可嬌生慣養的公主怎麼比得上做慣了粗活的嬤嬤們，苦澀的湯藥在牙縫遭撬開的那瞬間被無情地灌了下去，再激烈掙扎也無濟於事。

湯藥被灌進去後，安華公主撕心裂肺的哭喊與賢嬪的冷淡形成了鮮明的對比。

高麗云看著一臉痛苦的女兒，終究還是低下身子摟住她，低聲道：「沁兒，不要怪母妃狠心，妳是公主，妳父皇是天子，妳既捨不下榮華富貴，便不要去挑戰妳父皇。這個孩子真的不能留，要怪只能怪他的生父，母妃所做的一切，皆是為了妳我母女兩人……」

安華公主的哭聲與哀鳴混雜在一起，藥效發作了。

高麗云抹了抹臉上的淚，冷靜地對旁人道：「將公主扶回房中，好生照料。」

雖說安華公主的駙馬是顯赫家族出身的公子，但性子溫吞，不是能成大事的人；況且皇權之下，公主與駙馬是君與臣的關係，種種原因加在一起，注定他們的關係只能流於表面。

後宮妃嬪出宮並不是件容易的事，賢嬪此番是帶著任務來的，離開公主府之前，她安撫了駙馬幾句，但終究沒說太多。

安華公主有身孕這件事，知道的人並不多，這孩子流得自然也毫無聲息。

身為知道內情的人，趙瑾在聽聞賢妃被降位分時還有些驚訝，然而得知她出宮的消息後，便能猜到問題的癥結點在哪兒了。

便宜大哥雖然孩子不多，但寧缺毋濫，一個不跟自己一條心的孩子，說到底猶如雞肋。

孕期到了如今這個月分，趙瑾的肚子時常讓她睡不好，唐韞修能明顯感受到這點，趙瑾夜裡輾轉反側時，唐韞修也會跟著醒過來，然後陪她說話。

趙瑾覺得這樣下去不行，於是這日唐韞修下朝歸家時，便看到床上多了一個奇怪的東西，像枕頭，卻又不是枕頭。

「殿下，這是何物？」

趙瑾說道：「就當是孕婦枕吧。」

接下來，駙馬就看著公主拿著一本冊子在清點什麼，又聽她問：「之前送禮到我們這裡的人家，哪些家的夫人如今正懷著身孕的，給她們送一個過去，過些日子去問問使用後的感受。」

看她這副模樣，唐韞修似乎猜到了什麼，他委婉地提醒道：「殿下，咱們如今不缺錢。」

沒有哪位公主跟皇子是缺錢的，趙瑾不光有自己的俸祿，還有駙馬帶來的「嫁妝」，不提趙瑾自己的產業，公主府的財產已經夠他們這輩子揮霍了。

唐韞修知道趙瑾需要打理名下的產業，可是他不認為他們家需要女主人挺著七個月的孕肚還去做生意。

趙瑾像是沒聽清楚唐韞修說的話，抽空回頭看了他一眼，滿臉疑惑。

唐韞修嘆了口氣，他走近一看，發現趙瑾手上拿著幾張圖紙，上面畫的正是如今躺在他們床榻上的東西。

「此物能讓殿下睡得好些嗎？」唐韞修問道。

趙瑾抬了抬下巴道：「你去試試，看看喜不喜歡？」

駙馬原本不喜歡這樣一個擋在自己與趙瑾之間的枕頭，然而當晚沐浴後躺到床榻上，嘗試性地抱了一下後……一股奇妙的感覺油然而生，他形容不出來，但就是挺喜歡抱的。

碰巧趙瑾走了進來，看見這一幕，年輕的駙馬似乎覺得自己的舉止不太穩重，於是欲蓋彌彰地坐起身來。

趙瑾笑了一聲。「你幹什麼？」

唐韞修為坐到床邊的趙瑾揉了腰，隨後從身後環住她，雙手輕輕放在她的肚子上，臉貼著她的脖頸。「殿下辛苦了。」

他呼出的氣息讓趙瑾有點癢，動了一下，她這一動，肚子裡也有了動靜。

唐韞修輕笑道：「踢我了。」

肚子裡的孩子正活躍，這對年輕的父母迎接新生兒的時間也越來越近，說不出是什麼感覺，有點期待，又擔心自己應付不來。

「殿下要歇息嗎？」唐韞修問道。

趙瑾搖頭道：「還有些事。」

於是唐韞修看著他的夫人起身說道：「我去書房一趟，你先睡。」

公主府有兩個書房，一個是公主殿下的，另一個是駙馬爺的。

平日他們彼此算是井水不犯河水，趙瑾對唐韞修做的事不好奇，相同的，駙馬也從來不干涉公主的事。

趙瑾對這個駙馬很滿意，他不僅年輕俊美，還很聽話；唐韞修也對這個嫡長公主很滿意，她不僅生在他的心尖上，個性還十分豁達，模樣越是漫不經心，越是勾人上癮，最重要的是，她不養面首。

不過說真的，唐韞修實在不明白，趙瑾怎麼能讓自己忙成這樣。

「殿下，我能在旁邊看嗎？」唐韞修又問道。

趙瑾挑眉道：「好奇？」

唐韞修點點頭，表示很難不好奇。

於是趙瑾說：「行，你隨我來吧。」

然後，原本應該跟在公主身邊的紫韻再次失去了自己的工作，她眼睜睜地看著駙馬亦步亦趨地跟在殿下身後走進書房，門也被無情地合上了。

唐韞修第一次踏進趙瑾的私人領域。

懷孕七個月有餘的華爍公主坐到自己的桌前，翻起案前的信看了半晌，隨後抬筆寫下回覆。

在這麼一瞬間，唐韞修有種趙瑾在批閱奏摺的錯覺，而他則是陪侍在旁的妃嬪。這樣的錯覺實在過於大逆不道，僅僅片刻之後，唐韞修便將這念頭拋諸腦後。

這一刻，唐韞修還不知道，眼前這個女子究竟掌握了怎樣的一個商業帝國。

趙瑾自認不是什麼太聰明的人，卻明白自己要有些東西傍身才行，光憑皇室嫡長公主這個身分，還不夠她高枕無憂。

唐韞修坐在一旁目不轉睛地看著，看著他本就錦衣玉食的妻子一封一封地回信，趙瑾不知道，自己現在的氣場有多凌厲。

等趙瑾再抬頭時，猝不及防地對上了唐韞修的目光。有一說一，對她來說，唐韞修算是長了一張「不安於室」的臉，這麼盯著她，趙瑾還有些不太習慣。

「駙馬若是覺得無聊的話，可以回去先休息，或去書架拿本解悶的書看。」

駙馬本人手撐著下巴，眸中不見半分倦色，他那張臉與身形在燭火映照下格外誘人，他笑了聲道：「光是看著殿下，便夠有趣，不知為何，殿下俯首案前時的模樣，分外好看。」

佳人對影，朱唇皓齒，傾人心。

趙瑾忽然覺得她就像個帝王，享受著妃嬪的吹捧。難怪男人喜歡女子仰慕自己，喜歡將自己放在一個相對強勢的位置，這種感覺確實讓人上頭。

手中要拆開來看的信封還有好幾個，趙瑾低頭看向肚子，心思再活絡也只能按捺下去。

「唐韞修，」趙瑾輕聲道：「你別看我了。」

唐韞修一臉不明所以。

「影響我的注意力。」她低頭，唇角勾起一道淺淺的弧度。

駙馬聞言一愣，但馬上理解了趙瑾的意思，說道：「好，聽殿下的。」

華爍公主心血來潮弄出來的孕婦枕半個月之後出現在京城的市場上，並在短時間內大賣，深受歡迎。

這不是什麼富貴人家才買得起的東西，有貴的就有便宜的，很快便出現了仿冒品，當一件商品在市場上有了仿冒品，就代表是長賣款。

此時趙瑾已懷有八個月的身孕，靠著悅娛樓與孕婦枕成為當之無愧的繳稅大戶，至於私底下的其他產業，沒人知道她是老闆。

聖上偶爾還是會打聽一下他的妹妹在做什麼，這一打聽後，又沈默了。

彼時皇后懷胎將近三個月，依舊是備受關注的焦點。在這種情況下，趙瑾逐漸遠離了皇宮的圈子，皇后肚子裡面的孩子不僅是便宜大哥以及朝臣的希望，更是趙瑾的寄託。

就算是公主，在這世道也要尋找可依靠的人，不是她的夫家，而是九五之尊。這種時候要做的不是湊過去討好對方，相反的，離得越遠越好，反正趙瑾向來不太參加應酬，又懷有身孕，不露面也正常。

女子有孕之後口味常會跟著改變，為此公主府的廚子換了幾波，有些東西趙瑾想吃卻沒人會做，最後導致了這樣的畫面：嬌貴且挺著一個大肚子的公主捋著袖子，站在廚房指揮廚子做出一些奇奇怪怪的膳食，像是將油倒在大鍋內，炸些薯條或雞翅、雞腿之類的。是油膩了些，卻是香氣撲鼻，讓人口水直流。

然而，府醫說趙瑾現在的身體不宜吃太多油炸物，駙馬無奈之下，只能命人看住趙瑾。只是說到底，趙瑾可是公主府裡當仁不讓的主人——不是女主人，而是主人，唐韞修派再多人囑咐都無用。

懷孕後期的日子本就難熬，若連這點口腹之慾都不能滿足，她這個公主倒不如不做了。

府上還是有嬤嬤在的，比起姜嬤嬤雖收斂了些，不過每當看見趙瑾吃油炸物時，嬤嬤還是會忍不住露出不太贊成的神情。

趙瑾對此倒是不痛不癢，畢竟她從來不在乎其他人的想法。

時間過得很快，晉王造反留下來的爛攤子被收拾得差不多了。晉王與安承世子行刑那日，晉王妃與安承世子妃相繼自戕，晉王府剩餘的眾多女眷都被趙瑾派去的人帶走了。

得知晉王妃與安承世子妃想不開的消息，趙瑾垂眸沈默了許久，不知在想些什麼。

說到底，這兩個女人與趙瑾算是陌生人般的存在，紫韻不明白自家主子為何會因她們而影響自己的心情。

紫韻還記得宮變當夜，他們幾個人陷入怎樣的險境當中，同樣也記得趙瑾手刃叛軍時的神情。

那是紫韻第一次在自家主子身上看到那樣的氣勢，當時趙瑾彷彿變成另一個人，比高位上的聖上還要駭人幾分。

紫韻跟隨趙瑾多年，很清楚皇宮裡的人命輕如浮萍，不說其他宮裡，就是在太后跟前伺候，稍有不慎，也是死路一條。

然而，華爍公主從不草菅人命，宮裡的人都盼著能到她身邊伺候，但她到底是聖上的胞妹，骨子裡存在不可撼動的威嚴。

唐韞修下朝回來以後，便聽說他的公主殿下練起了字。

趙瑾正在書房裡，門外守著的人一見到唐韞修就迎了上去，小聲向他說公主殿下今日心情不好。

唐韞修聽完，抬手敲了敲門。

片刻後，趙瑾的聲音從裡面傳出來。「進。」

唐韞修推門而入，只見趙瑾正低頭看著自己剛寫好的字帖，等著墨水風乾。

常道「見字如見人」，按照唐韞修的標準，趙瑾這字無論如何都不像是能氣死聖上或那些老師的程度，更不像是個混吃等死的公主寫得出來的。

唐韞修身為她的丈夫，看到那些字時，神色未變。

他走近，正想說話，便聽見趙瑾說：「他們和你說什麼了？這麼急著過來哄我？」

第六十一章　識破詭計

唐韞修的目光落在桌面的宣紙上，再慢慢看向自己的妻子道：「殿下的字比起書法大家，有過之而無不及。」

趙瑾沒什麼反應，她不缺這樣一句誇獎，要是真缺的話，如今那幾位股肱大臣又該惋惜她不是個皇子了。

「殿下，」唐韞修的官服還沒來得及脫下，一身紫色襯托得他那張臉更加迷人。「您向聖上討了恩典，想救那些亂臣家中的女眷，可晉王妃與安承世子妃卻自戕了，所以您不開心？」

唐韞修雖然不在意趙瑾拿著聖上給他的賞賜救人，但依照他的觀念，趙瑾此番舉動並不妥當，他也不認同。

斬草尚且除根，雖然留下的都是女眷，但那些人若心懷怨恨，早晚成為禍害。

在這一點上，唐韞修與聖上的想法一致，可這不代表他會勸趙瑾，她做事總有自己的道理。

「唐韞修，」趙瑾說道：「我鑽牛角尖了，所以現在有些想不開。」

「殿下可以和我說嗎？」

趙瑾的目光落在他臉上，緩緩道：「晉王與安承世子死有餘辜，可是晉王妃與安承世子妃自己也有女兒，這般為男人殉情，值得嗎？」

這整個時代毫不掩飾對女人的苛刻，在眾人眼中，女人為男人殉情再正常不過，寡婦甚至會被視為不祥的人。

二十餘年過去了，趙瑾依舊沒能完全被這個朝代同化，清醒的痛苦，是她的課題。

「殿下，」唐韞修的手覆上趙瑾的手，低沈的聲音在她耳邊響起。「我不知道別人怎麼想，我只能代表自己，若是哪日殿下先走了，我會隨您而去；若是我先殿下一步離開，還望您珍重……」

說著，唐韞修自己不禁笑了出來。「原本想說若我先殿下而去，殿下要找個比我還體貼的人放在身邊，只是想了一下，還是盼殿下能日日夜夜念起我的好。」

他的愛，是毫不掩飾的占有。

唐韞修不是什麼大方的人，更不光明磊落。從前在永平侯府，宋韞澤趁他兄長不在，故意帶家丁過來挑釁，或是搶他的東西時，唐韞修從沒讓他好過，導致長大以後，宋韞澤瞧見他都儘量躲著。

趙瑾抬頭在他唇上親了一口，終於笑了。「駙馬的嘴真甜。」

至於駙馬的話她有沒有信，又是另一回事了。

就算中間隔著一個還沒出生的孩子，唐韞修還是抓住機會摟著趙瑾的脖子使勁親了一口。

他的視線落在趙瑾的肚子上，多少有些埋怨。「殿下，我想您。」

這個「想」字指的是什麼，值得深思。

趙瑾拉著唐韞修坐下，他便順勢將額頭貼在趙瑾的小腹上，趙瑾的手則撫上他的臉。

此時她忽然說道：「等孩子出生之後，興許整夜哭鬧，你多忍忍。」

一想到日後身邊會多一個娃兒出來，駙馬整個人都不好了。

華爍公主臨盆的日子越來越近，駙馬明顯患上了產前焦慮症，彼時趙瑾懷孕九個月。

皇宮裡傳出了消息，皇后孕吐嚴重，太醫也束手無策。

就在此時，聖上收到一封來自西北的奏摺，看完了之後，天子震怒。

趙瑾人在公主府，也聽到了一些風聲。

西北那邊時常會有胡人騷擾，駐守在那一帶的人是煬王趙鵬，趙瑾那個素未謀面的九哥。

煬王二十多年來駐守西北，立下汗馬功勞，從某種程度上來說，他也算是傳奇人物，一個活在別人口中的將軍。

自趙瑾出生以來，煬王從沒回過京城，她甚至不知道這個九哥究竟長什麼樣。

因為這麼一封從西北傳回來的奏摺，讓聖上失了身為君王的風度——煬王以舊傷發作為由，請求歸京。

一個稱得上是功高震主的王爺若回京，不難想見會掀起怎樣的腥風血雨，可趙瑾不知便宜大哥到底為何大發雷霆。

聖上與他兄弟之間的種種糾葛，不是她這個當時還沒投胎的公主能知道的，左右不過是些陳年舊事。

趙瑾即將臨盆，唐韞修乾脆告假，連朝都不上了。

駙馬與華爍公主的感情之好，眾人都看在眼裡，就連聖上都沒料到，當初這個駙馬選得似乎草率，卻如此貼心。這種將妻子這般放在心上的男人，實在難得。

趙瑾臨盆那日是個雨天，她正在公主府的書房內翻看帳本，唐韞修則在她旁邊處理自己的事。身為手握兵權的駙馬，他多少還是有公務在身。

「唐韞修，」趙瑾的聲音忽然響起。「你喊人去一趟玄明醫館，將谷醫師請來府上。」

唐韞修正想問趙瑾是不是身體哪裡不舒服，就聽見她用極其冷靜的語氣道：「我羊水破了。」

她看起來完全不像是要生的人，神態平靜到彷彿要生孩子的另有其人。

唐韞修沒辦法像她這般灑脫，他迅速轉身踏入雨幕中。

很快的，府上的接生嬤嬤們以及所有侍女都到場了，趙瑾也從書房回到自己房裡，她躺在床上，劇痛襲來，連呼吸都變得困難。

谷醫師趕來了，她一到便占據了主位。

接生嬤嬤中有兩個是太后不久前送來的，一位姓郝，一位姓彭。她們經驗豐富，原以為自己會是主力，不料公主殿下竟找了別人來。

嬤嬤們自然有意見，說道——

「這可是殿下的頭胎，怎能隨便讓外面的人接生？」

「殿下金枝玉葉，馬虎不得！」

然而趙瑾卻忍痛道：「谷醫師，妳來給本宮接生。」

兩位嬤嬤還想說些什麼，便聽見身後的駙馬冷聲道：「沒聽見殿下的話嗎？」

這一聲，似乎在提醒她們，房裡還有個男人。

於是又有人對唐韞修道：「駙馬爺，婦人產子，男人不能在房內，還請您到門外等候。」

在這種關頭下，唐韞修懶得和她們計較，他大步走向床邊，握著趙瑾的手說：「殿下，我就在門外，有事喊我。」

當著眾人的面，他低頭吻向趙瑾額前，隨後才冷冷地看向其他人道：「若殿下有什麼三長兩短，我唯妳們是問！」

其實所有人都明白，婦人生子就是一道鬼門關，有人咬牙堅持便跨了過去，有人卻是這一輩子就這麼「過去」了，哪有人能保證什麼。

趙瑾自然明白這個道裡，忍不住用力深吸了幾口氣。陣痛間歇性地傳來，她也不禁有些惶恐。

這個時候想想，男人還真是該死。只是趙瑾一想完後，發現自己想罵的不僅僅是男人，還有這個沒無痛分娩的落後朝代。

華爍公主正在生產的消息很快就傳進不少人耳中，公主府上的動靜並不小，又是去醫館請人、又是下人四處奔走的，想不引人注意都不行。

唐韞修就守在門外，房間裡面時不時傳來各種聲響，身邊的人說了什麼他都聽不太進去，此時他不禁後悔為什麼剛剛要答應離開產房了。

趙瑾知道陣痛有多恐怖，但從前畢竟沒生過，對於生產的疼痛始終停留在一個相對清晰又模糊的概念上。

現在趙瑾懂了。生孩子確實不是什麼容易的事，在漫長的分娩過程當中，她的思緒紛飛，甚至想到自己拚命生下來的這玩意兒說不定某天會將她給氣到升天，忽然覺得這個世界乾脆就這麼毀滅好了。

又一陣強烈的劇痛襲來，趙瑾沒心思再去想其他事了。

谷醫師在旁邊輕聲指引著，趙瑾努力保持呼吸平穩，不知過了多久，外面一道閃電劃過，驚雷響起。

門外蹲著一大一小的身影。
唐煜小朋友聽聞嬸嬸在生孩子，於是冒雨從自己住的院子跑了過來，叔姪兩人就這樣蹲在門口，焦灼地等待著。
負責照顧唐煜的侍女根本不敢上前一步，因為隨著時間推移，駙馬的臉色變得越發難看了。
尖細的嬰孩啼哭聲驀地響起，一大一小同時站了起來，目光死死地盯著那扇緊閉的門。
谷醫師將自己接生下來的孩子遞給旁邊的郝嬤嬤，紫韻則忙著為趙瑾擦汗。
就在此時，彭嬤嬤上前一步接過剛出生的嬰孩，她沒忙著清理孩子，反而在第一時間察看起孩子的性別來，隨後面露喜色道：「恭喜殿下，是位郡主。」
自從皇后有了身孕，趙瑾便不讓任何人診斷腹中胎兒是男是女，身為孩子的母親，這點權力她還是有的。
一聽是女孩，趙瑾神經一鬆，原本這時候應該能稍微休息一下的，然而她卻抬眸看向一旁的紫韻，說道：「紫韻，將孩子抱過來，我看一眼。」
紫韻不疑有他，從彭嬤嬤手中接過孩子。
孩子被裹在襁褓裡面，皮膚紅通通、眼睛滴溜溜，就算不夠好看，也夠可愛。
趙瑾點點頭道：「開門給駙馬報喜吧。」

門一開，唐韞修便像一陣旋風般地衝了進來，他身後的唐煜小朋友則被擋在外面，還奶聲奶氣地質問照顧他的侍女為何不讓他進去。

侍女心道：小祖宗哦，您饒了奴婢吧。

唐韞修還沒來得及看清躺在床榻上的趙瑾，便見她抬手指向彭嬤嬤道：「唐韞修，將她拿下。」

這命令下得實在突兀，其他人還沒反應過來，被點名的彭嬤嬤神色就慌亂了起來，她下意識地就想往門口的方向溜去，然而下一刻便後頸一疼，就這樣癱軟在地。

「給我搜她的身。」趙瑾忍著渾身的疲倦與不適說道。

谷醫師蹲下去搜彭嬤嬤的身，很快就搜到一個布包，一打開，發現裡面是白色的粉末。谷醫師低頭湊近輕輕一聞，隨即眉心蹙起，她的目光又在彭嬤嬤身上轉了一圈，最後落在對方的雙手指尖上。

抓起彭嬤嬤的手仔細端詳了一番，又湊近聞了一下，谷明雪下了結論。「是毒。」

這兩個字讓在場所有人都驚慌不安，尤其是還抱著小郡主的紫韻。

這麼小的孩子，但凡沾染上一點毒在嘴裡，短時間內有誰能夠發現？

谷醫師立刻起身將自己的雙手泡入水中清洗幾遍，然後將紫韻懷裡的孩子接過來，仔仔細細地檢查了起來。

剛剛才出生的孩子就這樣在谷醫師懷裡被折騰了一番，甚至又被清潔了一遍，最後才確認一切無礙。

不知是還沒來得及下手，或是有其他原因，總之彭嬤嬤沒得手。目前昏迷倒在地上的她，在眾人眼裡已經算是死人了。

趙瑾強撐著看到女兒沒事，接著便往後一躺，雙目一閉昏死過去，房內又是一陣兵荒馬亂。

谷醫師本不應插手公主府內的事務，然而堂堂公主竟連生個孩子都如此不安生，她不得不留下來，好好觀察一下她們母女的身體狀況。

至於郝嬤嬤，看到與自己一同被太后指派過來的彭嬤嬤意圖謀害小郡主時，腿都軟了。這幾日以來，她們兩人相處得還不錯，結果對方卻包藏禍心……

郝嬤嬤張了張口，卻發現自己此時此刻一句話都說不出來。

駙馬並不是什麼慈悲為懷的人，他冷冷地看著郝嬤嬤跟彭嬤嬤，讓人將她們帶下去。

趙瑾在接下來幾個時辰裡陷入了一片深沈的黑暗中，誰知一睜眼還是昏黑一片，她不禁有些慌亂，手一動，就碰到一條胳膊，胳膊的主人隨即湊了過來。

「殿下，醒了嗎？」

趙瑾感覺到有一隻手在自己臉上撫摸，她想說話，嗓子卻很乾啞。

沒多久，有杯壁碰上了趙瑾的嘴唇，待溫熱的開水入喉，她才感覺好了些。

趙瑾再度閉上眼，片刻後才慢慢睜開雙眸。

視線範圍內的事物逐漸變得清晰起來，趙瑾看清楚了唐韞修的臉，問道：「什麼時辰了？」

「亥時。」唐韞修說。

天都黑了。

趙瑾低頭一看，才察覺自己身上的衣物與身下的被褥都已經換過了，分娩時的狼狽，還歷歷在目。

「孩子呢？」趙瑾又問。

唐韞修側了一下身子，露出旁邊的搖籃，裡面躺著一個小嬰兒。

「在這裡呢。」唐韞修說著，屏住了呼吸，將正在沈睡的小傢伙從裡面輕輕抱起來。

剛出生的孩子就那麼小小的一坨，在她來到這世界幾個時辰之後，趙瑾終於看清自己生出來的娃娃長什麼樣了。

肉不似一開始那麼紅通通了，但還是皺皺的，說句實話……不太好看。不過很神奇的是，明明是那麼一坨還沒長開的小東西，偏偏就是讓趙瑾覺得她可愛到不行。

趙瑾對趙家的基因還是有點信心的，再不濟還有駙馬這張臉，他們聯手生下的女兒不可能差到哪兒去。

「那兩位嬤嬤眼下如何了？」趙瑾伸手撥弄了一下唐韞修懷裡的小傢伙，小傢伙睏極，哼唧兩聲之後又睡著了。

唐韞修在這段時間當中自然沒閒著，他已經審訊過人了。

「殿下，」唐韞修將軟乎乎的女兒放回搖籃裡，才緩緩道：「那彭嬤嬤說『有人』吩咐她，若殿下生了世子便下手，若是郡主便按兵不動，她沒想到殿下這般警戒。至於郝嬤嬤，她確實不知情。」

趙瑾聞言，一時之間不知該怎麼反應。今日生產，在時程上來說不算突然，她早有心理準備，只是沒想到身邊居然有包藏禍心之人。

一個產婦根本顧不了那麼多，她是莫名覺得那個彭嬤嬤怪怪的，才會讓人查她，若她生下的是兒子，可能連查的機會都沒有，孩子便中毒了。

光是這麼想，趙瑾便驚出了一身冷汗。

她不過是個女子，只因為公主這個身分顯赫了一些，便被視為眼中釘，她沒有要動誰的蛋糕，對方卻連自己剛出生的孩子都不放過。

人是太后撥下來的，可不管怎麼說，太后都是趙瑾的生母，不可能會害她，這便意味著太后身邊已經被某個陣營的人入侵了。

儘管害怕，趙瑾還是忍不住覺得有些諷刺，她的孩子竟然因為不是男兒身而逃過一劫。

既可笑、又可悲的現實。

「可知道是誰指使的？」趙瑾問。

唐韞修搖頭道：「問不出來，人死了。」

審訊過半時，唐韞修一時不察，讓彭嬤嬤撞了牆。

聞言，趙瑾沈默了一下才道：「難道她家人的性命受人威脅？」

「殿下，此事我會繼續查，」唐韞修說著，伸手拂了一下她額前的碎髮。「別怕。」

趙瑾誕下女兒的消息當日便傳回宮中，聖上聽聞自己多了一個外甥女的時候，反應不是特別大，只下令讓人去庫房挑好東西往公主府送過去，想著想著，又吩咐人送了個麒麟樣式的玉珮給小郡主。

坤寧宮那邊，蘇想容在聽聞趙瑾生下郡主的那一刻，感覺上像是鬆了一口氣，隨後道：「從本宮庫房裡拿些上乘的補品給公主送過去，再準備些解悶的小玩意兒給她打發時間。」

仁壽宮裡，太后當然是失望的，雖然她也吩咐人給外孫女送了東西，但臉上的表情不難看出她有多失落。

身邊的人勸慰她，說皇后肚子裡的才是正統。

太后何嘗不懂這個道理？只是手心、手背都是肉，站在她的立場，多個保險總是再好不過。

第六十二章　重心轉移

趙瑾生下的是女兒，某種程度上代表她已經在權勢角逐中被淘汰出局，也算是給了她這樣一條鹹魚一個安全的信號。除了生孩子當日有人下毒的事讓人留下陰影以外，一切似乎都朝著她期盼中的那樣進行。

華爍公主生下郡主這件事，不免有人惋惜，但不包括趙瑾跟唐韞修。

趙瑾自認逃過皇儲爭奪這一劫，既輕鬆、又愜意，看著自己生下來的小傢伙一天天變得好看起來。

新鮮出爐的小郡主到底還是惹人稀罕，夫妻兩人針對孩子應該取什麼名字這件事認真思索，他們都是第一次當父母，取名字全憑感覺跟眼緣。

小郡主出生後三日，她娘親的身體狀況還沒完全恢復，處於一種不太想活的狀態。

趙瑾慵懶地躺在床榻上，偶爾往搖籃裡瞅一眼，看到女兒正在睡覺，她突發奇想道：「要不就叫圓圓吧，這小臉蛋還挺圓的。」

「……殿下，此事過後再議。」唐韞修開口勸了一句，不禁為寶貝女兒的未來發愁。

試想，在一眾名字取得格外詩情畫意的公主與郡主當中，突然摻進了一個「趙圓圓」，他們的女兒該多丟臉啊。

皇室的攀比無處不在，在最初的起跑線——名字，起碼不能輸。

駙馬開始翻書，公主也開始翻書。前者引經據典，後者認定自古話本裡的名字都特別有意境。

事實證明，當你的父母沒文化水準時，情況可是很嚇人的。

小郡主算是個懂事的幼崽，大部分時間都沈浸在自己的夢鄉裡，餓了就哭，拉了也哭，很好猜。

當小郡主出生半個月後，公主府依舊沒人進宮向聖上報出孩子的名諱，讓他這個想給外甥女賜封號的舅舅無計可施。

派人打聽了一番，聖上在聽到「趙圓圓」這疑似小郡主大名的三個字後，陷入了沈默。

聖上難得再度後悔自己當年沒多逼妹妹讀書，他修書一封將趙瑾這對夫妻罵了一頓，親自為外甥女取名——趙聆筠，怎麼看都比華爍公主自己取的「趙圓圓」要動聽。

公主之子隨父姓是榮耀，隨母性則是皇權的另一種體現，何況聖上這個當舅舅取的名字叫什麼呢？

趙聆筠。多美好啊！

看著便宜大哥送來的郡主大名，趙瑾「嘖」了一聲道：「怎麼感覺還沒趙圓圓順耳呢？」

李公公都要給她跪下了，祖宗啊，這話是能說的嗎？

趙瑾打開了那封罵她跟唐韞修的信，面無表情地默默看完。

目前為止一切都還好，華爍公主的臉皮比想像中要厚些，直到她看到李公公身後的書。

趙瑾問：「李公公，那是……」

李公公陪笑道：「公主殿下，聖上說您跟駙馬爺應該多讀點書，這後面的書，聖上令您兩位都要抄一遍。」

趙瑾無語。沒文化水準過了頭，已經到便宜大哥看不下去的程度了嗎？

她正想開口說句什麼，便又聽見李公公道：「殿下最好還是親力親為，若是讓聖上知曉您讓別人代勞，後果自負。」

「李公公，皇兄難道不知本宮剛生完孩子嗎？」

「殿下不必擔心，聖上知曉讀書不是一蹴可及之事，說會給您幾年時間。」

沒文化水準就活該被羞辱嗎？誰成親生子了還要被盯著讀書的？

有那麼一刻，趙瑾覺得自己這個公主不如別當了。

可她還沒說話，孩子她爹便笑著謝主隆恩了。

半個月大的小郡主被包得嚴嚴實實地抱在駙馬手裡，李公公瞥了一眼，回宮後向聖上稟報道：「稟聖上，小郡主生得靈動可人，想必長大後也會像公主殿下一樣貌美。」

聖上聽了這話，不禁冷哼了一聲道：「別到時候教出來跟她一個樣子。」

李公公笑道：「像公主殿下一樣才惹人疼呢，殿下方才還跟奴才打聽聖上近日身體如何，她一直惦記著您。」

聖上還是懂自己這個妹妹的。「她沒先罵朕？」

李公公不敢說話。

總而言之，華爍公主確實是關心便宜大哥的身體，只是有沒有罵他便不得而知了。誰敢罵九五之尊呢？就算是太后這個生母也不會。

趙瑾生孩子時是八月，此時天已經有些涼了，她格外重視產後護理，但在養孩子方面卻相當叛逆。在坐月子時還能勉強自己多顧著小孩一點，出了月子之後就直接放飛自我。

好在小郡主懂得生存之道，吃喝拉撒方面自己會給信號。照顧她的主要是紫韻，身為趙瑾的貼身侍女，她算是除了公主與駙馬之外對孩子最上心的人，小郡主餓了，她會抱著她去找趙瑾。

就算是身邊有人伺候，趙瑾還是感受到了養一個小不點的不容易，不過唐韞修這個當爹的，相當喜歡自己軟綿綿的閨女。他的歡喜之情溢於言表，上朝的同僚們都見識了駙馬當爹的喜悅。

唐韞修要炫耀女兒的時候，還會挑對象，像是高祺越跟莊錦曄這兩位曾一同競選駙馬的人。

首先是高祺越。

駙馬畢竟手握兵權，武將那邊自然地將他納入自己的陣營，高家滅門後，高祺越往武將那邊發展，成為聖上器重的將領之一。

這天，有人問唐韞修。「駙馬爺近來練兵方面可有心得？」

眾人皆知唐家軍驍勇善戰，練兵也有一套，唐韞修身為手握唐家軍指揮權的人，當然有領兵能力。

路過的高祺越冷哼了一聲道：「駙馬爺想必都忙著在家伺候公主殿下吧？」

高祺越確實對唐韞修有點意見。唐韞修在朝中的地位並不算低，聖上甚至會因為妹妹的緣故對他偏袒幾分，在這樣的偏愛下，不僅是高祺越，也有其他人看不慣。

當然，不會有人怪聖上，於是這些怨氣就聚集在唐韞修這個皇親國戚身上了，算是正常能量釋放。

「是啊，高大人怎麼知道殿下如今更需要人伺候呢？畢竟在下有個女兒，殿下為了照顧她，可累了。」唐韞修一臉的喜氣洋溢。「在下每日恨不得時時刻刻守著殿下與女兒，不知幾位大人家中的女兒是否也那般可愛？」

尚未娶妻甚至曾跟駙馬存在競爭關係的高祺越……無語。

家中的小子永遠比閨女多的武將……羨慕。

就算有閨女也沒能養成貼心小棉襖的武將……嫉妒。

駙馬精準地把握如何用幾句話就得罪一票人的要領。

若說武將還能真心跟唐韞修聊個幾句，文官就是喜歡賣弄文字兼耍嘴皮子了。

趙瑾腹中的孩子原本是個備胎般的存在，結果盲盒一開，是個郡主。如今眾人的注意力全放在皇后肚皮上，這孩子若是皇子，便是眾望所歸；若還是公主，那皇室又將處於另外一種境況。

在這種狀況下，自然有人想戳一下唐韞修。

「恭喜駙馬一舉得女，就是公主殿下如今還年輕，你們可要抓緊時間多生幾個，早日兒女雙全才是正事。」

這話既說唐韞修手握兵權不是正事，又暗笑趙瑾生了個女兒。

話裡話外都在酸人，偏偏乍一聽還挑不出什麼毛病來，很難說對方是在挑釁。

這大概是武將與文官向來不和的原因之一，文官看不上武將一副大老粗的模樣，武將又看不慣文官那股陰陽怪氣的勁頭。

唐韞修淺笑道：「聽聞胡大人有幾個兒子。」

被點名的胡大人自豪道：「是，家中是有幾個兒子。」

「那您在教養孩子方面頗有心得了？」唐韞修緩緩笑道：「只是胡大人的長子似乎做出了寵妾滅妻的事來？您這兒子最新的妾室還是青樓贖身出來的，胡大公子一擲千金時，在下可是與公主殿下當場見識到了他的氣魄，果真是虎父無犬子啊！」

駙馬誇得真心誠意，可胡大人的臉一下子就黑了。

周圍的臣子聽了，全在竊竊私語。都說家醜不可外揚，可誰想得到這個當駙馬的居然將自己去過青樓的事光明正大地說出來。

「駙馬爺說話要有真憑實據，怎可這樣信口雌黃？」胡大人道。

「在下是不是信口雌黃，胡大人不知道？」唐韞修的語氣冷了下來。「照在下看來，這種丟人現眼的兒子還不如不生，胡大人認為呢？」

被唐韞修這麼一問，胡大人頓時氣得說不出話來，唐韞修這時候不看他，反而將話題拋給旁邊的人。「莊大人覺得呢？」

從旁邊走過的莊錦曄滿臉問號。

第二日，長子寵妾滅妻的胡大人上朝時被彈劾了，雖說這本是家務事，然而不湊巧，他那位長子即將參加明年的秋闈，這麼一鬧，秋闈資格就沒了。不光是長子，胡大人其他兒子明年也沒機會了——是聖上親口下的令。

不僅如此，聖上還順便訓斥胡大人若是連家務事都處理不好，這個官也不必當了，專心回去管教孩子。

科舉三年一次，這次沒得參加，下次便是三年後，三年復三年。

在仕途與前途面前，胡大人也不裝聾作啞了，回家就怒斥夫人是如何管理後院的。

想藉長子的妾室打壓兒媳脾性的胡夫人，一聽因為一個小蹄子，她的兩個兒子明年都參加不了科舉時，血壓瞬間上升；不只是她，有位姨娘的兒子明年本來也該參加科舉，現在鬧了這麼一齣，她也不高興了，正在胡大人跟前哭哭啼啼。

那個從青樓贖回來的妾室在被處罰了一頓後發賣了，另一個想母憑子貴的妾室，孩子更是直接被打沒了，原先寵著她的胡大公子跪在一旁聽她慘叫連連，一聲都不敢吭。

在聖上面前留下了不好的印象，整個胡家的晉升之路都被堵死了，他的父親、母親、兄弟都埋怨他，胡大公子哪裡還敢說話？

況且，區區一個青樓贖回來的女子，哪裡比得上他的前程？一開始是害怕，再來是後悔，緊接著便是憎惡了。

趙瑾在府裡聽到這麼一齣精彩的戲碼之後，忍不住「嘖」了一聲。

聖上此番不過是殺雞儆猴，不說京城的風氣向來如何，單純就朝廷命官的能力來說，家務事處理得一塌糊塗，政務上的決斷如何讓人信服？

胡大人這件事並非偶然，也不是唐韞修捅出來的，就算沒他，胡大人被彈劾也是早晚的事。

說起胡大公子的夫人，家世自然不錯，只是過去能忍，未向娘家訴苦。今日聖上替她發了聲，就算不見得對她的處境有什麼幫助，但至少胡家不敢再將那妾室給留著了，否則就是打聖上的臉。

胡夫人這幾日光是應付親家就勞神傷身，胡家的臭名已經傳了出去，日後她其他的兒子跟女兒如何在嫁娶上挑挑揀揀？

更糟的是，這一齣也連累了胡家旁支，這些天妯娌們的臉都是黑的，更別談什麼「一家人」了。

胡大人的家事暫且告一段落，想來他上了寶貴的一課——要刮別人的鬍子之前，先把自己的鬍子刮乾淨。

趙瑾坐月子這段時間，也有人上門探望，像是幾位平時不常見的公主便來了。

看見唐韞修坐在一旁抱著小郡主，她們的神情有種說不出的複雜。

駙馬與駙馬之間也有區別，雖然平時與公主相敬如賓的情況居多，但感情深厚與淺薄還是有所不同，可謂是如人飲水，冷暖自知。

唐韞修這個當爹的看起來比下人更盡心盡力照顧女兒，更沒有收通房丫鬟。儘管年紀上差得遠，她們還是會忍不住有那麼點嫉妒——同樣是公主，怎麼趙瑾的處境就比她們當初好上這麼多？

實際上，駙馬與公主多半不能如膠似漆，畢竟君臣有別，就算是皇宮裡的帝后，也不是凡事都能坦誠相待。

這麼一想，也許華爍公主跟她的駙馬反而是異類。

幾位公主瞧著小郡主被唐韞修放回搖籃，心中各有想法，不過有件事倒是看法一致——這若是個男孩，說不定日後貴不可言。

不過大家也只是在心裡想想而已，萬萬不能說出口。

「幾位姊姊今日怎麼一起來了，也不提前說一聲，」趙瑾笑著說道：「不然該設宴好好招待妳們。」

按道理說，上門前應該送拜帖過來，趙瑾與幾位公主的關係並不算太親密，這樣臨時拜訪其實不符合她們的教養。

當然，她們的年紀已經足以當趙瑾的長輩，來者是客，趙瑾沒有閉門謝客的道理。

唐韞修先站起身來向幾位公主行禮，隨後貼心地退了出去。既然陳管家在，那他自然會招待客人。

房間內只剩下幾位公主，以及搖籃裡那懵懂的小郡主跟站在一旁的紫韻。

「瑾兒妹妹，」年齡最大的富倫公主開口道：「今日冒昧上門，除了恭賀妹妹喜得郡主，還有些事想問一下妳的看法。」

趙瑾一開始還覺得有些突兀，直到富倫公主說道：「瑾兒妹妹剛生產不久，消息可能有些不靈通，不知道永陽打算將夫家的男孩記到自己名下，下個月就要設宴，姊姊們知道妳與嘉成郡主關係不錯，特來問問妳的想法。」

嘉成郡主，也就是周玥，如今還在邊疆吃她的行軍苦，永陽公主這邊卻為了讓駙馬後繼有人，決定過繼一個兒子，還要為此宴請幾個兄弟姊妹。

去或是不去，成了個難題。

去吧，可是周家的孩子與她們何干？不去吧，難道真要讓永陽公主這麼亂來？

幾位公主考慮的是皇室的顏面。永陽公主膝下有一女，即便是挑選周駙馬的爵位後繼人選，也該由郡主之子繼承，哪輪得到周家那些亂七八糟的親戚？

她們就算與駙馬感情一般，甚至還養面首，但生下來的孩子多數仍姓趙，地位貴不可言，只要聖上還在，她們便尊貴無比，周家算什麼東西？

還有一點，那位即將被永陽公主收養的男孩，來自周家的旁系，為了讓這個男孩成為駙馬爵位的繼承人，他們表示要讓男孩的哥哥，也就是家中的長子迎娶嘉成郡主。

如此皇室顏面何在？什麼阿貓阿狗都能為了自己的利益算計皇家？

女人，最忌諱有戀愛腦。這對皇室來說算是致命的弱點。

聽著姊姊們妳一言、我一語，趙瑾充分意識到，幾位公主單純是不想讓一些不夠格的人拉低「皇室成員」這個身分的價值，又或者是，看不上永陽公主這般低姿態。

「前幾日聽聞永陽想進宮求太后賜婚，想來我們幾位說什麼都無足輕重，瑾兒妹妹怎麼樣都比我們更合適開這個口。」

趙瑾聽懂了，這些姊姊是想讓她去當出頭鳥呢。

不過趙瑾想的是另一件事，她問道：「永陽姊姊想為嘉成婚配的是哪位公子？」

「據說是周駙馬的遠房姪子，叫周勤，他那個要記到永陽名下的弟弟，與周駙馬生得有幾分相似。」

趙瑾戰略性地選擇沈默，半晌後才抬頭道：「我覺得姊姊們應該是多慮了，大家應該聽說過嘉成的性子……」她說話還算委婉。「她的終身大事，就連母后應該也管不了。」

便宜大哥不是什麼迂腐的人，雖然潛意識裡依舊覺得女子都嬌滴滴的，但這是大環境培養出來的刻板印象，不能說他錯。

周駙馬在世時，周玥便跟隨他練武，練武場上的男子都不是她的對手。周玥上次返京時，就已經決定了她的地位。

幾位公主沒能想通趙瑾話裡的意思，但趙瑾始終未進一步說明，於是她們逗弄了小郡主一番後，便留下賀禮離去。

第六十三章　女中豪傑

太后果然為了周玥的婚事去找兒子，她老人家自然能直接賜婚，然而周玥有官職在身，又不在京城，唯有聖上能將她召回來。

「聖上，一介女子在戰事上有多大的能耐？與一群男人混在一起，又成何體統？」顧玉蓮說道：「不如讓她回京成婚生子，安定下來。」

趙臻道：「母后想為周玥賜婚？」

顧玉蓮倒也沒瞞著。「永陽入宮找哀家，說是想讓哀家給嘉成與周家旁系的周勤賜婚，那年輕人哀家也知道，家世上是差了些，只是嘉成如今的名聲實在是……」

「母后，周家的人配不上朕的外甥女。」趙臻給了這樣一個答覆。

「聖上……」顧玉蓮不解。

趙臻深知太后個性固執，他說道：「母后，此事您還是莫摻和了，朕這麼說吧，若朕有適齡的太子，周玥甚至能配他。」

堂堂郡主，除了正妻，沒有其他位置能與之相配；但是配太子，是完全不同的層次。

太后不禁愣住了。在她的觀念裡，一個在軍營混跡的女子，即便是皇親國戚，也難逃世俗鄙視的目光，不過她兒子似乎不是這麼想的。

「母后若是聽懂兒子的話，便別管這件事了，周玥是天生的將帥之材，不該困在後宅之中。」

其實聖上也很惋惜，這外甥女明明一身好能力，卻因身為女兒身而不斷遭朝中大臣打壓。事情已經夠麻煩了，誰知母后還要摻一腳，讓他頭疼。

不過自家母親的舉動算是提醒了趙臻，她離開以後，趙臻沈默思索良久，最後對著空氣道：「召回嘉成郡主，讓她處理好家務事，若這點小事都解決不了，就老老實實給朕嫁人。」

嘉成郡主一得到消息，便馬不停蹄地往京城趕。

皇室冷知識：處理不好家務事，就會被抓去嫁人。

等趙瑾要為女兒辦滿月宴時，京城裡關於嘉成郡主的傳聞已是沸沸揚揚。

倒不是周玥做了什麼驚天動地的事，而是她直接向聖上請旨繼承父親的爵位。

自古以來皆是子承父位，從沒聽說過女承父位的。

然而聖上點頭答應了。聖旨一下，整個周家乃至京城都轟動了。

女侯爺，武朝獨一份的殊榮。

聽完公公宣旨，永陽公主難以置信，當場便說要入宮求見聖上，而接旨的周玥則是面無表情道：「母親想過繼誰當兒子，女兒管不著，只是父親的爵位不是什麼人都能繼承的，過幾日的宴席，女兒會吩咐府上的人大辦。」
「周玥！」永陽公主指著她。「妳是不是非要將本宮氣死才高興?!」
「母親說的哪裡話，父親的部下如今皆聽命於女兒，您就算讓一個姓周的孩子承襲父親的爵位，他的兵，誰有資格來領？」
永陽公主是什麼想法暫且不提，此刻朝堂上已經炸開了鍋，文官反對，武將也反對，朝堂比菜市場還熱鬧。
趙臻早已學會裝聾作啞，直到下面的人鬧得差不多了，才開口道：「行了，吵得跟放鞭炮似的，不知道的還以為朕是將你們的爵位給了周玥。」
「聖上，武朝從未有過女子為侯的先例，此舉於理不合啊！」
「女子為侯，與禮法相悖，還望聖上收回成命！」
趙臻道：「諸位愛卿言之有理，只是朕記得，周家祖先在高祖時期不過是一介普通將領，這爵位是拿命殺敵搏來的，靠的是戰功，諸位愛卿若是不服，不如擂臺上見分曉？」
就在此時，話題中心的主角，那位受文武百官排擠的女侯爺上前一步，無視周遭眾人對自己的敵意，拱手道：「臣懇請聖上設擂臺，哪位不服的，便與嘉成一戰，敗者就此閉上嘴。」
言簡意賅、囂張至極……區區一介女子，她怎麼敢?!
大臣們吹鬍子瞪眼，恨不得立刻給嘉成郡主一個教訓。

趙瑾沒想到自己出月子之後看的第一場戲，居然是自己外甥女的擂臺賽。

這世間的女子，就算不溫婉動人，也絕不會動不動就打打殺殺，周玥不僅不遵循世俗之見，還非要站到檯面上，踐踏自古以來男子的優越感。

趙瑾一收到請帖，便丟下籌辦滿月宴的工作，也不管女兒，興沖沖地入宮去看戲了。

皇宮裡多得是場地，這次又是前嘉成郡主、現嘉成侯的擂臺賽，別說是趙瑾，連後宮的娘娘們都來湊熱鬧了，至於是懷著什麼心思或眼光來看，就不得而知了。

趙瑾來得很早，憑藉自己的身分占了個好位置，趙臻看到她時眼皮子一跳，不太確定地問了身旁的李公公。「朕請華爍公主入宮來了？」

李公公回道：「稟聖上，公主殿下應該是嘉成侯請來的，今日許多大臣都在，後宮幾位娘娘也過來了，且公主殿下可無詔入宮，這是您之前允許的。」

趙臻這會兒想起來了，趙瑾這個嫡長公主確實能無詔入宮，但他還是沒忍住說了兩句。「剛出月子就亂跑，哪裡有為人母的樣子？」

李公公陪笑道：「殿下向來是這麼個心性，聖上也知曉，這份真性情，屬實難得。」

趙臻沒再多說什麼，只吩咐李公公道：「去喊她過來，免得到時候擂臺那邊打起來誤傷了她。」

這種場合不是誰都想湊熱鬧的，像身懷六甲的皇后今日便沒出現，她安胎都來不及了，哪會隨意出門。不得不說，那孩子能安穩長到六個月這麼大，頗為不易。

早在皇后懷有身孕三個月時，太醫便斷言胎象不平穩，之後皇后入口的東西是小心再小心，即便如此，還是數次驚動太醫來急診。聖上時常宿在坤寧宮，有時皇后半夜不適召來太醫，聖上也不得不起身在旁邊守著。

都一把年紀了，還跟新手父母一樣，帝后感情甚篤，倒是不假。

趙瑾還想著近距離觀看熱血擂臺，結果被便宜大哥一個命令給叫走，只能乖乖坐到他旁邊，駙馬也跟著坐了過去。

往日那個位置該是皇后來坐，皇后不在，也該是德妃，不過今天在聖上身邊坐著的，是他妹妹跟妹夫。

眾目睽睽下，打扮俐落的嘉成侯輕輕一躍上了擂臺。

周玥一身黑衣，腰間纏繞紅色長帶，長髮高高地束起，英姿颯爽不說，比在場那些疏於鍛鍊以至於大腹便便的官員，看起來要賞心悅目得多。

她本就生得冷豔，小時候還端著一個郡主該有的舉止與態度，在一眾皇室成員中算是耀眼的存在。

永陽公主與周駙馬之間就這麼一個女兒，除了周家長輩對此有些不滿以外，其他倒沒什麼問題。

只是後來周駙馬英年早逝，永陽公主就算身分尊貴，性子卻軟弱，多年來被婆家打壓，早就沒了心氣。

周駙馬的爵位這麼多年來一直沒人繼承，周家旁系覬覦已久，而永陽公主沒為駙馬生下兒子，心中生出執念，雙方的需求就這麼對上了，才演變成如今的情況。

在這件事之前，按照聖上對這個外甥女的看重，說不定周玥未來有幸能封為公主；可永陽公主這樣一鬧，反而直接讓周玥繼承父親的爵位，這也是眾人之前從沒想過的。

周玥站在擂臺上，向首座上的聖上行禮後，便揚聲道：「諸位大人既然覺得本侯一介女子沒能力繼承家父的爵位，便上前來賜教吧。」

整個擂臺周圍有不少武將，不說文官那邊對女子為侯有什麼看法，武將這邊是斷不能忍的，區區女子，如何率兵打仗？

他們拚上性命而取得的官位，讓那些世家子弟越過去便罷了，可如今連個女子都能承襲爵位了，豈不是代表他們的努力毫無意義？今後若有其他人仿效，一切都會亂了套。

就算周玥承襲的是周家用戰功換來的爵位，他們也無法服氣。

在周玥發話片刻後，一個魁梧的男子躍上擂臺，即便身著衣物，也能明顯看到他身上發達的肌肉曲線。

周玥在女子中並不算矮，且常年練武，京城裡的一些公子哥兒都不敢招惹她，從軍之後更是沾染了不少戾氣，更別說有多少敵軍命喪她手下了。

擂臺比武此事的可笑之處，在於這些人明明知道周玥的本事並不假，卻仍因她以女子之身繼承爵位而不平。
周玥的身形在那名男子面前顯得嬌小，這場對決的勝負似乎不難猜測。
「下官斗膽，請郡主指教。」對方開口，稱呼的卻不是侯爺，而是郡主。
顯而易見，他不承認周玥這個女侯爺。
此刻，趙瑾覺得手上少了點什麼，她看向聖上面前桌上的瓜果點心，就是沒瓜子。
沒有便沒有，瓜子容易上火，沒得吃就算了，吃點別的吧。
聖上看著趙瑾表情不變地偷偷拿走自己桌上的瓜果，眼皮子不覺跳了幾下。
「駙馬平日在家中沒讓妳吃飽嗎？大庭廣眾之下，公主的禮儀都讓妳餵狗了？」趙臻低聲訓斥道。
駙馬的聲音在旁邊響起。「稟聖上，臣家中由公主作主。」
聖上無語。朕讓你說話了嗎？就這樣亂接？
只見趙瑾興致高昂地問道：「皇兄覺得誰輸誰贏？」
趙臻轉頭看了她一眼。「朕不猜。」
「皇兄，若是咱們外甥女輸了該如何？」趙瑾又問。
這聲「咱們外甥女」讓聖上再次意識到皇室子弟在談吐教養上的重要性。
「輸便輸了，朕下的聖旨又不會追回。」趙臻抬手端起茶喝了一口。「何況，朕從未承諾，周玥今日擂臺的輸贏會影響她的前程。」

趙瑾在心裡「嘖」了一聲，不愧是聖上，說話果然滴水不漏，想必朝臣也沒想到，今日搞這一場不是判斷女子為侯是否可行，只是單純想給周玥一個舞臺罷了。

擂臺上那兩個人互相拱手作揖，太監在一旁擔任裁判，一聲令下，比試開始，同樣赤手空拳的兩人迎面對上。

趙瑾手上的桔子才剝到一半，忽然聽到一陣驚呼，當她抬頭望過去時，體型嬌小些的周玥乾淨俐落地以雙拳對上對方的雙掌，隨後右膝用力頂上對方的大腿，最後一腳踹上其腹部，借力抬起另一腳，整個人在空中翻轉一圈再一踹，魁梧的壯漢直接被踹下擂臺。

「砰」的一聲，落地聲格外響亮悅耳。

趙瑾無語。打這麼快，實在太不給面子了。

「周玥天生神力，怕不是普通男子能招架的。」趙瑾慢悠悠地說了這麼一句。

此為周家特有的基因，偶有遺傳到的，皆是將帥之材。周玥天生神力，若非為女兒身，想必從軍之路走得定會更為順暢。

沒多久，第二個人也被周玥踹下了擂臺，趙瑾開始後悔沒下賭注了。宮人私底下常有這類小娛樂，只要不玩到主子們面前來，一般沒有人會揭發。

一連幾個武將上擂臺挑戰周玥，無一例外全輸了，女侯爺的身手精彩到讓圍觀的人都忘了她是女子，忍不住喝采起來。

「可還有哪位將軍賜教？」周玥輕輕擦了一下嘴角的血跡，隨後再次看向臺下眾人，一雙發出冷光的眸子裡盡是挑釁。

這種會奪人性命的美人，誰有福消受啊……

聰明的人一看這架勢便明白，今日嘉成侯無論輸贏，聖上都是站在她那邊的。

就在這時候，擂臺上又走上一人。「下官久聞嘉成侯威名，想請您賜教。」

來人一襲白衣，身形頎長，一副白淨書生的模樣，是個文官。

周玥的眼眸一瞇。「江其羽，你找死？」

聞言，上來找死的江其羽笑道：「嘉成侯此言差矣，您只說賜教，總不能因為下官是文臣，便不能與您較量一番吧？」

江其羽，此人的身分有那麼一點特殊，既未參加科舉，也沒從小官當起，而是直接被聖上任命為工部侍郎，也就是接替唐韞修位置的人。他是京城富商之子，姊姊嫁給某位皇親國戚，連帶著入了聖上的眼。

他生得白淨，一看便是弱不禁風的模樣，聽聞曾在外遊歷五年之久，在奇門遁甲以及工農方面頗有心得。

趙瑾小聲問道：「皇兄，這該不會是您怕周玥輸得太難看，提前安排的吧？」

這演員請得也太不用心了，周玥一拳下去，明天還不得被文官彈劾到自閉？

趙臻面無表情地說道：「閉嘴。」

周玥沒再廢話，只是為了公平起見，她朝江其羽遞去一把劍。

江其羽沒有拒絕，相當有自知之明地接下那把劍，淺笑道：「下官謝嘉成侯體恤。」

下一刻，周玥已經一掌朝江其羽襲去。

事實證明，江侍郎確實是花拳繡腿，雖有那麼點架勢，卻毫無用處，周玥甚至不忍心將人踹下去，直接拽著江侍郎的手，將他手中的長劍轉了個方向，置於其喉間。

江其羽捂著胸口笑了一聲，說道：「嘉成侯武藝超群，下官深感佩服。」

接下來，上擂臺挑戰的武將變少了。不管前面的人到底有沒有機會發揮全部的實力，他們都輸給了周玥，這讓剩下的人生出一種自己會輸給女人的預期心理，與其敗下陣來讓自尊心受損，不如想辦法顧全自己的面子，能別去就別去了。

既然沒人上，周玥便自己找對手了。

只見周玥環顧一周，最後將目光停在一人身上，她目光凜然，雙手作揖朝聖上的方向單膝跪下道：「臣請謝統領賜教，望聖上恩准。」

謝統領原本正在自己的崗位上恪盡職守，猝不及防地被點了名，先是愣了一下，才茫然地看向聖上。

趙臻揚了一下下巴道：「去吧，幫朕看看這位新上任的侯爺有什麼能耐。」

謝統領領命而去。

身為聖上的親軍，謝統領的能耐絕非一般武將可比擬的，若與謝統領交手尚能不相上下，其他人就沒什麼好說的了。

今日最精采的一場較量，就此展開。

謝統領拿了一把長劍，他看著年輕的周玥，雙手抱拳道：「侯爺可選一樣武器。」

赤手空拳與拿著武器自然不同，周玥毫不猶豫地挑選了一桿長槍。

臺下的武將與文官都在這一瞬間陷入沈默。武朝雖然能臣不少，但長槍的重量可不一般，有些武將揮起來尚且笨重，哪能像周玥這般游刃有餘？

天生神力，真是讓人有幾分說不出的羨慕。

剛剛才被揍了一頓的江侍郎此刻還能端著笑顏說道：「嘉成侯果真英姿颯爽、女中豪傑，讓我等男子望塵莫及。」

旁邊的同僚露出了微妙的表情道：「江侍郎，你說你這又是何必呢，那是武將之間的糾紛，你為何非要上去挨這一頓打？」

「諸位大人一直說嘉成侯並無領兵之才，下官認為天下事唯有親身體驗方知真假，於是便不自量力地討教一番。嘉成侯雖然武功蓋世，但到底是個溫柔之人。」

同僚一臉疑惑，又同情地看他。

哪裡看得出周玥的舉止扯得上「溫柔」兩個字了？江其羽自己都被打得走路一拐一拐的，他的眼睛到底是被什麼給蒙住了啊？

第六十四章 不速之客

「下官平生最引以為傲的便是自己的臉，方才和嘉成侯商量了一番，讓她不要對下官的臉動手，最後果然沒有，這還不足以說明她是個細心體貼之人嗎？」

同僚沈默了。你鐵定是有什麼毛病！

江侍郎出仕走的就不是尋常路，現在看來也不像是個正常人。

臺上的比試已經開始，謝統領是真正從死人堆裡面走出來的武將，若沒有足夠的能耐，他如今也不可能站在聖上身邊。

謝統領並非憐香惜玉之人，他長劍一動，朝周玥而去，每個動作都不拖泥帶水，攻勢凌厲。不過周玥也不是吃素的，她毫不猶豫地舞著長槍迎面對上謝統領的長劍，銀刃交接那一瞬，火花迸射。

周玥借力一躍，加重長槍刺向謝統領的力道，謝統領卻是施力將周玥連她手中的長槍一併震開，第一回交手，兩人之間還看不出高低。

然而所有人都看得出來，謝統領與方才和周玥對戰的武將不是一個等級的。

周玥自然使出了自己的全力。她確實很強，這一身武學，就算不生在皇室之中，也必定能在江湖上占有一席之地。

男女之別？凡是有真才實學者，理應「不拘一格降人才」。

趙瑾也是第一次真正見識周玥的實力，之前在明月樓教訓高洵那次，周玥不過是牛刀小試罷了。

一時之間，趙瑾甚至忘了自己手上還有桔子。她清楚地知道周玥多有出息，但沒想到能有如此程度，她連謝統領都能一搏，何況是對上其他人？

周玥顯然越戰越勇，在意識到謝統領是個多難得的對手後，她的血性也被激出來了。長槍與長劍之間的舞動與攻防，讓人眼花撩亂。

聖上邊看邊低頭把玩手上的扳指，他的兩側分別坐著唐韞修跟趙瑾，不過半個時辰的工夫，駙馬的眼神不知第幾次越過天子看向公主。

終於，趙臻忍無可忍道：「唐韞修，朕就在這裡，你少看兩眼會死嗎？」

唐韞修回道：「聖上，臣知罪。」

趙臻冷哼一聲道：「朕看你是半點罪都不知道！」

這時候，趙臻想起了一件事。「起初周玥參軍時，朕讓唐韞錦帶著她，想來她從你兄長那邊學了不少東西。」

唐韞修謙虛道：「兄長提過，嘉成侯之武學，軍營男子不如她。」

一開始，聖上也不同意讓周玥參軍。雖說邊疆有敵軍入侵時，婦孺皆會拿起武器抵抗，但周玥是皇室女眷，讓她從軍，不僅對皇室無益，甚至會損及皇室顏面。

不過在周玥堅持下，聖上同意了，還將她放在唐韞錦麾下。唐韞錦當時新婚燕爾，世子妃也一同前往邊疆，有世子妃在旁邊，周玥這個郡主在軍營裡吃不了苦，也能順便陪伴世子妃，要是這樣還不行，便讓她返京。

誰知周玥真的承受得起從軍之苦，唐韞錦也來信稱郡主確是將帥之材。

聖上不做多餘的事，自周駙馬之後周家再無能入伍參軍之輩，如今郡主既有這個能耐，還流著皇室的血，有何不可為？她已經用實力推翻他之前的想法了。

擂臺上，謝統領一拳砸碎了周玥腰間的玉牌，周玥也同時踹掉了他腦袋上的盔纓。

「行了。」趙臻打斷了他們。「謝統領，回來吧。」

聖上開口了，就表示今天這比賽到此為止。

謝統領從擂臺上走了下來，他動了動自己的肩膀，顯然是打鬥時受了傷。

周玥還站在臺上，也受了傷。她身形依舊挺直，目光越過人群，冷冷地看著自己的母親。

「諸位愛卿口口聲聲說周玥以女兒身入朝為官、入伍參軍荒謬，可你們當中有幾位是她的對手？」趙臻問道。

幾位周玥的手下敗將皆無法反駁。再不服氣，輸了便是輸了。

不過依舊有在旁觀看且頭鐵之人說道：「聖上，嘉成侯縱然武功蓋世，可周侯爺的爵位是率兵打仗得來的，有一身武藝、能殺敵，不代表有領兵的能力，望聖上明察。」

此話一出，還未等聖上說話，剛才挨了周玥一頓揍的江其羽便站了出來。「這位大人想必是寒窗苦讀，透過科舉入朝為官的吧？」

他這話問得突然，雖然不知用意，對方仍應道：「正是，不知江侍郎有何指教？」

「指教談不上，只是大人口中盡是大道理，確是助聖上治理朝政之材。」江其羽微微一笑。「下官不才，不曾參加科舉，只因多走幾步天下路、多看幾眼武朝風光，便得聖上青眼，入朝為官。」

「你究竟是什麼意思，江侍郎？」

「沒什麼意思，只是望諸位大人明白，有些事不是讀萬卷書就能解決的，還得走萬里路不是？若文武百官皆紙上談兵，天下豈不是亂了套？」江其羽揚聲道：「聖上說過『不拘一格降人才』，男女之別怎會是選才的基準？諸位大人難道不是女子生下的？女子既能忍受生育之苦，便能擔起保家衛國之責。」

江侍郎非科舉出身，卻有滿腹道理可談。當然，他說什麼並不重要，重要的是聖上說什麼。

此時，聖上看向自己的妹妹——不是趙瑾，而是永陽公主。

即便聖上對趙瑾百般寵愛，他對其他幾位公主也並不差，畢竟公主是皇室宗親，公主過得好，是宣揚皇權的一種表現。

「永陽，妳看到了嗎？」趙臻沈聲道：「須有這樣的能耐，才配得上朕給周駙馬後人留著的爵位，妳過繼的孩子，可有周玥的十分之一？」
永陽公主坐在離聖上不遠的地方，她的視野並不差，周玥的能耐如何，她這個做母親的也看在眼裡，不過她還是說道：「皇兄，周玥畢竟是女兒身，她今後嫁人……」
話還沒說完便被趙臻打斷，他的語氣毫無笑意。「嫁什麼人，朕讓她繼承其父爵位，是讓她嫁人生子的嗎？都是侯爺了，還有什麼男子能讓她下嫁？」
永陽公主算是明白了，不管有沒有成功過繼孩子，她駙馬的爵位，不可能讓除了她與駙馬血脈之外的任何人繼承。
周家人與她都覺得這個爵位是周家與公主的事，可在聖上眼中，有沒有資格是他說了算。
鬧劇落幕。周玥的本事算是人盡皆知了，就算還有人詬病「女」侯爺這個身分，也影響不了周玥襲爵的結果與事實。
聖上給了周玥機會，剩下的，就看她有沒有這個能耐坐穩這個位置了。
總而言之，武朝第一位女侯爺就此誕生。
趙瑾身為煽風點火的人，不出意外地在擂臺賽後被聖上拎著教訓了一頓。
「都為人母了，怎麼還不見妳有半分穩重？」趙臻簡直恨鐵不成鋼。
趙瑾滿臉無辜地說：「皇兄，臣妹年方二十有一，如何穩重？」
在胞妹極其不爭氣的情況下，趙臻說出了那句經典的家長攀比語錄。「妳看看人家周玥！」

趙瑾不說話。

指望一個混吃等死的公主有所作為，不如指望母豬會上樹。

「罷了。」趙臻擺了擺手，將火力轉移到駙馬身上。「唐韞修，你說說，平時上完朝跑得最快的就是你，朕這金鑾殿燙腳是吧？」

唐韞修低頭道：「聖上教訓得是。」

一拳打在棉花上是什麼感覺？聖上懂了。

「你們兩個倒是天生一對。」趙臻難得陰陽怪氣。

彷彿怕聖上氣得不夠，唐韞修拱手作揖道：「臣謝聖上稱讚。」

周玥這個女侯爺的事到此為止，只是她暫時沒有離京，侯爵之位尚未坐穩，周家那邊的人也還沒來得及收拾。

華爍公主府上上下下忙著操辦小郡主的滿月宴，各方人馬送來的賀禮都要仔細檢查，並登記入冊。

趙聆筠郡主這個幼崽既可愛又軟乎乎，身為堂哥的唐煜小朋友簡直無心讀書，每天有空就在搖籃旁蹲守。

「得益」於一對不太可靠的父母，小郡主還是有了一個叫做「圓圓」的小名。

「嬸嬸，圓圓何時能和我一起去唸書啊？」

趙瑾看著扒拉著搖籃的唐煜，笑了一聲道：「她啊，還不會說話呢。」

不僅不會說話，連翻身都還不會的趙圓圓睜著一雙圓滾滾的眼睛看著趴在旁邊的堂哥。她的母親似乎不擔心唐煜這個孩子會不小心弄哭女兒，反而說道：「煜兒若是希望妹妹陪你讀書，那日後就幫嬸嬸盯著她好好學習如何？」

從小就不愛唸書的華爍公主竟能說出這樣一番話來，若是聖上在此，只怕會懷疑是不是哪裡來的精怪奪舍了自己的妹妹。

對華爍公主夫婦而言，快樂永遠建立在別人的痛苦上，此時此刻的唐煜便深諳這個道理，當他要完成老師交代的課業時，叔叔與嬸嬸總是笑得十分開懷。

世孫三歲有餘，若是生活在邊疆，早就開始修習武術了，雖是晚了點，但在公主府也無法逃離這個命運。

他的叔叔需要早起上朝，上朝回來後看見他今日沒去上課，便將姪子抱到懷裡說：「煜兒，叔叔帶你去軍營玩好不好？」

年幼無知的小男子漢就這樣被帶去軍營，唐韞修在一旁練兵時，他便跟著扎馬步。

軍營裡的男人難得見到這麼小的孩子出入軍營，但一聽聞這是唐世子之兒，又覺得理所當然。

於是唐煜多了許多整日想教他武藝的叔叔。

太保眼睜睜地看著自己的學生短短幾日沾染上了武夫氣息，心痛得不能自已，只能再加把勁好好培養唐煜的文人氣質。

他的學生，就算注定要追隨父親的腳步成為武將，也要做文武雙全的那位。

真正不得閒的，看來是唐煜小朋友。

滿月宴上，趙瑾穿得極為華麗，一身行頭是時下最流行的搭配，前來恭賀的除了達官貴人，更有不少商賈人家與醫者。

按照一般人的想法，趙瑾貴為公主，犯不上與商人跟大夫打交道，不過這些領域她都有涉獵，有這些人脈再正常不過，何況公主雖然不涉政，卻非無權無勢之人，自然有人想藉機與她打好關係。

值得一提的是，自從發生晉王造反一事後，聖上便撥下軍隊擔任嫡長公主府的守衛，唐韞修也另外安排人駐守在公主府。

趙瑾身為聖上一母同胞的親妹，確實尊貴無比，就算朝堂對於讓軍隊常駐公主府一事頗有微詞，可曾經的嘉成郡主、如今的嘉成侯，都以女子之身襲爵了，聖上偏寵妹妹，算不上什麼了不起的大事。

公主府今日熱鬧無比，張燈結綵。

客人滿口吉祥話，華爍公主身邊站著駙馬，駙馬手上抱著孩子，一家三口，美滿幸福。

唐轀修這個駙馬在朝中雖人緣一般，但畢竟手握兵權，自然有人來巴結。有武將大剌剌地打起了招呼。「駙馬爺，下官敬您一杯。」

抱著女兒的駙馬一臉的不明所以。我這不是手上有孩子嗎……

唐轀修今日穿著與公主同色系的長袍，黑紅相間，腰間束著黑色繡金腰帶，一副風流倜儻的模樣，不知令多少女子對公主心生羨慕。

原本去年還有人偷偷取笑華爍公主，說她年紀大了還沒嫁人；可如今公主生了孩子之後非但不顯憔悴，反而更顯嫵媚動人，又有唐轀修這樣的駙馬，誰還會笑她？

在男人們看來，唐轀修此人倒是好福氣。

他不過是永平侯的嫡次子，爵位會由長兄繼承，他身上也無功名，可尚了公主之後卻過得如此快活，他何德何能？

今日他們穿著同款服飾，不知道的還以為這兩人又成了一回親。

「盧大人的好意，在下心領了，只是抱著孩子，實在不便喝酒，還請見諒。」

「駙馬爺，不是下官說您，這大喜的日子，孩子應該由下人們看著，您這又是做什麼呢？」

唐轀修思索了一下，此時有侍女走上前來道：「駙馬爺，小郡主還是交給奴婢抱吧。」

神奇的是，當小郡主察覺到換了個人抱自己時，忽然「哇」的一聲哭了，侍女一驚，便將小郡主放回唐轀修懷裡——她不哭了。

唐韞修挑眉看著軟乎乎、嘴裡還在吐泡泡的女兒，朝幾位還想拉他喝酒的武將笑道：「幾位大人見諒，在下這女兒怪黏人的，除了在下與公主殿下，基本上不愛讓別人抱，就先不奉陪了。」

武將們心想，明明是致歉，他卻好像在炫耀什麼。有女兒了不起啊！

小郡主的滿月宴，就數聖上送來的賀禮最令人驚訝。

李公公身後跟著一群太監，他們抬著笨重的東西走了進來，上面還蓋著紅布。

只見李公公笑著說道：「聖上雖然不克前來，但還是惦記著殿下與小郡主的，這株琉璃珊瑚，是聖上特地選的賀禮，祝願小郡主今後平安喜樂。」

說著，他身後的太監揭開了紅布，一株半人高的五彩琉璃珊瑚就這樣展現於人前——泛著粼粼色澤，絢爛卻不至於晃眼，當屬絕世珍寶。

周圍傳來賓客們的吸氣聲。

別人或許不知道，但是在朝為官的人可清楚得很。聖上賞賜下來的這株琉璃珊瑚是幾年前從屬國獻上的瑰寶，價值連城不說，還深受聖上喜愛，光是這點，便足以說明華爍公主在聖上心中的地位。

看著這個稀世珍寶，趙瑾眸中含笑，說道：「多謝皇兄賞賜了，李公公辛苦，不如坐下用些吃食再走？」

李公公忙擺手道：「殿下折煞奴才了，您喜歡這賀禮便好，奴才還要回宮向聖上覆命，便不叨擾殿下了。」

說完，李公公與他帶來的人很快便離開了公主府。

酒過三巡，公主府迎來了一個不速之客。

陳管家來報時，趙瑾一時沒反應過來，還沒等她說什麼，外面便緩緩走入了一道白得晃人眼的身影。

見狀，陳管家面色鐵青，外面跟著進來的小廝也惶恐不安。

「殿下。」陳來福低下了頭。

賓客們紛紛停止應酬，齊刷刷地看著來人。

一身素白的安華公主出現在他們眼前，妝容精緻，只是身形單薄，好似一陣風便能將她給吹走一般。

趙瑾並未送請帖給安華公主，只有正在席上的安悅公主收到了。同為姊妹，短短數個月，便已拉開這樣的差距。

安華公主趙沁畢竟是當今聖上的親生女兒，下人就算知道她沒請帖，也不敢攔著這樣一位身分尊貴的公主。

「小姑姑，」趙沁的聲音緩緩響起，只是語調有些奇怪，她看著趙瑾道：「您今日宴請眾人，怎麼唯獨落下了我？」

趙瑾面色不變，就算是看到安華穿著白衣出席這個喜慶的場合時，也沒多說什麼。

她輕聲道：「安華，妳的身體不好，須好生休養，莫要出來吹風了。」

別人不知道安華公主遭遇了些什麼，趙瑾卻再清楚不過。

第六十五章　臨危受命

安華公主腦子不清醒是真的，可悲也是真的，趙瑾懶得批判她，然而聖上早已明確下令將她禁足了，趙瑾不知道安華公主此時跑出來，究竟是什麼意思。

可以肯定的是，她一身素白的出現在趙瑾女兒的滿月宴上，並不是來道喜的。

雖然趙瑾是長輩，但是安悅公主與安華公主這對姊妹卻比趙瑾這個小姑姑大上十餘歲，若有不合規矩之處，絕不會是不懂事，而是刻意為之。

安華公主這身打扮在這裡顯得格格不入，只是賓客們實在不好搶在趙瑾這個主人面前說什麼。由於情況詭異，連竊竊私語的人都沒幾個。

「原本以為小姑姑會生下一個兒子，」趙沁說話的聲音似乎帶著笑意，又似乎沒有，她的視線落在唐韞修懷裡的襁褓上。「沒承想，到頭來只是個女兒，想必父皇與您都挺失望的吧，也就中宮歡喜。」

她這話意有所指，盯著小郡主的目光略有不屑。

此話一出，其他人更不敢摻和了，皇室子嗣之事，一不小心便是禍從口出。

趙瑾眸光深沈地看著安華公主，不遠處的安悅公主想上前，卻被身旁的駙馬拉住，朝她搖了搖頭。

「趙沁，」趙瑾忽然直呼安華公主之名。「身為女子、身為皇女，妳覺得不齒嗎？武朝最尊貴的人是妳父皇，妳有何不滿？」

趙瑾本以為自己能忍，只是對方都上門找碴，還這樣光明正大地挑釁了，甚至以一身白衣表達對她女兒的詛咒，她又不是死人，豈能默不作聲？

聞言，趙沁冷笑道：「尊貴？皇女尊貴？父皇對您有求必應，可對我呢？我是他的女兒，他是怎麼對我的？」

再說下去，便是皇室秘辛了。

只見趙瑾冷聲吩咐道：「給本宮堵住她的嘴，送入皇宮。」

安華公主今日不請自來，本不是什麼大事，只是穿了一身白，又拿趙瑾剛滿月的女兒大做文章，便不值得她好言相勸。

公主府的侍衛可不是擺設，趙瑾一聲令下，安華公主便被擒住了。到底是皇女，趙瑾給她留了體面，讓侍衛點了安華公主的穴位，並未讓她在大庭廣眾下丟盡顏面。

趙瑾的目光冰冷，重複了自己的命令。「將她送入宮中，既然在公主府反省不了，就讓她回宮裡讓自己的父皇管教吧。」

在教育公主這一塊，君王通常不加以干涉，也就是說，公主的成長過程中通常缺乏「父親」這個角色，就算是子嗣不豐的當今聖上也是如此。

兩位公主最需要引導與教育的青春期，聖上才登基不久，除了前朝需要穩固，也需要衡量後宮諸位妃嬪之間的平衡，自然不可能對女兒們投以過多關注。

君權之下，就算是親生女兒，也不免對自己的父皇懷有敬畏之意，像趙瑾這種早早便掌握了生存法則的公主，則是少之又少。

趙瑾畢竟重活一世，人心再難拿捏，她也不至於一竅不通。

安華公主就這樣比自己年輕十餘歲的小姑姑送入了宮中。

趙瑾的意思很明顯，她覺得自己的便宜大哥確實該好好管教自己的女兒了。

初為人母，趙瑾一想到如今還是個肉團子的女兒日後有可能長成這樣一個不能明辨是非、甚至連自己的定位都搞不清楚的傻丫頭，她就想立刻讓女兒認清絕不能為了男人挖野菜這件事。

王寶釧苦守寒窯十八年，為了等待丈夫，靠挖野菜過活，這種戀愛腦實在不可取。

唐韞修一直不能理解趙瑾說的「挖野菜」究竟是何意。他們的女兒含著金湯匙出生，是集萬千寵愛於一身的郡主，怎麼可能淪落到挖野菜來吃的地步？

滿月宴在送走安華公主後繼續進行，大夥兒表面上談笑風生，可內心在想什麼，便不是趙瑾能控制的了。

議論皇室是大不敬的罪名，雖沒幾個人擔待得起，但嘴巴畢竟長在別人身上，既然法不責眾，便隨他們去吧。

滿月宴結束之後，賓客散盡，公主府的下人們忙著收拾。
宴席的主人並不好當，趙瑾整場忙著應酬，實在累得不得了，唐韞修正站在她身後替她捏肩膀。
趙瑾閉著眼睛，身軀有一大半靠在唐韞修身上，一副要昏睡過去的模樣，即便如此，她還惦記著自己臉上的妝，知道不能直接這樣上床歇下。
「讓紫韻進來吧。」趙瑾忽然說道：「你也累了一日，先坐下休息。」
此話一出，駙馬微涼的指尖從她的肩膀緩緩順著脖子往上，指腹輕輕摩擦了一下。
「殿下，我也會的事，何須喊其他人進來？」
即便彼此是夫妻，趙瑾也不是很明白，駙馬怎麼就偏偏熱衷於幹些伺候人的活兒，紫韻已經被逼得去為小郡主織過冬的小毛衣了。
誰家主子身邊的貼身侍女清閒得像她這樣？也就夜裡小郡主鬧著不睡覺時，她才偶爾派得上用場。
趙瑾從鏡子中盯著自己脖子上的那雙手，骨節分明，倒是賞心悅目。
那雙手一點一點地將她臉上的色彩卸乾淨，又出門從侍女手中端來溫熱的水為她擦拭，鏡子裡面逐漸出現了一個即便素顏也明豔的美人。
唐韞修的聲音裡含著笑意。「殿下真是生得貌美，教我傾心。」
他一雙眼睛直勾勾地盯著趙瑾，兩人的目光在鏡中相遇，視線碰撞出了火花。

趙瑾不知怎的笑了一聲，唐韞修沒再廢話，彎下了腰，右手捏著她的下巴將她輕輕轉過來，唇一貼，緩緩廝磨。

鏡子映出兩人如今的姿態——一個彎腰，一個仰頭，郎才女貌，好一幅旖旎的風景。

駙馬的雙眸逐漸染上慾念，趙瑾張口想說句什麼，只是她這麼一動，城池便迅速失守。

唐韞修不知忍耐了多久，他輕聲抱怨趙瑾自從生完孩子之後，便像是對他沒了興趣。

剛出月子的趙瑾想解釋兩句，便聽見唐韞修說：「不是殿下的身體問題，是您看我的眼神少了些東西，您似乎更喜歡盯著圓圓看。」

趙瑾無語。他還委屈上了？

看著自己生下來的娃娃一天天變得好看起來，誰不稀罕啊？還是說他唐韞修盯著女兒看的時間少了？

趙瑾想說出一個事實，便是許多女人在生完孩子後，確實會對男人沒什麼興趣，按照他們兩個現在育兒的狀態，除了親親抱抱，也沒什麼好做的，只是她這麼一說，唐韞修不知會不會哭。

旁邊躺著個幼崽，趙瑾的身體也還沒恢復，唐韞修又死活不願意分房睡，不僅不願意，他還要抱著趙瑾睡。

平時下朝除了練兵或帶孩子，唐韞修沒什麼不良嗜好，就是喜歡圍著趙瑾打轉。

於是華爍公主不得不承認，她的駙馬也是有那麼點戀愛腦。

兩人親了好一會兒，唐韞修才戀戀不捨地問道：「殿下要不要與我同浴？」

他的語氣和眼神都活脫脫像是一隻狼狗，明知道眼前的骨頭不能啃，還是忍不住上前去舔兩口。

在滿月宴過後，趙聆筠幼崽的皮膚變得白嫩，圓乎乎且肉感十足的小臉蛋為她的母親帶來了許多快樂。

趙瑾逐漸沈迷於養崽生活，不僅是她，唐韞修以及唐煜小朋友也無法自拔。

另一邊，被趙瑾送入宮中的安華公主在皇宮裡面仍舊不安分守己。

過去除非安華公主自己鬧到聖上面前來，否則聖上並不會分心給已經出嫁且為人母的女兒，直到趙瑾這次將人送入宮，他才派人去打聽了一番安華公主的所作所為。

安華公主膝下育有一兒一女，兒子不過三歲，女兒卻已快十歲，再過幾年便要物色夫家了，這樣的母親，如何能教好郡主？

過去安華公主對兒子還算是盡心，只是如今性情大變，根本沒在管教孩子。至於駙馬，就算出身勛貴人家，性子卻軟弱，更別說在公主面前插上一句話了，於是聖上下令將兩個孩子暫時接入宮中養在太后膝下。

安華公主被禁足在賢嬪宮中，也就是她還未出閣時的居所。本來只要她這個當女兒的夠爭氣，賢嬪的妃位說不定很快便能升回來，只是安華公主不知究竟是被什麼蒙蔽了心眼，竟一直為那賀大人的死耿耿於懷，更恨她母妃親手殺死了自己的孩兒。

她滿腹怨恨，怨恨聖上偏心，怨恨皇后懷有身孕，更詛咒皇后腹中胎兒依舊是公主。

聖上將安華公主拘在後宮半個月，接下來便將她送回公主府，只是安華公主的一雙兒女並未跟著她回去，而是繼續留在太后的仁壽宮裡。

如今皇后身懷近七個月的身孕，容不得一絲馬虎，然而身在後宮，沒什麼是絕對安全的，自從皇后有了身孕以後，坤寧宮已經處置了不少宮人，在皇嗣面前，心慈臉軟可不是什麼恰當的御下之道。

皇后再溫婉、再知書達禮，也是後宮之主，是母儀天下的女子，又怎會絲毫手段都沒有？

她必須好好護著腹中的孩子，這不僅事關她的母族，更關乎武朝社稷，不可有半點閃失。妃嬪每日請安的規矩也暫時被免除了，她可沒心思應付那些虎視眈眈的女人。

皇后在後宮並無什麼相熟的姊妹，凡事為她著想的嬤嬤跟侍女是有，可思來想去都不如坦率的華爍公主來得讓她舒心。

只是趙瑾的孩子還小，離不得母親，如今天氣漸冷，皇后實在不好宣她入宮。

皇后娘家的人倒是隔三差五地往宮裡送東西，中宮有孕是大喜事，聖上本應特許皇后的家眷入宮探望，只是皇后不欲與他們相見，此事便作罷。

眼下九月重陽已過，距離年關又近了些。

前朝有件稍稍引起轟動的事，戍守西北二十餘年的煬王趙鵬即將入關，攜家帶眷返京。

當初煬王請求回京時，聖上的臉色要多難看就有多難看，他直接將自己的不悅寫在臉上，可最終還是同意了煬王的請求，京城內那多年無人住的煬王府也開始修葺了。

不巧，煬王府正與嫡長公主府相鄰，距離比宸王府還要近些，趙瑾想不知道都難。

日子就這麼過去，唐煜小朋友在不知不覺中大了一歲。

他已經一年多沒見過自己的父母了，看著叔叔、嬸嬸一家三口溫馨的場景時，偶爾會問起自己的爹娘，只是邊疆那邊除了時不時寄書信過來，再無其他消息。

天氣轉涼之後，邊疆頻有騷亂，傳回來的訊息當中無一不表明一個事實——鄰國正在試探武朝的兵力，在這種情況下，唐煜更不可能被送去邊疆與他的父母團聚。

轉眼間，天寒地凍、大雪紛飛，京城中的風滿是蕭瑟之意。

趙瑾約莫是卯時被人從被窩裡拉起來的，她還沒睜開眼，便聽見唐韞修的聲音響起。

「殿下，醒醒，宮裡來人了。」

房門一開，一個人影幾乎是屁滾尿流地爬到趙瑾腳邊。「公主殿下，聖上宣您即刻入宮，皇后娘娘早產了！」

趙瑾一下子就清醒了。臘月還未到，皇后此時應是懷胎八個多月。

八個多月產子，按照宮中來人的態度來看，皇后這一關難熬。

趙瑾很快就收拾好了，她帶上所有用得上的工具，搭上外面的車馬入宮。

唐韞修被留了下來，聖上只宣公主入宮，用不著他這個駙馬，也就是說，無詔不得入宮。

馬車行進的速度飛快，沿途顛簸，周圍安靜得嚇人，寒風呼嘯聲不曾停下。

窗外黑漆漆的一片，趙瑾看了天色一眼，又想到此刻宮中的情況，一時之間臉色凝重。

趙瑾身邊只跟了紫韻這個貼身侍女，她小聲問道：「殿下，皇后娘娘早產，聖上召您進宮是為了……」

紫韻的話沒能說完，趙瑾將食指抵在自己的唇上，示意她別再說下去。

宮中之事，不宜議論。

馬車直接駛入宮門，完全沒遵守平常的規矩。

宮內燈火通明，皇后生產一事非同小可，何況是早產，更是凶險萬分。

趙瑾直接被領到坤寧宮。

坤寧宮的動靜比她想像中要大些，不僅聖上不顧天寒地凍地在外面等著，就連太后跟後宮一些妃嬪也在，寢殿裡傳出皇后的痛呼聲以及接生嬤嬤們的鼓勵聲。

這些接生嬤嬤的聲音不僅大，更滿是驚慌與緊張，若是今日不能母子均安，之後會有多少人因此受到牽連，難說。

儘管趙瑾已有心理準備，可眼前這個景象仍舊讓她的一顆心提了起來。皇后四十好幾才頭一次生產，還是早產，在這樣的不利因素下，皇后本人的意志力以及分娩狀況成了關鍵。

趙瑾的出現算是吸引了一些注意力，只是周圍的妃嬪以及宮人，甚至包括太后都不明白，為何趙瑾這時候會出現在皇宮裡？或者說，就算她擔心皇后好了，她湊過來有什麼用？

聖上看見趙瑾時，就像溺水的人抓住了一根浮木，眼中滿是期盼，他猛力揪住趙瑾的手臂。「瑾兒，朕想要母子均安，妳可能辦到？」

天子無所不能、權勢滔天，甚至能左右他人的生死，然而生產帶來的風險，並不是他能左右的。

他與皇后之間的情誼不可磨滅，而皇后腹中的孩子他也同樣看重——儘管不知男女。皇后懷孕七個月時，便有太醫把脈斷男女，然而不知出於什麼原因，竟無一人能診斷出來。

趙瑾的手被聖上用力揪著，她不自覺地對上便宜大哥的目光，忽然間意識到一件事，今夜對她而言，何嘗不是一道坎？

若是此刻選擇踏入產房內，就代表她與皇后，以及皇后腹中之子的命運將牽扯在一起。今夜，若他們平安存活，趙瑾便依舊是尊貴的嫡長公主，地位甚至能更上一層樓；若相反，她的命運會如何，實在難講。

顧玉蓮不明白聖上與趙瑾這對兄妹之間到底在打什麼啞謎，她問道：「聖上，皇后生產，召瑾兒入宮做甚？」

在臨岳城那次之後，趙瑾便未直接感受到他人的生死與自己這般接近。

皇宮裡的太醫個個醫術高超，只是如今這世間應當無人像趙瑾，敢開刀剖肚取嬰，還能保證母子平安。

聖上沒理會太后的問題。

趙瑾忽然跪了下去，雙手交疊貼於地面，頭抵著手背道：「皇兄，臣妹會竭盡所能保皇嫂與孩子平安，只是有一事，還求皇兄成全。」

「妳說。」

「若臣妹學術不精，致……」趙瑾頓了一下，才繼續道：「望皇兄看在往日的兄妹情分上，勿降罪於公主府其他人。」

公主府其他人，自然包括駙馬與剛出生不久的小郡主。

趙臻深深地看了自己這個妹妹一眼，簡短地應道：「朕答應妳。」

此時趙瑾才說道：「還請皇兄派人去玄明醫館將谷醫師召來，她興許派得上用場。」

「谷醫師已經在路上了。」趙臻的心思顯然要比趙瑾想像中縝密。

趙瑾站起身來，深深吸了一大口氣。她回頭看向方才領她入宮的太監。「有勞公公將本宮的東西拿來。」

那位公公抱著一個箱子走了過來，很明顯，趙瑾在入宮前就已經預測到自己此行的使命。

「皇兄，臣妹進去了。」趙瑾道。

第六十六章　技驚四座

皇后寢殿的門檻，彷彿是一道隔絕生死的分界線。

裡面的聲音，在門打開的那一瞬間清晰地傳進所有人耳中。

血脈需要延續，自古以來，生子就是女人的鬼門關，是必須跨過的一道坎，有人沒扛過去，但有更多的人扛住了。

趙瑾沒回頭。

當她進去之後，門外的顧玉蓮依舊不解地看著自己的兒子。「聖上，這是在做什麼？」

趙臻斂下了自己的思緒，對太后道：「母后勿怪，瑾兒在接生方面有自己的能耐，朕怕萬一，只能召她入宮。」

「聖上，這簡直胡鬧，瑾兒她才多大，自己也才剛生了一個孩子，她怎麼可能會接生？」顧玉蓮並不明白背後的原因，這對兄妹的做法在她看來是拿人命在開玩笑。

見聖上不再解釋，太后有股衝動想將趙瑾喊出來。

她自然明白皇后如今是個什麼情況，若是母子均安，那就皆大歡喜，可若不是呢？

趙瑾進去了，不管她有沒有真的動手，都不可能全然沒干係。

面臨這種情況，太后倒是莫名清醒，只是她再清醒，也左右不了聖上的意願。

聖上，才是這裡的主人。

此時此刻，趙瑾的出現也讓守在屏風外的太醫們嚇了一跳。

太醫院幾位資深太醫都在場，看到趙瑾時，他們還以為自己的眼睛出了問題。

「公主殿下怎麼進來了？」

「這是怎麼回事？」

「是聖上允許的嗎？」

關於華爍公主懂醫術這件事，他人不過是耳聞，只有羅太醫與徐太醫有過切身的體會，然而生產一事，宮中的穩婆與太醫應該還是能解決的，怎麼就召公主進來了呢？

趙瑾身為女子，不需要避嫌，她直接朝床榻走了過去。

穩婆正在叮囑皇后要用力，無論是皇后還是她身邊的宮女、穩婆，皆是滿頭大汗，從羊水破了到現在，已經差不多一個時辰過去了。

在極度難耐的痛楚中，蘇想容臉色蒼白，她的眼尾餘光不經意瞥見了床邊的趙瑾。「瑾兒……」

其他人當然也看見了華爍公主，只是此時向她行禮的動作慌亂隨意了些。

趙瑾看著皇后，輕聲道：「皇嫂莫怕，臣妹進來陪您。」

蘇想容一把抓住趙瑾的手，雙唇因為用力而失去了顏色。「瑾兒，好疼啊……」

生孩子，開十指，那樣窄的地方，卻要擠生出一個活生生的孩子，哪有不疼的？

趙瑾正欲開口說句什麼，結果穩婆忽然大驚失色道：「娘娘，孩子的腳先出來了！」

此話一出，不光是宮女們，就連屏風外的太醫們也全愣住了。

早產加上難產。女子生產最難跨過去的坎，皇后竟一次碰見了兩個。

不僅是胎兒，連母體都有極大的危險，過去因難產引起的胎死腹中、大出血或一屍兩命，多不勝數。

穩婆第一時間走出去與太醫們商量起了對策，在這種時候，趙瑾不可避免聽到了這麼個問題：保大還是保小。

皇后腹中的孩子是尊貴，可皇后本身不也一樣嗎？

兩難。

趙瑾沒想到最壞的情況就這麼發生了，在她的認知當中，發生難產的情況時，最好的方法就是採取剖腹產。

時間拖得越久，孩子在母親體內窒息的可能性就越大，要麼保一死一，要麼一屍兩命。

蘇想容更用力地抓住趙瑾了，她的聲音沙啞，但還是一字一句吩咐道：「聽本宮的，保住孩子。」

太醫與穩婆還沒做出判斷，皇后便將自己的生路給堵死了。

這個孩子她盼了許多年，孩子儼然成了她的另一條命，這是世間眾多女子的想法，皇后不可免俗地決定為孩子拋棄自己。

可怕的地方在於，當她打算這麼做，也說出口之後，竟沒人勸阻她，而是輕易地接受了她要保住孩子的抉擇。

趙瑾知道在這種情況下選擇保住孩子會導致什麼局面，她看著一步步從屏風外走來的穩婆，忽然開口道：「皇嫂，讓臣妹試試吧。」

穩婆第一個反應是覺得荒謬。「公主殿下，皇后娘娘正在生子，您就不要搗亂了。」

趙瑾還沒說話，外面的門又開了，跌跌撞撞地跑進來一個人。

徐硯先認出了她。「谷姨，您怎會在此?!」

谷明雪沒工夫和徐太醫說話，她拿著自己的藥箱跑了進去。「公主殿下！」

趙瑾看著她，面無表情道：「谷醫師，皇后難產，如今需要剖腹產子，妳可以嗎？」

谷醫師不行也得行。被召入宮來救皇后母子，難道還有另外一條路？

穩婆不相信聖上會任由華爍公主亂來，還想阻攔，然而皇后的情況實在不樂觀，她已經疼暈過去了。

見狀，穩婆立刻就要上前處理，卻被趙瑾攔住。「妳想做什麼？」

穩婆急得上火。「公主殿下，要是再繼續耽誤時間，屆時一屍……在場何人擔待得起?!」

起碼孩子得活著啊，不是嗎？

趙瑾冷聲道：「本宮在此，妳說要誰擔待？在一邊聽本宮吩咐，再多嘴，妳現在就活不成！」

當趙瑾冷下臉時，氣場與平日截然不同，加上與便宜大哥生得有幾分相似，架子一擺，頗能嚇得住人。

穩婆不敢再吭聲了。

谷醫師以最快的速度將工具準備好，之後寢殿裡發生的一切，即將顛覆眾人的認知。

皇后已經暈厥，華爍公主不知拿了什麼東西讓皇后吸了進去，隨後更是拿出了刀。

趙瑾的表情太過冷靜，完全不見一絲慌張，其他人甚至懷疑她是不是想刺殺皇后，然而接下來一段時間，寢殿內一片靜悄悄，眾人震驚到幾乎失去說話的能力。

等孩子從皇后體內被抱出來時，呈現出渾身青紫、氣息全無的模樣，穩婆腿一軟，認定自己命不久矣。

谷醫師接手了縫合的工作，趙瑾則是單手捧著孩子進行搶救。

穩婆接生過的孩子極多，一看便知這孩子根本沒有呼吸，嘴裡喃喃道：「完了……」

「閉嘴！」趙瑾低聲吼道。

她的動作一刻不停，瞧見孩子的鼻孔處有分泌物，便直接低頭將分泌物吸出來。

就像是發生奇蹟一般，過了一會兒，原本毫無氣息的嬰孩忽然有了動靜。

「哇」的一聲，嘹亮的啼哭響起，伴隨著破曉，所有人的心跟著活了過來，包括在外面苦苦守候的人。

目睹所有過程的宮女們在驚訝過後便是滿心歡喜，剖腹產子，便是在死人身上，也無人嘗試過，如今華爍公主卻辦到了。

直到這時候，才有人關注起孩子的性別，穩婆定睛一看，瞬間雙眼發亮道：「是皇子——」

這一夜的種種慌亂在此時歸於平靜，趙瑾顧不上自己滿身血污，抓緊時間將手上的小小嬰孩清理乾淨再裹得嚴嚴實實，谷醫師也在此時結束縫合。

穩婆想從趙瑾手上接過孩子抱出去報喜，卻被趙瑾喝止了。「皇后尚未脫離危險，報什麼喜？」

為了安聖上與太后的心，就算沒能抱過孩子，穩婆還是去外面報喜了。

皇后的寢殿內，滿室狼藉。

趙瑾彎腰捧起水洗了一把臉，隨後再細細洗去手上的血污。

谷醫師在一旁跟著收拾，屏風另一邊的太醫們到現在還訝異得說不出話來。

小皇子出生以後，趙瑾依舊沒放鬆警戒，她將孩子遞給皇后身邊的大宮女，叮囑道：「小皇子早產，不能吹風，須細細照看。」

在門外守候許久的聖上與太后等人等不及想看看孩子了，卻遲遲不見孩子被抱出來。

穩婆的表情有些尷尬，低聲說道：「公主殿下說，皇后娘娘還未脫離險境。」

趙臻的臉色又冷了下來，問道：「怎麼回事？」

穩婆這時候才意識到，添了皇子對皇室而言確實是喜事，可若是傳出子生母死的消息，也是極不吉利。

想到這裡，穩婆馬上跪了下去，低頭將方才趙瑾所做之事一一道來。

周圍的妃嬪聽聞華爍公主剖腹取子時皆是一震，有人說道：「雖然小皇子乃社稷之重，可公主殿下剖腹是否殘忍了些？畢竟……那是皇后娘娘啊。」

被剖腹，還能活嗎？她們不曾聽聞這種生子之法，只覺得令人驚駭至極。

一個人開口，就會有其他人多嘴。「聖上，恕臣妾直言，公主殿下此番和去母留子有何區別？」

「住嘴！」趙臻猛然訓斥道。

去母留子，這話是能隨便說出口的？

趙瑾有條不紊地處理好一切後，便為皇后把了脈，確認無大礙後，才如釋重負地癱坐在地上。

谷醫師看向趙瑾的目光，依舊複雜。

還記得第一次見到華爍公主時，她喬裝打扮，為一個懷有三胎的婦人剖腹取子，這一次，對象換成皇后娘娘。

這世間能這般妙手回春的人有幾個？若說之前是懷疑，谷醫師這次能肯定趙瑾就是玄明神醫了。

此時屏風後面的太醫們走了過來，羅太醫羅濟東為皇后把過脈後，轉身面向趙瑾，垂首作揖道：「殿下妙手回春，臣等佩服。」

這句話，足以說明皇后無恙。

趙瑾這一手可謂神奇。

如今在場的太醫有些從先帝在位時便待在太醫院了，但凡遇上難產，有近七成妃子跨不過這個坎，就算皇后是命不該絕，也不能抹滅趙瑾救了她與小皇子性命的事實。

「行了，」趙瑾揮手。「出去報喜吧，不然外頭的人還以為本宮害了皇后，所以不敢見人。」

皇后的寢殿大門終於打開，為首的太醫說道：「恭喜聖上、恭喜太后娘娘，皇后娘娘誕下皇子，母子均安。」

當「母子均安」四個字說出來時，眾人皆是一愣，再往裡面看，皇后身邊的大宮女抱著剛出生的小皇子站在太醫們身後。

太后望孫心切，她率先走了進去，只見大宮女懷中的皇子小小的一個，安安靜靜，不吵不鬧。

這是後宮多年以來出生的第一位皇子，還是從皇后肚子裡出來的聖上嫡子，直接稱其為太子都不過分。

聖上也走了進去，他瞥了剛出生的兒子一眼，隨後將目光投往床榻。相對於昏迷不醒的皇后，要死不活地癱坐在地、衣裙盡是血污的趙瑾更像是出了什麼大事。

跟著進門的紫韻立刻跑了過去，帶著哭腔說道：「殿下，您怎麼了？」

趙瑾實在沒力氣。她蹙眉看著一窩蜂跑進來的人以及敞開的大門，說道：「這麼多人進來做什麼？無關之人出去，皇后與小皇子不能吹風。」

在這個封建皇朝制度之下，趙瑾最不怕死的時刻，便是以醫者的身分發表意見時。就算聖上在這裡，她也照皺她的眉頭。

果不其然，趙瑾話音剛落，聖上便往後看向敞開的門，李公公一看聖上的臉色，心道不妙。

趙臻道：「這麼多人進來做什麼，都給朕出去，把門關上！」

聖上大怒，原本來湊熱鬧的妃嬪們全灰溜溜地退了出去，宮人們隨即將門帶上，於是皇后的寢殿只剩下趙瑾、太后、聖上、昏迷不醒的皇后以及惶恐地抱著小皇子的大宮女，其他人都退場了。

趙瑾沒想到會是這個局面，不過也好，起碼安靜多了。

只見趙臻走了過來，看著躺在床上的皇后，又看向坐沒坐相的趙瑾，難得沒訓斥她。

「妳皇嫂如何？」

趙瑾道：「還需要再看看，若皇嫂醒來之後無事，便安然無恙。」

她說起話來有氣無力，不過趙臻還是繼續問：「皇子如何？」

「早產，這幾日不能受涼，得細細呵護著，這點太醫應該懂。」趙瑾答道。

「妳真是剖腹取子？」

聖上這麼一問，太后也看向趙瑾，然而瞧見她身上的血污，以及一旁奇形怪狀的刀具時，已然驗證方才穩婆所說的話。

趙瑾當然明白他們在想什麼，她看向太后，問道：「母后久居深宮，想必見過後宮妃嬪難產時的慘狀，從前她們難產時，都是怎麼做的？」

太后被女兒問住了。

妃嬪的命如何比得過皇子或公主？難產的情況下，自然是以孩子的性命為重，實在生不出來，就會用手拚命把孩子拽出來，一屍兩命或子活母亡的情況多得是。

趙瑾說道：「皇兄喊臣妹來，難道沒想過臣妹會怎麼做嗎？」

她實在累到不行了，已經懶得理會君臣之道，說起話來便有些不客氣。

自從臨岳城回來以後，除了那位不存在的師父以外，其餘被聖上查出來的事蹟有多少，她自己都沒在算。

趙臻乾咳一聲，吩咐道：「坐在地上像什麼樣子，起來換身衣裳去歇息。」

好在聖上還算是會看臉色，知道趙瑾半夜被人叫醒，入宮至今不曾好好喘口氣，精神處於高度緊繃的狀態，只差沒當場昏過去。

紫韻被喊了進來，扶著她的主子去梳洗。

只是趙瑾沒能安心歇下，她換好衣裳後隨口吃了點東西，便又去坤寧宮候著了。

坤寧宮的宮人完全不敢怠慢，收拾了一個房間讓趙瑾休息。

皇后在那日午後才醒過來，趙瑾做出來的那些麻醉藥效果已過，現在開始，皇后要因為身上的傷口受罪了。

不過在聽聞自己誕下了皇子時，皇后還是如釋重負地扯了一下嘴角。

見聖上一直守在床邊，蘇想容眼角泛淚道：「聖上，臣妾終於為您生下皇子了。」

「皇后受苦了。」趙臻探手替她拭淚。「先將身體養好，瑾兒說妳這幾日須得臥床，勿要落下病根。」

如今他們都不年輕了，好不容易生下皇子，終於有人能繼承皇位，心中怎麼可能一絲波瀾都無？

不僅是帝后，就連朝臣們得知皇后誕下皇子時，都喊著「老天保佑」，感謝老天庇佑武朝，在朝堂動盪時送來了儲君。

趙瑾就這樣在宮裡住了三日，這一天，再次為皇后把脈後，她對聖上說道：「皇兄，臣妹入宮已三日有餘，該回去了。」

皇后已脫離危險，早產的孩子也養得好好的，不再需要趙瑾，皇宮裡的太醫一籮筐，趙瑾能做的，他們也能。

聖上聞言並未攔著，只道：「妳想回去便回去吧。」

這當中其實有個小插曲。皇后誕下皇子，朝堂之上喜氣洋洋，甚至有人按捺不住，奏請盡快立下太子，可有人卻說不宜操之過急，起碼要等皇子三歲後再定下。

聖上就這麼一個兒子而已，儲君立與不立，意義並不大。

不過這三日下朝時，聖上每天都被駙馬堵住去路，每次都被問同一句話：什麼時候將他的公主還回來？

聖上真的差點當自己欠了唐韞修。

趙瑾獲得出宮的權利，李公公親自領著她，恭恭敬敬地將人送出宮門，即便是白天，也依舊派人將趙瑾送回公主府。

誰都明白，如今趙瑾的身分已不僅僅是當今聖上的親妹那麼簡單了，她還是皇后與小皇子的救命恩人。

只要趙瑾不找死，待小皇子日後登基，按照她的身分與地位，公主府的榮耀可期，若武朝不覆滅，這份福澤甚至可能長長久久地延續至她的後代子孫。

第六十七章　親王返京

趙瑾回到公主府，府裡上上下下就跟過年似的，唐韞修與趙圓圓這對父女火速迎了出來。

小郡主如今三個月大，長得白白嫩嫩，眼睛、鼻子跟嘴巴盡是挑爹娘臉上好看的長，甜美又肉乎乎的模樣，成為全府上下的寵兒。

這幾天小郡主夜裡鬧著不睡覺，都是唐韞修親自哄的，稱職地扮演著奶爸的角色。

「殿下終於回來了。」駙馬臉上寫滿了思念。

相對於唐韞修，趙瑾的目光先落在他懷裡的女兒身上，隨後自然地伸手將孩子接了過來。

趙瑾馬上跟女兒玩起了貼貼的遊戲。誰能拒絕一個充滿奶香味的娃娃？她娃癮上來了，別管她！

皇宮裡那個姪子雖然也算可愛，只是剛出生，一群人細心呵護著，生怕磕著碰著，哪像她女兒，這個大小正是最好吸的時候。

唐韞修被冷落在一旁，內心的怨氣大概足以與下堂婦相提並論。

皇子誕生對社稷的影響極大，他出生幾日後，聖上為他取名為趙詡，期盼他前程似錦、一路順遂。

有了皇子，前朝安定了不少，趙瑾就算是不接觸朝政，也能明顯感覺到自己遠離了那個漩渦。

她生下女兒，皇后誕下皇子，是皆大歡喜的結果。

等小皇子進上書房之後，便能正式立為儲君，即便那時便宜大哥已經衰老，朝中股肱大臣也必定會盡心盡力輔助太子，只要這個姪子夠爭氣，日後趙瑾依舊能維持尊貴的身分。

公主不像皇子需要時時刻刻求表現，只要皇室的榮光不褪去，公主便依舊顯赫，這是毋庸置疑的現實。

唐韞修當著自己的閒散駙馬，他手中雖然有兵權，但那畢竟只是唐家軍的一部分，其餘大半人馬都在邊疆戍守。

年關將近，這段時間以來，唐韞錦這位世子始終沒能找到機會回京，他的兒子便一直養在弟弟膝下。

如今公主府上添了一個妹妹，唐煜小朋友每日讀書、練武、陪妹妹玩，比兩位長輩還忙碌。

趙瑾手邊的生意發展得都不錯，可認真說起來，最成功的應該還是悅娛樓。

悅娛樓早已不需要趙瑾操心，那裡的經營模式不變，仍舊是賣藝不賣身。

京城裡不少人很追捧悅娛樓的公子與姑娘，頗有現代追星的雛形，有錢的男人以此為時尚，有錢的女人也不吝嗇自己的銀子，大夥兒使出渾身解數，只為搏佳人或公子一笑。

不過趙瑾這種經營模式卻是不可複製的，沒人像她這般，有一個惹不起的後臺。

正因如此，趙瑾比一大票朝廷命官更早得知煬王入京的消息。

煬王府與華爍公主府相鄰，煬王返京時，公主府旁邊自然傳來動靜。

若說起規模，煬王府跟華爍公主府不相上下，只是煬王府終究閒置了一段時間，好一番修葺後才有那麼點樣子，可仍比不上聖上花費大把心力讓人修建的華爍公主府。

趙瑾收到煬王回來的消息時，正在書房裡翻看最近的帳本，她的女兒就在一旁的搖籃裡自己玩。

四個月左右的小郡主，因為生得可愛，完全逃不過被抓去玩貼貼的命運。

別人還好，她那一對爹娘完全不受控制。女鵝，可愛，嘿嘿。

生孩子如果不是為了玩，便毫無意義——秉持著這樣的概念，趙瑾毫不顧慮用哭聲拒絕玩貼貼的女兒，強扭的瓜甜不甜不重要，起碼現在奶香奶香的。

煬王歸京當日的場面可說是相當盛大，其座下親兵護送煬王一家入京。領頭的煬王騎著駿馬，身後跟著長長的隊伍，隊伍中間是他的家眷，這架勢不像是回家養傷，更像是凱旋回京。

趙瑾沒出門看熱鬧，只聽說煬王身高八尺，相貌堂堂、氣宇不凡，幾位煬王府的公子也在旁邊騎著馬，個個都生得一副好模樣，一路上不知多少姑娘芳心暗許。

煬王手握兵權，就算遠離京城多年，也是個王爺，此番回來，還不確定之後到底走不走。

進了京城，煬王第一件事就是帶著嫡長子去拜見聖上，剩餘的家眷則先回府。

煬王一家回來之前，聖上已經讓人先打掃過煬王府了，一群人來回搬著行李進門，趙瑾就算在書房裡，也能察覺到隔壁的熱鬧。

不過呢，有些熱鬧還是別湊比較好。

煬王這麼大張旗鼓地回京，然而聖上那邊的態度始終曖昧不明，既不提嘉獎，也不談其他。

趙瑾始終覺得，這位素未謀面的九哥與她的便宜大哥之間，顯然還有許多沒擺在明面上的爭鬥。

煬王的生母身分低微，本是太后身邊的宮女，後來被先帝寵幸懷上龍種，被封了一個美人。

先帝的孩子不算少，煬王在眾皇子中排行第九，他出生時，他的哥哥們都能在先帝面前表現了；等他能進上書房時，當時的太子與二皇子、三皇子已開始上朝。

在這樣的情況下，九皇子根本不是爭奪皇位的有力人選，他自己似乎也明白這個事實，於是領了封地離京，一別就是二十餘年。

煬王離京時，聖上當然派了兵給他，只是一個不受寵的皇子，能得到什麼精兵？不過是有個王爺的名號，看起來沒那麼寒酸而已。

二十餘年過去，煬王已非當年那個年輕且手無實權的王爺，他建立起了效忠自己的軍隊，就算無造反之意，聖上也會提防一二。

煬王與嫡長子進宮面聖的時間裡，公主府有人上門拜訪了。

趙瑾聽到通傳時，已經是傍晚時分，她愣了一下，疑惑道：「煬王妃求見？」

「回殿下，煬王妃以及府上幾位女眷都在外面候著，您打算見嗎？」

這話不難聽出陳管家的顧慮。

煬王一家才剛回京，連府上的椅子都還沒坐熱就上門拜訪，實在是急了些；何況趙瑾的身分與其他公主不同，她是太后所出，是聖上的親妹，認真探究起來甚至比聖上兩個親生女兒還要尊貴些，她見或不見煬王妃，都說得過去。

尤其如今聖上的態度不明朗，公主府這邊若貿然採取行動，說不定日後會給自己帶來麻煩——說實話，陳管家覺得煬王府的人不該見。

然而趙瑾思索片刻後卻道：「陳管家，去將人請到前廳，上茶。」

趙瑾終於捨得從書桌前站起來了，她伸了個懶腰，此時搖籃裡的小郡主剛好醒了，嘴一張，開始哭。

這麼大的孩子，張嘴不是餓了就是拉了，現在是前者。

趙瑾將孩子抱起來遞給紫韻。「去找奶娘吧。」

陳管家將煬王府的諸位女眷迎到前廳，等到上了熱茶，趙瑾才姍姍來遲。

倒不是她故意晾著煬王妃等人，只是今日她本來就不打算出門也不準備面客，穿著打扮上隨意了些，如今第一回見煬王妃，不清楚對方是什麼樣的人，便該擺出公主的姿態來，所以花了點時間打扮。

趙瑾一出現，前廳所有人全站了起來，她的目光落在煬王府諸位女眷身上，隨後再看向其中年紀大一些的那個，勾唇淺笑道：「想必這位便是九嫂了，初次見面，禮數不周，還望九嫂見諒。」

她端起嫡長公主的架子時，還真有幾分說不出的大氣，不熟悉她的人，自然能感受到那股疏離。

「貿然來訪，還望公主見諒。」煬王妃笑著說道。

她臉部的線條與身上的氣質都很溫和，個性似乎也頗為溫婉，只是在西北住了這麼些年，難免染上幾分豪邁的氣息，不只是她，煬王府的女眷都給人這種感覺。

根據趙瑾所知的訊息，煬王府的世子妃是煬王駐守之地的太守之女。雖是高官，但畢竟遠離京城，世子妃與京城中的貴女們比起來，多了幾分俐落爽朗。

煬王妃說道：「妾身多年未回京城，雖早就聽聞公主名聲，卻一直未有機會相見，恰好煬王府與公主府相鄰，想到今後可能還需要公主多多關照，便帶著府上幾位女眷前來拜見。」

趙瑾與煬王妃同輩，那麼煬王妃的女兒與兒媳，自然是她的晚輩。

這世生得年紀小、輩分高，是趙瑾覺得最痛快的事情。

「公主，這一位是妾身的兒媳邱萱。」煬王妃牽過一位年輕的女子向趙瑾介紹。

「妾身見過華爍公主。」邱萱垂眸淺笑，眉眼間頗有幾分異域的風情。

趙瑾很快就理解這位太守之女為何能入世子的眼了。拜倒在石榴裙下的男人比比皆是，想來煬王府世子也不例外。

「這一位是妾身的大女兒，趙霜。」

「這一位是妾身的小女兒，趙馨。」

「見過小姑姑。」兩位姪女頗為自來熟，這就親暱地喊上小姑姑了。

趙瑾很滿意地點頭道：「嗯，九嫂府上兩位千金生得頗為清麗，不知是否已婚配？」

煬王妃這兩個女兒看起來年紀與她相仿，卻沒聽說過有婚配對象。

趙瑾也就那麼隨口一問，結果煬王妃還真的跟她聊起來了。

「公主，這便是妾身苦惱之處了。」說到這個，煬王妃露出了擔憂的神色。「她們姊妹兩人過去在這方面耽誤了，如今回京，妾身正想各為她們找一門好親事。」

趙瑾心想，眼前兩位姪女最大的應該有十八、九歲了，在武朝女子當中算是大齡，不是誰都能像她這樣有底氣地將自己拖到二十歲才嫁的。

只是這番話似乎有另外一層涵義。超過適合婚配的年紀幾年還未出嫁，就不知道是煬王夫妻挑女婿的眼光高，還是說早就想到會有回京這一日，刻意拖到現在的。

趙瑾不敢亂猜，她笑了聲道：「九嫂不必著急，京城中的勛貴人家不少，您剛回來，可以慢慢了解。婚姻大事畢竟不能含糊，兩位姪女既非尋常人家的姑娘，又生得這般出色，何愁尋不到如意郎君？再說了，本宮成親時也二十歲了，不必操之過急。」

這些話，要是讓當初聽見趙瑾選定駙馬後下個月便要成親的禮部諸位大人聽見，應該會當場哭出來。

「公主所言有理，是妾身思慮不周。」煬王妃說著，又道：「王爺與世子正入宮面聖，今日怕是不能來拜見公主，改日妾身再讓世子登門拜見公主。」

趙瑾知道煬王妃育有兩兒兩女，一位是嫡長子，也就是世子，另一位年紀尚幼，只有幾歲大。

「九嫂說的什麼話，您舟車勞頓，該早點回去好好歇息，改日本宮再登門拜訪你們。」

趙瑾沒跟她們說太多客套話，很快便將煬王妃等人送出府。

等唐韞修和唐煜從城外軍營歸家，便看見趙瑾對著幾身皮毛發愁，嘴裡念叨著。「造孽啊……」

煬王妃送來的見面禮當中，有幾身平日沒機會見到的皮毛，聽說是煬王與他幾個兒子在西北時打獵的戰果。

趙瑾當然明白，有些現代的瀕危動物在這個時代不過是一般畜生，只是意外瞧見時，心情還是有幾分說不出的複雜。

唐韞修走近，看見趙瑾面前的東西，問道：「殿下，這是何人送來的？」

趙瑾轉過頭道：「煬王妃送來的。」

提到煬王妃，唐韞修稍稍頓了一下。煬王回京並非什麼秘密，他就算是忙著練兵，也有所耳聞。

「殿下喜歡這些皮毛？等之後狩獵時，我可為您……」

唐韞修話還沒說完，趙瑾便搖頭道：「我不喜歡。」

說著她吩咐下人將東西收入庫房，自己也站起身來。

唐煜小朋友立刻拉住她的衣袖，問道：「嬸嬸，妹妹呢？」

趙瑾摸了摸他的頭道：「妹妹在睡覺，我們先用膳。」

唐煜還是很聽話的，他乖乖上座，捧著自己的小碗吃飯。近日又是讀書、又是練武的，他的飯量都變大了些，吃什麼都香。

吃完飯之後，唐煜便自己拿書去妹妹的房間裡讀，一邊守著妹妹、一邊用功。有這麼個姪子，趙瑾不禁覺得孩子其實也沒那麼難帶。

煬王回京，後宮又添了皇子，算是兩件大喜事，今年宮裡的人都拿了不少獎賞，在坤寧宮伺候的更是得了大紅包。

趙瑾自從為皇后接生之後便不再進宮，聖上那邊的事用不上她這個公主，太后有了親孫子，也不會再死死地將目光鎖在女兒肚皮上，趙瑾可說是活得悠閒自在。

然而過年前，一道密詔，又將趙瑾給逮進宮裡去了。

這回雖然不是急召，但這種掩人耳目式的召見，反而更讓趙瑾覺得有鬼。她將女兒安排好，才低調入宮。

當轎子停在坤寧宮外時，趙瑾心中那股不祥的預感越來越深。

她在主殿那裡見到帝后兩人以及徐太醫，還有躺在搖籃裡的小皇子。

有那麼一瞬間，趙瑾想直接轉身離開。看樣子是前半輩子造了太多孽，現在不得不再次捲入朝堂漩渦。

皇嗣之事關乎朝堂，自然是別摻和的好。

「臣妹參見皇兄、皇嫂。」趙瑾規矩地行了禮，說道：「不知召臣妹前來，有何要事？」

見在場眾人臉色凝重，除了小皇子的身體，趙瑾想不到跟其他事有關。她這位公主，目前最大的用處，便是在醫術上頗有造詣。

趙臻看著她說道：「瑾兒，詡兒將要滿月，前幾日發了高燒，雖然如今已經退了，但徐太醫診脈說他身體有疾，朕想讓妳看看。」

一聽這話，趙瑾便意識到自己又要被扯進麻煩裡了。

將要滿月的小皇子躺在搖籃裡睡覺，臉蛋紅通通的，看起來格外可愛，身為接生醫師，趙瑾是這世間第一個見到他之人。

不僅如此，他們之間還有那麼一層值錢的血緣關係在，她可盼著這小傢伙爭氣呢！

趙瑾對上聖上的目光，又看向皇后微紅的眼眶，隨即上前兩步伸手探入搖籃，輕輕將手覆在小皇子的手腕上，半晌後，她鬆開了手腕。

「皇兄、皇嫂，詡兒這應該是先天不足引發的體弱，日後興許需要細心呵護。」趙瑾垂眸道。

先天不足，說到底就是父母的問題。聖上多年來未能使妃嬪有孕，皇后年紀也大了，兩人生下的孩子體弱些也正常。

這就意味著，好不容易才盼來的寶貝皇子，注定是個藥罐子。

「只是體弱而已嗎？」趙臻又問。

趙瑾說道：「可以的話，最好在他身邊常備太醫。」

孩子還這麼小，隨便一點小病小痛都能讓閻王爺帶走，就算身分再尊貴，也難以與命運抗衡。

趙詡才出生不到一個月，趙瑾便已看到這位皇嗣並不算順遂的未來。

身為皇子是種榮耀，卻也揹負著重擔，這是他的宿命。

煬王回京之後，聖上先後派了三位太醫到煬王府為其治傷，可見他重視這個弟弟的程度。

然而這份重視是真是假，只有聖上自己知道，二十餘年沒相見的兄弟，還有多少情分在？

趙瑾依舊未與煬王府有過多交集，從便宜大哥的態度就能知道，他對這個九弟心存忌憚。

既是如此，公主府無論如何都不該與煬王府私交過密。

煬王回京帶的只有部分親兵，更多的士兵都留在西北當地，此番他回來除了養傷，更有將妻女留在京城的意思。

西北孤苦，王爺府上的女眷本就該待在京城過舒坦的日子，煬王這個打算並無不妥。

此外，他身上雖有舊傷，可每日依然準時上朝，聖上在這方面實在挑不出他任何毛病。

第六十八章　火花四射

對於朝堂上的事，趙瑾向來敬而遠之，唐韞修倒是偶爾會跟她說兩句，也不管她感不感興趣。

只是趙瑾這個當姑姑的真成了冤大頭，時不時就被便宜大哥召進宮去給姪子看病，她算是明白了，趙臻是打算讓她當私人醫師。

也是，這世間還有什麼人使喚得動公主去給人看病，無非是皇室的最高掌權者。

轉眼間，一年又過去了，年關將近。

今年的雪下得特別大，好些州縣的莊稼都被毀了，京城的城北更凍死了不少人，聖上跟朝臣都很頭疼。

趙瑾每個月照慣例入宮，她身上披了一件紅色大氅，捧著手爐，身邊有宮人指引。她在路上碰見幾位剛下朝的官員，之後又碰上要出宮的煬王。

這一年來，雙方雖然住得近，但趙瑾始終沒上門叨擾過煬王，就算名義上是兄妹，但彼此都知道，他們也就是有血緣關係的陌生人罷了。

趙瑾逢場作戲的本領不差，她微微屈膝道：「皇妹見過九皇兄。」

煬王趙鵬比聖上要年輕不少，即便年過四十，模樣依舊俊朗，一看就是趙家人，只是戍守西北二十餘年，身上殺氣外露，看上去並不好親近——當然，趙瑾也沒打算與他親近。

趙鵬的目光落在趙瑾身上，忽然笑了一聲，說道：「本王記得上次見皇妹，應該是在宮宴的時候了。」

兄妹明明住得極近，上次見面竟已相隔將近一年之久，他們倆到底有多不親近，可想而知。

趙瑾道：「九皇兄平時忙於朝政，皇妹確實難有機會與皇兄相見。」

言下之意，不熟。

「不知皇妹今日入宮所為何事？」

寒暄兩句後，話題終究被帶到了這上面。

趙鵬看著趙瑾的臉說道：「聽聞皇妹醫術了得，可是聖上或其他人身體有恙？」

趙瑾想：嗯，他是個懂聊天的。

「九皇兄說笑了，不過是皇妹出嫁後時常掛念母后與皇兄，所以才回宮探望。」

趙瑾回宮的頻率，的確比尋常婦人回娘家探視的頻率還要高些。

「這麼多年來，皇妹真是本王見過的、第一個出了宮還時常回宮探望的公主。」趙鵬意味不明地說道。

趙瑾聽懂了。公主常回宮與一般婦人常回娘家代表的大概都是一樣的意思：婚姻不幸。

公主經常入宮，外面的人說不定會有所誤解。

趙瑾輕笑道：「皇妹還需要去覲見皇兄與母后他們，便不拖住九皇兄了。」

說完這句話後，趙瑾越過煬王往宮裡去了。

聖上正待在御書房裡面，趙瑾過去的時候，白美人正端著東西在外面求見。

「臣妾見過華爍公主。」白梅香一見到趙瑾，便規規矩矩地行了禮。

「白美人怎會在此？」趙瑾問道。

她對這個白美人印象還挺深的，生得年輕貌美，在爭寵這方面也夠努力，自從皇后成功誕下皇子以後，她似乎動了想母憑子貴的念頭。

確實，皇后雖然生下了皇子，但後宮畢竟子嗣少，若她也能誕下一男半女，何愁位分？

「臣妾見聖上近日勞累，特地燉了些補湯來給聖上補補身子。」

白美人說話帶著江南那邊的溫婉，眸含秋波，連趙瑾都不得不感慨，好一個嬌媚佳人。只是白美人並不算聰明，聖上若是想見她，便不會讓她寒冬臘月還在門外乾站著。自古帝王之心最是難測，也最是無情。

「本宮正要覲見聖上，白美人若不介意，這湯本宮替妳拿進去，天寒，白美人可要保重身體。」

趙瑾這話算是給她一個臺階下，白美人雖然還是想見聖上，但也沒有強求。

等趙瑾跟李公公提著白美人準備好的補湯走進去時，便宜大哥正在處理朝政——他的確不想搭理後宮的女人。

「臣妹見過皇兄。」趙瑾道。

趙臻的視線落在李公公提著的東西上，語氣平靜。「過去不見妳與白美人有交情，今日怎麼這般為她著想？」

豈止是沒有交情而已，據趙瑾所知，白美人應該是不怎麼喜歡她這個公主。

「舉手之勞罷了。」趙瑾道：「皇兄既不想見，直接叫她回去便是，何必讓她站在外面吹冷風？」

趙臻垂眸道：「她腦子不太清醒，朕不過是讓她醒醒腦。」

好一個醒醒腦。

也是，小皇子剛出生一年，就算體弱，也是實打實的嫡長子，便宜大哥自己就是嫡長子登基，怎麼會讓一個與未來儲君年紀相仿的皇子威脅其地位？

白美人如今只是想要皇子傍身，但是以後呢？只要是皇子，便有資格繼承大統，誰能相信她沒有其他想法？

趙瑾揭過了這個話題，說道：「皇兄，臣妹等一下去先去仁壽宮拜見母后，再去坤寧宮。」

聞言，趙臻倒是沒說什麼，反而問：「妳方才碰見煬王了？」

聖上明明坐在御書房裡，竟然能知曉片刻前才在外頭發生的事情，不知該說宮裡到處都是君王的眼線，還是說她或煬王身邊盡是便宜大哥的眼線。
「是碰見了沒錯，與九皇兄聊了兩句。」
「九皇兄？」趙臻一頓。「妳倒是一點都不認生，妳出生時，老九早已離京，他回來一年，也不見妳與他會面，這就喊上了？」
趙瑾有那麼點無語。不光是九皇兄，之前七皇兄、八皇兄她同樣見面就喊，那些姪子跟外甥她也認得好好的，便宜大哥這會兒是犯什麼聖上病？
「皇兄此言，是讓臣妹下次見面時喊他煬王？」
「妳對朕不滿嗎？」
趙瑾垂首道：「不敢。」
長兄如父，又是衣食父母，該低頭時就低頭。
「沒什麼事就出去吧。」趙臻揮了揮手，一副懶得跟她閒扯的模樣。「母后近日抱恙，妳多陪她說話。」
趙瑾就這麼被趕出去了，出門時碰見太傅聞世遠與太保杜仲輝，這兩人現在一看見趙瑾就吹鬍子瞪眼，正眼都不給她一個。
他們會對她擺出這種態度，倒不是無跡可尋，前幾天這兩人才在朝堂上彈劾她開的悅娛樓引起奢靡之風，因為京中不論男女，皆有到店一擲千金的，只為搏佳人或公子一笑。
這種風氣難免帶來不好的影響，趙瑾這個公主身為老闆，遭到彈劾也正常。她自己是看得還挺開的，就是兩位老師想不開。

趙瑾對著他們淺笑了一下，隨即離開。

在其位，謀其政，這兩位的立場沒問題，反正這些彈劾對她沒什麼影響。

總體來說，太后是個有福之人，出身自顯赫的家族，嫁給太子為妻，之後順利成為皇后；再來長子登基，當上太后，先帝離世後有幸生下一個公主，如今又添了孫子，她的心願已經了卻得差不多了。

太后年事已高，宮中能活到她這個年紀的人又有多少？

趙瑾抵達仁壽宮，進入太后的寢殿，那裡長年燃著寧神的熏香，煙霧繚繞，當中還摻著濃烈的藥味。

天寒地凍，即便是白日，外面透進來的光也不多。

太后正躺在床上，趙瑾朝她走了過去。「兒臣見過母后。」

趙瑾往床榻邊坐下，伸手替太后掖好了被子，又探了探她的脈搏。

「公主殿下，」太后身邊的劉嬤嬤輕聲道：「太后娘娘正熟睡，殿下不如先回殿休息？」

趙瑾在仁壽宮的宮殿始終留著，方便她歇息。

她搖了搖頭，問起太后的身體狀況。「母后近日都多覺？」

劉嬤嬤垂眸回答。「正是。殿下有所不知，太后娘娘患有頭疾，最近寢食不安，夜裡不點安神的熏香都睡不著，只是熏香點多了，白天也昏昏欲睡。」

趙瑾起身朝香爐走去，她閉眼輕嗅，頓時神色一滯。「母后這熏香是何時開始用的？」

劉嬤嬤低頭道：「用了大半年了，這熏香是特地從宮外採購的，不僅是太后娘娘這裡，聽聞聖上近日也會用這熏香。」

「皇兄也用？」趙瑾回頭，表情有些愣怔。

劉嬤嬤忙道：「殿下，可是這熏香有什麼問題？」

趙瑾搖頭。「熏香問題不大，就是不可多用，先開窗散了味道吧，母后要用熏香的話，本宮過幾日做一個功效差不多的送來。」

劉嬤嬤連忙應下，趕緊打開窗戶讓香味散去。

趙瑾沒再逗留，轉身去了坤寧宮。大家都知道，華爍公主回宮一趟可忙了，母親、兄長、嫂嫂與姪子都要見。

時間一長，便有些風言風語，說是嫡長公主有心機，從前緊緊抱住聖上的大腿，現在又將主意打到才一歲的小皇子身上。

身為出嫁的公主，卻時常回宮，這點本就與其他公主不同，從皇宮出嫁的公主，沒見過哪個像她這樣愛回娘家的。

這些話傳到趙瑾耳裡，她不僅沒有反應，反而說道：「這麼說倒也沒錯。」

趙瑾確實盼望自己這姪子爭氣，讓她這當姑姑的繼續享受榮華富貴，正因如此，她才更關心他的身體。

小皇子已經滿一歲，生得特別白嫩，還有一雙圓滾滾的眼睛，沒有辜負趙家的優良基因，不僅如此，他還極為聰慧。

趙詡似乎認得趙瑾，原本還被抱在宮女手中，一見到她來了，便哼唧著伸出了小短手。他還不會說話，但表達的方式倒是不難懂。

趙瑾順手接過宮女懷裡的趙詡，掂了掂以後，「嘖」了一聲道：「這小胖墩長了些肉，看來平時有好好吃東西……」

宮人們對待小皇子皆是畢恭畢敬，就算他還小，也是未來的儲君，有朝一日會登上九五之尊那個位置，如何能怠慢？

然而，趙瑾的心態卻截然不同。趙詡確實是皇儲，但一個剛滿周歲的孩子懂什麼？等這孩子能記事的時候再說唄。

趙詡根本不知道自己這個姑姑說的「小胖墩」究竟是什麼意思，一旁的宮人卻是心下一驚。哪有人敢說未來儲君是個小胖墩的啊，也就華爍公主不怕死。

「皇后娘娘呢？」趙瑾問道。

宮女垂眸道：「回殿下，皇后娘娘正與丞相夫人相聚，他人不得打擾。」

趙瑾點頭表示知道了，抱著自己肥美的姪子在一旁玩了起來。

這個姪子有沒有什麼大毛病，趙瑾不知道，然而趙詡的身體不好是真的。出生這一年來，太醫們深夜值班時不曉得有幾次被心急火燎地召到坤寧宮，心驚膽戰地為小皇子治病。

小皇子不過才一歲，已經成了名副其實的藥罐子。

趙瑾抱著小皇子，在小皇子身邊伺候的宮人也不敢離開片刻，畢竟是後宮中多年來才獲得的一個皇子，任誰都會細細呵護。

過去趙瑾沒機會見識到便宜大哥是怎麼當爹的，這會兒倒是看得出來，他是真上心了。起碼皇后的娘家人如今想見她一面，已經不像從前那樣困難，多數情況下，只要丞相夫人說思女心切，皇后又肯見，她便能入宮。

小皇子窩在姑姑懷裡，用圓滾滾的眼睛緊緊盯著她，趙瑾伸出手指戳了戳小傢伙吹彈可破的臉蛋，他便笑了。

這笑聲格外清脆響亮，宮人們看到這一幕時還愣了一下。

除了常生病這一點以外，小皇子算得上是一位讓人省心的寶寶，只是沒那麼容易逗笑。對於滿周歲的趙詡幼崽來說，姑姑似乎比他的父皇更討他歡心。

趙瑾還在逗孩子，皇后與丞相夫人已經從殿內走了出來，後面還跟著一位年輕的女子。

「見過皇嫂。」趙瑾抱著小皇子，微微屈膝。

「臣婦見過華爍公主。」

「臣女見過華爍公主。」

兩道聲音響起，趙瑾先看向丞相夫人。「見過丞相夫人，不知這位是？」

趙瑾的目光落在那年輕的女子身上，不著痕跡地上下打量了一番。

丞相夫人說道：「回殿下，這是相府的七姑娘，這次隨臣婦入宮探望她的姊姊。皇后娘娘最近精神不濟，臣婦不放心，便打算讓這孩子留在宮中陪伴她，順便幫忙照顧皇子殿下。」

此話一出，趙瑾抱著小皇子的動作微微一頓，看向了皇后。

自從生產過後，皇后耗費了許久才恢復元氣，加上小皇子體弱多病，她可謂操碎了心，神態難掩疲憊，與一旁年輕貌美的蘇家七小姐比起來，確實顯得年紀大了。

趙瑾表情保持不變，笑問道：「原來是蘇七姑娘，不知妳芳齡幾許？今日可是第一回入宮？」

模樣溫婉動人的蘇七小姐垂眸道：「回殿下，臣女年方二八，初次入宮。」

十六啊……趙瑾在心裡「嘶」了一聲，隨後狀似好奇地看向皇后。「皇嫂，臣妹還記得您應該是在皇兄還是太子時便嫁給他，眼下入宮已有二十餘年了吧？」

蘇想容不明所以地說：「有二十三年了。」

趙瑾等的便是這個回答，她笑了聲道：「皇嫂入宮時，七小姐尚未出生，如今倒是與皇嫂姊妹情深，只是若談起情分，怕是比不上本宮與皇嫂吧？」

「公主殿下何意？」丞相夫人猛地抬頭問道。

趙瑾斂起臉上的笑意。「丞相夫人，不是本宮說妳，七姑娘就算非妳親生，那也是相府嬌生慣養的千金，想讓她留在宮中伺候皇后，心意雖值得嘉獎，可她初次見到皇嫂，姊妹之情並不深厚，又十指不沾陽春水，照顧小皇子方面還比不上宮女，說要留在宮中陪伴皇嫂，依本宮看，大可不必吧？」

有些話不必說得太過直接，趙瑾相信丞相夫人明白她的意思。

只是丞相夫人雖明白，卻不服氣，她上前一步道：「華爍公主，恕臣婦多言，後宮應當以皇后娘娘為尊，您一個出嫁的公主，無權干涉後宮去留。」

「究竟是誰在干涉後宮？」趙瑾嘴角含笑，笑意卻不達眼底，她反問道：「本宮干涉的是後宮去留嗎，丞相夫人？」

丞相夫人看向一旁的皇后，似乎等著她表態，然而趙瑾的身分擺在那裡，她可不用等別人替自己撐腰。

「本宮只是眼裡見不得髒東西，這後宮是皇嫂說了算，她還未開口，丞相夫人想說什麼？」趙瑾冷聲道：「妳雖是皇嫂生母，但自稱臣婦，難道還搞不清楚自己的身分？相府承了皇嫂的榮耀，皇嫂可不欠相府，本宮這姪子自然也不欠。」

趙瑾這番敲打，說是多管閒事也不為過，但將主意打到皇子身上，她就不得不說話了。

「公主殿下所言極是。」丞相夫人不知想到了什麼，低著頭道：「只是殿下既然已經出嫁，頻繁回宮難免落人口實，再管後宮之事，便是僭越了。」

「本宮出嫁，便是宮外之人了。」趙瑾淺笑。「那皇嫂嫁入皇家多年，當然也不能算是你們蘇家的人了，妳這位母親入宮探望，是否不妥？」

母親探望女兒，談何不妥？

趙瑾卻覺得，胡說八道之後，心情好多了。

第六十九章 居心叵測

丞相夫人被趙瑾氣得不輕，皇后在場，卻沒為她的母親幫腔。趙瑾終究是公主，不是丞相夫人能喝斥的。

趙瑾再次逗弄起了懷裡的姪子，丞相夫人當然也想看外孫，只是趙瑾抱著他，沒有撒手的意思。

小皇子體弱，所有想要接觸他的人，都必須經過再三審查——這不是在排擠丞相夫人，而是規矩。

丞相夫人帶來的那個庶女沒留下來，這全歸功於趙瑾那張不饒人的嘴。

那位蘇七小姐年紀畢竟還小，就算原本抱著飛上枝頭當鳳凰的想法，經趙瑾這麼一番「提醒」，就明白皇宮哪裡是那麼好待的。

趙瑾此番插手，當然不是看輕她這位看起來溫婉的皇嫂。

那位蘇七小姐能不能入聖上的眼是一回事，而姊妹共事一夫這個場景，趙瑾也不是不能忍，畢竟皇宮內姹紫嫣紅，她早就習慣了；只是丞相夫人在這時機塞個姑娘入宮，不知有沒有考慮過皇后與皇子。

趙瑾與丞相夫人在坤寧宮吵的這一架，轉眼間便傳了出去，不僅是聖上那裡，就連朝臣都明白，嫡長公主與皇后母族不和。
這種情況表面上看起來像是在小皇子面前爭地位，一個是外祖家，一個是親姑姑，有人已經在私底下猜測皇子日後一碗水該如何端平了。
不過眼下聖上偏寵公主，她與皇后的母族不和，對他來說倒是樂見其成。
趙瑾從宮裡回到公主府之後，先用膳，再沐浴。
唐韞修今日在城外練兵，幾乎是趕著關城門的點回來的，等他沐浴完踏入房中時，趙瑾正與一歲多的女兒在床上聯絡感情。
小郡主是個很惹人疼的小姑娘，生得漂亮不說，身分又高貴，京城裡已經有不少人家盯上了趙聆筠幼崽，想與她定上一門娃娃親。
只是公主府的高枝可不是那麼好攀的，而公主與駙馬對未來的女婿也不上心，只是個小娃兒而已，誰能三歲看老？兒孫自有兒孫福。
床榻上暖和得很，趙瑾穿的衣物隨意許多，京城中在年輕女子間風靡的貼身衣裙，她這裡自然不缺。
小郡主被裹成一顆圓滾滾的球，埋在娘親懷裡玩貼貼，小手目標明確地扒拉著自己過去的口糧。
小傢伙已經斷奶幾個月了，只是小嘴一張，又想扒拉，哼哼唧唧又模模糊糊地喊著

「娘」。她最近在學說話了，奶乎乎的，看著就可愛。

趙瑾笑著逗女兒。「小丫頭，年紀小小的怎麼就耍流氓呀？」

她對孩子的態度寵溺多過於其他。這麼小的娃兒，不寵著要幹麼？

小郡主本來積極地往娘親懷裡鑽，結果一下子被一雙大手從後面騰空抱起，就這麼落入了一個寬大的懷抱中。

頭頂響起她父親的輕笑聲。「圓圓，那是爹的寶貝，不是妳的。」

駙馬原本不曉得趙瑾口中的「寶貝」是何稱呼，只是這詞不難意會，既是寶貝，那便是珍貴之物，後來他悟出來了，「寶貝」本質上和「小心肝」是一個意思。

趙圓圓仰頭瞧見了她爹，愣了一下後又綻開一個大大的笑容，小奶音學著喊：「寶貝。」

趙瑾躺在床上，神色慵懶，一雙杏眸看著這對忙著玩貼貼的父女，隨後換了個方向，撐起身來道：「今晚不如就讓女兒和我們一起睡？」

小郡主與父母同寢不是稀奇事，之前有幾個晚上，小傢伙爬上床來便哭鬧著不肯走了，趙瑾無奈，便讓她留下來一起睡。

駙馬聽見這句話之後頓了一下，沒點頭也沒搖頭，反而是熟練地將懷裡的女兒抱起來，低聲輕輕哄著她，沒多久，原本還精力充沛的小傢伙抬起肉肉的手揉了揉眼睛，眼皮子開始打架。

小郡主睡著後，原本還耐心哄她入睡的爹，立刻抱著她站起來走到門口，打開門，將她交給外面的侍女，再回過身來看著床上的趙瑾。

燭光昏黃，簾帳之下，美人臉蛋素淨、慵懶散漫、眸光輕斂，再抬眸時，波光瀲灩，好生動人。

唐韞修緩緩朝趙瑾走了過去，坐在床邊俯身，停在離她臉上一截手指左右的距離，嗓音微啞。「殿下。」

趙瑾對上他的目光，嘴角剛動了一下，他已經閉著眼睛吻了下來。

說起來，駙馬倒是能忍。趙瑾生產過後的前兩、三個月都在調養身體，加上女兒睡醒便吃便哭，兩個人的精神都不算好。上朝時，聖上看見這個妹夫眼下的黑眼圈，便差人去打聽，得知每晚哄孩子的幾乎都是駙馬時，忍不住沈默了。

小郡主出生前半年內，趙瑾全無興致，倒不是她不正常或不喜歡唐韞修了，而是有些女人在生完孩子很長一段時間會保持賢者狀態，不湊巧，趙瑾就是這類人。這種情況到了最近郡主開始學說話後，才慢慢改變。

趙瑾沒說話，一把勾著唐韞修倒向床榻，調換了兩人的位置。

她剛抬起身來，又瞬間被身下的人拉了回去。

趙瑾輕輕摸了一下唐韞修的耳朵，摸著摸著便笑了。

「殿下笑什麼？」唐韞修一隻手撫上趙瑾的臉，語氣頗為鎮定。

趙瑾沒說話，低下頭，用鼻尖輕蹭他的臉頰。

唐修韞嘆氣道：「殿下，別玩我了。」

誰招架得住她的手段？

夜深，難眠。

翌日趙瑾醒來時，天色還昏暗著，未到上朝出門的時間。她一動，身邊的人就跟著醒了，一雙手環住她的腰，兩人之間幾乎是毫無空隙地貼著。

「殿下，」唐韞修的聲音格外沙啞，同時帶著股磁性。「怎麼醒了？」

「沒什麼。」趙瑾覺得自己的眼睛有點乾澀，一睜開又立刻閉上。「什麼時辰了？」

「還早，殿下只管睡。」

一隻手緩緩移到趙瑾背後，輕輕地拍了起來。

當趙瑾即將睡去時，似乎聽見有人在自己耳邊輕聲問：「阿瑾，妳如今心中有幾分是我？」

這一聲實在是太輕了，輕到趙瑾只覺得是旁邊的男狐狸精追到夢裡糾纏不休，她呢喃一句，又睡了過去。

她這一睡就不知過去了多久，醒來時有些恍惚。

身邊有坨暖乎乎、濕濕的東西貼著，趙瑾一睜眼，發現女兒糊了自己一臉口水，還自得其樂地笑個不停。
趙瑾撐起身子，發現自己身上穿了衣物。
「公主殿下，您醒了？」紫韻的聲音響起。
趙瑾「嗯」了一聲，伸了個懶腰，隨口問道：「如今是什麼時辰？」
「午時了。」
事實證明人真的不能熬夜。
她這懶腰一伸，脖子上的痕跡便都露了出來。
紫韻非常懂事地垂下了眸子，不懂事的只有還滿床爬的小郡主。她爬了過去，黏糊糊地貼著自己的娘親，被奶乎乎的小團子這麼貼著，不管是誰，心都會軟得一塌糊塗。
趙瑾梳洗完後坐到鏡子前，自然瞧見自己脖子上那些「狗啃」的痕跡。
「殿下，駙馬爺已經下朝回來了。」紫韻道。
趙瑾現在聽見「駙馬」兩個字，都忍不住有點腿軟。
唐韞修與趙瑾的狀態不同，他今日不僅準時上朝，下朝後甚至意氣風發地往家裡趕，兵也不練了，回來就向廚子點菜，等著趙瑾醒過來。他像是將趙瑾的精氣吸乾，換取自己的容光煥發。
趙瑾心道，這不是男狐狸精是什麼？可惜話本裡的狐狸精難有公的。
「殿下，用膳嗎？」男狐狸精心情不錯，甚至明顯是裝扮過自己一番的模樣，他伸手接過哼哼唧唧的女兒，隨後淺笑著看向趙瑾。

趙瑾微微一頓，在心中告誡自己切勿被狐狸精勾了魂，順便在心裡給自己敲了好幾下的木魚，才道：「用。」

阿彌陀佛，罪過。酒色亂人眼，佛祖心中留。

趙瑾揉了一下自己的腰，心想今夜要抱著她的寶貝閨女睡覺。

天寒地凍的，抱著孩子睡就跟懷裡揣了個暖爐一樣暖和，趙圓圓年紀不大，但已經承擔起了為爹娘保暖的重責大任，偶爾也負責去貼貼她的唐煜哥哥。

唐煜對妹妹的喜愛，可說是顯而易見。

前兩個月，唐韞錦來信，稱遠在邊疆的世子妃再度有孕。

此時唐煜已是個成熟穩重的四歲孩子了，他握著毛筆，歪歪扭扭地給親爹回了一封信，信中先是問候爹娘的身體，又說了自己近日的功課，最後委婉地向爹娘表明能不能只生妹妹、不要弟弟，要和圓圓妹妹一樣可愛的那種。

不知遠在邊疆的世子跟世子妃看到兒子的信時做何感想，只知道駙馬後來收到親哥一封力透紙背的信，信中所有內容總結起來就一個意思：你到底是怎麼教孩子的？

唐韞修不禁在心裡唸了聲「阿彌陀佛」。

大雪紛飛，地面積了一層厚厚的雪，凍死的人數不斷往上攀升。有屋庇護的百姓尚且能忍饑挨餓，更別說是乞丐了。

按照如今田間作物的產量，想實現趙瑾認知中的「溫飽」，是一項極大的工程。

何況作物受雪災所害，顆粒無收，就算官府免除賦稅，租借土地的百姓也繳不出租金。除了分發禦寒過冬之物，朝廷能做的事情不多，雪災之嚴峻，可見一斑。

京城內，天子腳下，也許還察覺不出慘狀，然而城外的世界，已經到了時不時就能在路邊發現屍體的程度。

在這種情況下，想過個安穩年幾乎是不可能，朝廷也正在為此事頭疼。

聖上需要一個能挑大梁的人。食君之俸祿，應為君分憂，只是雪災處理起來並不容易，臨近過年，若是賑災不力，最後會導致什麼結果，不言而喻。

朝臣當中不是沒人想攬下這件差事，只是再想攬差，也得掂量一下自己有沒有這個分量。

聖上同樣在觀望，並未自行指定人選，就在這個時候，煬王趙鵬站了出來。「臣弟願為皇兄分憂。」

朝堂上的氛圍瞬間變得有些詭異。煬王，一個在西北駐守了二十多年的王爺，由他來挑這個擔子，豈不是顯得滿朝文武竟無一人可用？

杜仲輝第一個不同意，他上前一步道：「稟聖上，臣願為百姓盡一份綿薄之力，望聖上恩准。」

說起太保，他早已兒孫滿堂，離致仕不遠了，這種時候再讓他為這事操勞，如何使得？一些年輕的官員倒是躍躍欲試，只是聖上卻將目光停在煬王身上，任由朝堂上的官員吵嚷了許久之後，他才叫停。

這個差事最後沒交給煬王。聖上的意思是，煬王剛回京一年，身體尚未休養好，不宜操勞。

誰都明白，煬王不過四十出頭，又長年練武，即便身體有舊傷，賑個雪災又有何妨？說穿了，聖上就是不想讓他負責而已。

事情最後交給了戶部侍郎，呂灝。呂灝的父親致仕前是朝廷命官，他本人則是科舉進士出身。他之所以年紀輕輕便能當上戶部侍郎，主要是因為晉王謀反前後汰換了大批官員，搭上了遞補官位的順風車。

這位戶部侍郎的身分原本沒什麼特殊，然而今年六月，煬王府上的郡主趙霜已嫁與呂灝為妻。

煬王府的兩位嫡出千金在回京後一年內先後訂親，如今嫡次女趙馨也與新科進士中的榜眼定下親事。

榜下捉婿的風尚，煬王算是趕上了一趟。

雖說煬王將兩個嫡女的婚事拖到回京才處理，不免讓人懷疑他是想藉機跟一些世家大族聯繫，然而他這兩個女婿的出身都不算高，便沒什麼特別值得留意的了。

聖上表示，煬王勞苦功高，如今正值該休養的時刻，將此事交由女婿，也算是一個折衷的法子。

說到底，戶部掌管民生大事，京城賑災本就是其職責所在，因此沒人提出異議。

年關將近，如今小皇子已經滿周歲，又有人提議聖上儘早立下儲君，好安定社稷。

聖上一如既往，拿之前的話堵了回去——皇子尚且年幼，還不是立儲君的時候。

再有人繼續催促時，趙臻便有些惱怒了，他道：「怎麼，這麼催著立儲君，是盼望朕早點駕崩嗎？」

此話一出，眾人皆是一驚，隨後各種顏色官服的臣子們跪了一地，齊聲道：「聖上息怒。」

聖上只是冷笑一聲，緊接著便退朝了。

皇后從懷胎到生下皇子這一路上有多艱險，他們不是不知道，眼前儲君人選確實只有趙詡這麼一個皇子，聖上謹慎些也能理解；然而遲遲不立儲君，難免會讓人心中有些猜想，例如聖上是不是還想多生幾個。

女人一般一次只能生一胎，可男人若是有心，十個月之後，幾個孩子甚至可以一起來，何況聖上這一年來也不是沒翻過其他妃嬪的牌子。

這些事自然與趙瑾沒什麼關係，她的小閨女最近愛上了走路，每天起床發現自己沒跟爹娘在一起，便任由侍女為她穿上衣裳，搖搖晃晃地邁著小短腿跑到趙瑾與唐韞修房中，再爬上床去和她那愛睡懶覺的娘親睡回籠覺。
只有唐轀修休沐時，才會出現他們一家三口窩在一起睡的場景。
原本公主與駙馬的房間其他人不能擅闖，可一歲多的小郡主根本不管這些，她二話不說便溜了進去，要是她沒進房間打擾趙瑾與唐轀修，便是唐煜這個當哥的將她帶去別處哄了。
不得不說，唐煜這個大幼崽在帶小幼崽這方面很有一手，家長們表示省心。

京城的雪災在除夕前解決得差不多了，雖然不知城外是何景象，總之京城內能好好過個年了，處處張燈結綵，老少相偕出遊。
宮宴上，趙瑾與唐轀修頭一次帶上了家裡的兩個孩子。去年這個時候，趙聆筠幼崽還不方便出席這種場合，如今倒是能出去亮相了。
兩個幼崽裹得厚厚的，活像兩顆喜慶的粽子。唐煜還好一些，自從去練武之後便抽高了不少，小郡主則不然，她身上的衣服厚實到讓她看上去像是個不倒翁。
她的爹娘道德感實在不強，直接笑出聲。
可憐的小郡主還不識得人心險惡，根本不知道兩個大人到底在笑什麼，唐煜卻板著一張臉嚴肅地說道：「叔叔、嬸嬸，你們不許笑妹妹。」
他甚至伸手捂住了自己妹妹的耳朵。
見狀，趙瑾很不給面子地笑出了眼淚，唐轀修勉強忍住了笑，結果嘴角差點抽筋。

唐煜心想，大人真的很討厭。

這一家四口頭一回這樣整整齊齊入宮，趙瑾牽著唐煜小朋友的手，唐韞修單手抱著自己一歲多的女兒，兩個大人還手牽著手，好一幅幸福美滿的景象。

他們四個不僅生得出眾，身分更是尊貴，即便今晚參加宮宴的人眾多，也很難不引人注目。

引路的太監畢恭畢敬道：「公主殿下、駙馬爺，請入座。」

第七十章 備受矚目

這次的宮宴與以往不同，往年趙瑾都是挨著安悅與安華兩位公主坐的，只是今年除了安悅公主還在旁邊，另一邊已換成了煬王一大家子。

這種場合免不了要與人寒暄兩句，何況王爺、公主甚至是大臣的孩子都來了，要是沒聊個育兒經，還顯得自己沒誠意。

至於宮人們，不僅得伺候眾多賓客，更要緊盯各位小主子的行蹤，可說是忙得團團轉。

趙圓圓第一次見到除了唐煜哥哥以外的孩子們，皇宮中除了沒出席的小皇子趙翊以外，就數她這個一歲多的孩子最小。雖然她年幼，可坐在位置上時卻不吵不鬧，乖巧地盯著周圍看，一雙圓滾滾的眼睛帶著對這世間最為純真的好奇，看得人心都要化了。

在帝后現身之前，在場的人全忙著聊天，尤其是年輕的官家小姐與公子哥兒們，不管是結識新朋友還是聯絡感情，都是宮宴上常見的風景。

平日各家千金與少爺難得碰面，一場宮宴過後，不知又會促成多少對。不說年底的宮宴，就是各家舉辦的賞花宴、遊春宴，抑或是詩酒宴，很多時候都是變相的相親宴。

這一點，趙瑾早就看透了。

過沒多久，帝后駕到，眾人立刻在原地行禮。

待聖上正欲抬手說一句「免禮」時，眼尾餘光瞥見了趙瑾那一桌，瞧見因為穿得太厚，以致跪都跪得歪歪扭扭的小外甥女時，他的眼角不禁一抽。

這圓滾滾的小傢伙倒是和趙瑾那個小王八蛋小時候長得極像，是她生的沒錯了。

「免禮。」

在一番滿是官方口吻的發言之後，宮宴正式開始，樂師彈琴奏樂，舞姬翩翩起舞，眾人把酒言歡，一派歌舞昇平的景象。

聖上的目光不自覺地看向下面的小豆丁，被裹成粽子的小郡主呆呆地看著宴席上翩翩起舞的女子，嘴角處隱約可見晶瑩剔透的口水。

趙臻眼角又是一抽，下意識地道了一句。「這孩子真跟她母親幼時一模一樣。」

看見美人就走不動道了。

蘇想容自然注意到了聖上的眼神，她朝趙瑾那桌望去，等看見了小郡主時，不由得一笑。「小郡主倒是生得伶俐。」

趙瑾聽見了，她大概能猜到這句話是在誇她閨女，只是當她側眸看著憨憨的女兒時，一時之間懷疑皇后是不是在說反話。

這一愣神，趙聆筠幼崽的目光便朝帝后兩人投去。

她當然不知道皇后剛剛在誇她，只曉得當她看過去時，龍椅上的人衝她招了招手。

聖上一招手，李公公便笑著走下去，彎腰對趙瑾道：「公主殿下，聖上讓小郡主上前去說話呢。」

趙瑾正喝著酒，聞言低聲哄了閨女一句，趙聆筠幼崽便乖乖跟著李公公上去了。

聖上看著跟前越瞅越像幼年趙瑾的小外甥女，問道：「妳喚何名？」

一歲多的孩子本來不知這話的意思，只是小郡主在家中被逗弄得多了，一聽便奶聲奶氣地大聲道：「趙圓圓！」

聖上無語。這不是賜了名字嗎，怎麼還把這小名掛在嘴上？

趙臻又問道：「妳可知道朕是誰？」

「舅舅。」趙圓圓倒是會認人，隨後小奶音一停，看向皇后喊道：「舅母！」

聲音不說有多嘹亮，但聖上總算能看出幾分不同來，這孩子比她母親要活潑許多。

趙瑾一歲多的時候，頂著一張肉乎乎的臉，整天看天看地，不知道的還以為她是早慧裝深沈，結果現在是什麼樣子，天下人有目共睹。

入宮前，趙瑾便叮囑過女兒，說位置坐得最高的人是舅舅跟舅母。

一歲多的孩子對「高」的概念算是模糊，但是在這偌大的宮殿裡面，有幾個人能隨意招呼小郡主過去的？

身為兄妹，聖上與趙瑾眉宇之間是有些相似之處，然而孩子認人的方式與大人不大一樣，他們認人的點頗為刁鑽，有時連大人都不明所以。

總而言之，趙聆筠幼崽頭一次見舅舅便喊了人這點，足以讓龍顏大悅，趙臻抱起小外甥女掂量了一下，最後得出一個結論。「妳母親倒是把妳養得極好。」

趙圓圓年紀尚幼，聽不懂她聖上舅舅此話的意思。

只見趙臻提起了自己的兒子。「趙詡雖然小妳沒多少，卻瘦弱得多。」

小皇子的確瘦弱，平時也不愛吃飯，只是這孩子倒是有本事，就算不愛吃，也能把自己的臉蛋養得白白胖胖，很好吸。

趙瑾在家吸閨女，在宮裡吸外甥，宮人小心翼翼照看著、生怕磕著碰著的小皇子，在趙瑾這裡就是個可愛寶寶。她自己吸就算了，回家還向閨女描述皇宮裡面有個比她還小的寶寶，惹得趙聆筠幼崽心生嚮往。

於是，趙圓圓仰著自己的小臉蛋看著聖上，一雙澄淨的眸子裡盡顯天真無邪。「舅舅，弟弟呢？」

她在向聖上討她的小表弟。

趙臻這下不得不信自己這個外甥女確實早慧了，他笑了一聲，哄著孩子道：「弟弟在睡覺，聆筠想看他？」

聖上最後的倔強，就是不喊「圓圓」那個與皇室氣質格格不入的小名。

趙圓圓，跟劉狗蛋本質上有什麼區別?!

小郡主絲毫不客氣，雖然話還說得不清楚，但是她伸手扯了一下聖上的龍袍，奶聲奶氣道：「弟弟，回家。」

有點禮貌，但是不多。儘管做出伸手向聖上討皇子這種「大逆不道」的事，也能頂著一張無辜至極的臉，一副理直氣壯的模樣。

帝后被這童言童語逗笑了。

小郡主確實還不懂事，就連站著也是一副下一刻就要栽倒的模樣，她倒是有自知之明，知道伸出小手撐著聖上的膝蓋，以穩定自己。

這樣大膽的舉動落入了李公公眼中，他忍不住眼皮子一跳。小郡主與華爍公主不愧是母女，一個比一個還不把自己當外人。

聖上看著自己膝蓋上那隻肉乎乎的小手，沒說什麼，反而是趙圓圓還眼巴巴地等著弟弟。

然而，孩子畢竟忘性大，過了一會兒沒等到弟弟，趙圓圓便忘記了自己方才說過的話。

小郡主憑自己的本事吸引了舅舅與舅母的注意，成功吃上了帝后那一桌的菜餚。

聖上既是天子，也是舅舅，只是他並不像身旁的皇后那樣受孩子歡迎。只見小郡主努力盯著皇后看，最後更是將小小的身子整個貼到她身上。

趙臻難以置信地瞪著小丫頭。「剛剛還親親熱熱地喊朕舅舅，現在就不親朕了？」

蘇想容則是溺愛地摸著趙聆筠幼崽的頭，對自己得到小郡主的喜歡開心不已。「真乖。」

趙瑾剛出生那會兒，皇后也曾期盼上天能給她一個孩子，就算是女兒也好。如今生下兒子，她也依舊對女兒稀罕得很，更別說小郡主跟她的母親年幼時那麼相像，討喜得不得了。

小郡主在帝后那桌蹭吃蹭喝，她雖然吃得不多，卻讓皇后提著一顆心時時刻刻注意著，深怕孩子不小心吃壞肚子或噎著了。

反觀坐在下面的公主與駙馬夫婦，兩人倒是恩恩愛愛、你儂我儂，越看越像將孩子扔給別人看管的無良爹娘。

除夕夜，君臣同樂。

聖上喝了酒，宴席散了之後，宮人們扶著他去休息，皇后心裡掛念小皇子，返回了坤寧宮。

趙瑾與唐韞修正打算帶孩子返家，眼下兩個孩子都已熟睡。

趙圓圓不用說，這個年紀的孩子就算精力充沛，時間到了也會睏。她累了就自己乖乖從皇后身上下來，回到爹娘身邊，最後貼著自己的娘親睡過去了。和醒著的時候不同，小傢伙睡著後乖巧得像個小天使。

唐煜雖年長一些，但到底是個孩子，也靠在唐韞修身上睡著了。

夜深了，宮中張燈結綵、四處燈火通明，雪花慢慢飄落下來，兩人同時抱緊了懷裡熟睡的孩子。

他們身邊自然都跟著宮人，只是孩子已經熟睡，若換人抱，難免會驚醒，所以宮人們只負責打傘這個工作，沒幫忙抱小孩。

華爍公主夫婦算是比較晚離開的了，他們因為顧及孩子，所以走得慢了些，也懶得與其他人寒暄。

宮門就在眼前，公主府的馬車等候在外，趙瑾走在前頭，腳下踩出了一個淺淺的雪印子。

「公主殿下且慢！」

他們身後忽然傳來一道氣喘吁吁的嗓音，明顯是太監。

兩人轉過身，就見一個小公公跑到面前，他似乎顧忌著什麼，壓低了聲音道：「殿下，聖上有請。」

「聖上有請？」趙瑾愣了一下。她沒意識到聖上有什麼急事，非要在這個時候見她不可。

小公公依舊低著聲音說：「是，還請公主殿下與駙馬爺隨奴才走。」

聖上召見，沒有推託的道理，趙瑾與唐韞修對視一眼後，說道：「還請公公帶路。」

聖上今夜宿在自己的寢殿，趙瑾進去時，目光瞬間被桌面上那一卷染血的奏摺吸引。

李公公從裡面走了出來，焦急道：「幸好殿下還沒出宮，不然便麻煩了，聖上方才批閱奏摺時不知為何突然吐血，還請殿下趕緊為聖上診脈。」

趙瑾愣了一下。吐血？這可不是什麼小事。

懷中的閨女在這時候動了一下，哼唧兩句後又睡了過去，趙瑾將她交給李公公，隨後進入屏風後方。

聖上已經昏了過去，徐太醫就站在他身邊，一籌莫展。

趙瑾一把脈便發現了問題所在。

李公公將孩子放入搖籃後也走了進來——那搖籃是小皇子專用的。

小皇子出生後是宮裡所有人的寵兒，哪怕身為一國之君的聖上也不例外，他的寢殿放著小皇子的搖籃，若有機會哄孩子睡著，便讓他歇在這裡。

這個盼了幾十年才盼來的兒子，他怎麼會不稀罕呢？雖是君王，卻也有一顆慈父之心。

「徐太醫，皇兄這些日子的身體狀況如何？」趙瑾問道。

徐硯先是一頓，半晌後回道：「回殿下，聖上這些日子來忙於朝政，經常通宵達旦，隔日還要早朝，身體虧空了些。」

何止是虧空了些！趙瑾沒想到自己這個便宜大哥竟然這樣找死。

「本宮之前開的藥，皇兄可有按時服用？」趙瑾問道。

她這句話問的是李公公。

李公公沈默了片刻，隨後才道：「殿下，聖上這一年多來，不僅是忙於政事，且夜不能眠，天未亮又起了，經常頭痛與咳嗽。」

只是聖上這個人要強，只私下叫太醫來看，並未告知其他人。如今小皇子年幼，身體也不算好，若此時再傳出聖上龍體有恙，好不容易因為皇子誕生而安定下來的朝堂，又該鬧騰了。

趙瑾一聽李公公的話便明白了，只是她是凡人，不是神，尋常病痛還能治，可像聖上這樣從前便落下病根，又日漸衰老，還維持高強度工作的情況，傷害是不可逆的。

「拿本宮的針來。」趙瑾吩咐道。

她來宮裡的次數多了，連這裡也備了一包她平時要用的針。

「殿下不可。」徐硯開口道：「聖上這是急症，倘若貿然施針，恐有反效。」

趙瑾並未忽略他的勸告，只是道：「本宮自有分寸。」

徐太醫阻攔不了，還想再說句什麼時，趙瑾已經將那包針攤開了。

她將細長的銀針緩緩刺入聖上的百會穴，伸手輕輕轉針，在場的人皆忍不住屏住呼吸。

華爍公主一如既往的魯莽，不管什麼時候都敢往聖上身上扎針。

這樣的舉動來自於趙瑾前世見爺爺施針救人、受他指導累積下來的底氣，在別人看來是魯莽，於她而言卻是胸有成竹。

上輩子，她可是完全沒想過這樣一門技術能保住如今的榮華富貴。

待聖上醒過來，已經是半個時辰之後的事了，這段時間當中，趙瑾不敢走動，只寫了藥方讓人去抓。

當徐硯看到藥方時，先是沈默了一會兒，接著還是忍不住說道：「殿下，這上頭的藥有好幾味藥性極強，聖上的身體可受得住？」

趙瑾抬眸看著他道：「徐太醫，你父親難道沒教你如何中和藥性？」

徐太醫一臉不明所以。

這些都是猛藥，尋常人誰敢這樣用藥，而且施藥對象還是一國之君？何況藥性猛不猛，與他父親教或不教有何干係？

總而言之，等聖上醒過來時，他的寢殿裡站著妹妹與妹夫，還有徐太醫及李公公。

「怎麼還沒回去？」這話是對趙瑾說的。

趙瑾無語。她放著好好的覺不睡，難不成是因為想在皇宮守歲？也不知是誰一把年紀了還不讓人省心！

「皇兄醒了？」趙瑾站起身來。「既如此，那臣妹便告退了。」

趙臻看了天色一眼，緩緩道：「夜深，今夜住宮裡吧。」

「華爍公主昨夜宿於宮內？」當手下來報時，煬王趙鵬不禁愣了一下。

「不僅是公主殿下，就連駙馬爺跟小郡主，以及唐世子寄養在公主府的那位小公子，都留宿在宮中。」

出嫁的公主舉家在宮裡過夜，難道是要陪長輩守歲不成?!

公主成親之後就會出宮住在自己的獨立府邸，華爍公主府便在煬王府隔壁，他們一夜沒返家，很難不引起別人注意。

煬王府的門客說道：「王爺，公主殿下若是一人留宿宮中，興許只是與駙馬爺生了矛盾，可舉家留宿宮中，這可是歷朝歷代也極少見之事，難道……」

那人話還沒說完，趙鵬立刻抬手制止他道：「切勿隨意揣測，本王這個皇妹一向受寵，從前還在西北時，便聽聞皇兄對她可謂一片慈父之心，她那些出格的舉動放在其他公主身上，難免會被處罰，她卻是安然無恙。」

煬王的話，那位門客顯然聽了進去。

「確實，在下從未聽說過哪位公主對醫術感興趣，也不曾想過她真有能耐解決瘟疫，就算在民間，也堪稱奇女子。」

這樣的功績，但凡放在哪位皇子身上，不得好好歌頌一番？

聽到這番話之後，煬王的眸色變得更深了。

趙瑾等人從宮裡回公主府時，並未遮遮掩掩。昨夜聖上醒來以後，他們一家便宿在仁壽宮。

太后年事已高，到了必須處處細心呵護的程度，加上淺眠，華爍公主夫婦帶著兩個孩子進入仁壽宮時，太后就醒來了。

這是太后第一次見到自己的外孫女，也許是因為後宮出了個小皇子，又或者是因為趙圓圓是個女孩，這一年多來，趙瑾明明來回進宮多次，太后卻始終沒想起要見自己的外孫女一面。

剛才的宮宴，太后並未參加，到了她這個年紀，已經對那種場合感到倦怠，既然不是非參加不可，太后又沒意願，聖上便隨她。

小郡主醒來了，呆呆地看著那位披著外袍、氣勢不容忽視的老人。

她不認識這位奶奶。

正如太后沒想起要見外孫女一般，趙瑾也沒怎麼在趙圓圓面前提起過她的外祖母。

眼看這一大一小愣愣地站在門口相望，趙瑾上前幾步攙扶太后，輕聲道：「母后，夜間風雪大，您身體不好，不要出來吹風。」

顧玉蓮的目光落在趙瑾背後的小郡主身上，說道：「和妳小時候真像啊……」

第七十一章　獵場遇刺

在這一刻，太后的記憶忽然回到二十多年前，她高齡產下先帝的遺腹子，原本盼她是個皇子，能輔助長子治理天下，卻在得知是女兒時失望了。

然而這個女兒是可愛的，隨著時間流逝，她懷中的那一小團肉長成了漂亮的小娃娃，一如現在的小郡主這般大。

那算是太后一生中最為得意的時候，長子登基為帝且已經坐穩九五之尊的位置，她身為武朝最尊貴的女人，身邊還有一個乖巧的女兒陪伴，誰能不羨慕？

趙瑾回頭看了女兒一眼，說道：「圓圓，這是外祖母。」

雖然早慧，但趙圓圓還是個孩子，母親說什麼便是什麼，於是太后聽到了一聲軟糯糯的「外祖母」。

一旁醒了卻還有點迷迷糊糊的唐煜小朋友規規矩矩地行禮道：「見過太后娘娘。」

雖然故作老成，但仍舊脫不了一股稚氣，顧玉蓮看向了唐煜。「這位便是駙馬的姪子？」

唐韞修回道：「回母后，正是。」

太后沒說什麼，任由女兒將自己牽進了寢殿內，宮人們正在為兩個孩子收拾房間。

趙瑾與唐韞修睡在她成親前的居所裡，兩位小主子則另外安排地方就寢。然而換了新環境，小郡主睡不著，委屈兮兮地跑去尋爹娘，圓圓的臉蛋上掛著豆大的淚珠，好生可愛……可憐才對。

小郡主抱住趙瑾的大腿不肯撒手，趙瑾看向她身後一臉惶恐的宮人們，輕聲道：「下去吧，郡主今晚與本宮同寢。」

宮人們依言退下，唐韞修彎腰撈起女兒，低聲哄道：「圓圓不哭了，爹爹抱。」

小小的一個娃娃擠在夫妻倆中間，還非要爹娘都側身摟著她才肯睡。

第二日傳出去的消息便是，太后身體不適，召公主與駙馬留在宮中陪侍。

有鑑於此，趙瑾與唐韞修自然大大方方地歸家，馬車後還跟著不少太后賞賜下來的東西。

至於昨晚哭哭啼啼的小郡主，一覺睡醒後又什麼事都沒有了，黏完爹娘又黏她的唐煜哥哥。

春節過後沒多久，突然傳來聖上要去打獵的消息。

帝王狩獵通常在八、九月，冬季雖然也有，但終究不常見，當今聖上在位以來也極少於冬季狩獵。

唐韞修與趙瑾被點名陪同，屆時到場的人不只皇室成員，還有朝中的大臣。這顯然是武將們可以大顯身手的場合，每年到手的獵物數量或品質名列前茅的臣子，都會得到聖上的賞賜。

先帝在位時，皇家狩獵場上拔得頭籌的通常是皇子們，聖上身為太子時便是狩獵場上的佼佼者。

趙瑾身為公主，不是第一次出席這樣的場合，只是從前她是能避就避，尤其是及笄之後，她幾乎不參加這種無意義的應酬。

至於唐韞修，身為功勛之後，過去若是願意稍微積極參加這類活動，也不至於在成為駙馬之前毫無功名；即便他看起來是個無所事事的公子哥兒，可是武功卻不錯，更別說還冠著「唐」這個姓，出人頭地再簡單不過。

皇家狩獵場難得開放一次，能來湊上一番熱鬧的人，代表有一定的身分地位。

此時正是一月，北風猛烈，風中飄蕩著燈籠的鮮紅，偌大的京城還沈浸在新年的喜慶裡。

趙瑾與唐韞修踏入獵場的時候，負責接待的小公公還沒迎上來，他們便與鄰居一家撞上了。

她表情不變，微微屈膝行禮道：「九皇兄。」

唐韞修也拱手作揖道：「見過煬王爺。」

這對夫妻倒是處變不驚，似乎根本不曉得有多少人盯著他們兩個的舉動。

煬王趙鵬今日穿著黑甲、束高冠，展現出了身為將帥的風采，他輕笑道：「本王聽聞駙馬武藝不差，不知稍後可有興致一展身手？」

這算是向唐韞修下了戰帖，不算刁難，但也不像是懷有好意的樣子。

唐韞修的兄長是位領軍作戰的將軍，兩人很難不被拿來比較。

身為華爍公主的夫婿，唐韞修的定位一直撲朔迷離，出身高門卻甘願尚公主為駙馬，武藝高強卻又胸無大志。

「煬王爺說笑，在下還須陪在公主殿下與聖上身邊，這獵場多得是勇猛的男子，不缺在下一個。」

唐韞修拱手，三言兩語詮釋了什麼叫做狐假虎威，又是公主殿下、又是聖上，傻子都能聽懂他是什麼意思。

趙鵬笑著說道：「駙馬謙虛了。」

接著他話鋒一轉，目光落在趙瑾身上。「皇妹，聽聞皇兄近些年來並不怎麼來這獵場，今日怎會有興致？皇妹知曉原因嗎？」

「九皇兄折煞皇妹了。」趙瑾面無表情地敷衍道：「皇兄心裡在想什麼，只有他自己知曉。」

帝王的心思還真別想猜，這是趙瑾這麼多年來得出的結論。

只是關於此事，她也不是毫無想法。

大概是因為除夕那夜吐血，聖上需要證明自己的體魄依舊強健，也想讓臣子看到他們的君王仍舊威風凜凜吧。

煬王身後跟著的是煬王妃及煬王府幾位公子，趙瑾與煬王妃互相點頭示意後，便步入獵場。

趙瑾與唐韞修到場時看見了好些帳篷，小公公將她與駙馬領去其中一個帳篷裡，又端來了好些熱食。

「公主殿下、駙馬爺，奴才就在外面候著，有事可隨時吩咐。」

說完便退出去了。

人一走，趙瑾便不再端著自己的公主姿態了，她往床榻上一躺，重重吐了一口氣。

唐韞修走過去將她扶起來靠在自己身上。「殿下，勿要將髮髻躺亂了。」

這次趙瑾身邊沒跟著紫韻，小郡主這兩日發了高燒，雖然已退燒，但趙瑾還是放心不下，便讓紫韻在府上照看。

沒休息多久，外面便傳來帝后到場的喊聲。

華爍公主夫婦起身出去，高臺前已站了不少臣子以及他們的家眷，趙瑾與唐韞修緩緩走過去，站在靠近聖上的位置。

聖上穿了一身盔甲，眉宇間多了幾分威嚴，顯然有意一展身手。

「吾皇萬歲萬萬歲！」

「平身。今日這獵場之行，乃是朕一時興起，按照老規矩，今日所得獵物最多者，以排名論賞。」

聖上話音一落，身邊便有人遞上長弓。那長弓並不讓人陌生，是聖上的御用之物，沈重且難以駕馭。

獵場遠處，有位公公牽來一隻活蹦亂跳的小鹿，小鹿剛一掙脫束縛，便快速向枯草叢深處跑去。

就在這個時候，一支羽箭在眾目睽睽之下劃破空氣，不偏不倚地刺中小鹿的身體，伴隨著一聲哀鳴，小鹿倒下，周圍頓時響起一片喝采。

「吾皇威武！」

聖上這一手先不說是否寶刀未老，起碼滿朝文武能做到這一步的是少之又少。

此時若是聖上龍體有恙的消息傳了出去，只怕沒人相信。

然而，趙瑾看見那一箭的力道時，微微蹙眉。比起從前，便宜大哥這箭射得弱了些。

其他人並不像她注意到了這點，以聖上這一箭為令，眾男子紛紛騎馬進入林間展開較量。

「老九，既然已披盔甲，為何不入林間狩獵？」趙臻將目光投向煬王。「老八都已經入內了，你的兒子們也躍躍欲試，你既身為父親，又待在軍中多年，即便不想給兒子們做個榜樣，也該讓朕看看你這些年的長進。」
君命不可違，聖上這番話說得輕飄飄，事實上句句都是命令。
「臣弟遵命。」趙鵬領命上馬。
狩獵此事向來是能者上場，不限於男子，就連有武藝的女子也會入林狩獵，例如繼承父親爵位且碰巧返京的周玥便參加了。
趙瑾不習武，自然不湊這個熱鬧。
皇室公主基本上不持刀弄棒，趙瑾雖有些三腳貓功夫在身上，但那點跆拳道的功底跟飛簷走壁的高手比起來，簡直是小兒科。
趙瑾找好了自己的位置，正欲坐下，就在這個時候，耳邊突然傳來充滿暗示的輕咳聲——她的皇兄還站著。
私底下如何相處是一回事，如今聖上還站著，她這個公主便要坐下了，不合禮數。
趙瑾反應過來時已經太遲了，她那位本該寬宏大量的皇兄笑著說：「駙馬的兄長是武朝的股肱之臣，駙馬本人也負責操練留守城外的唐家軍，不如讓朕看看你的能耐？」
真的是人在地上坐，鍋從天上來。
也不知聖上是一開始便不打算讓唐韞修悠哉地坐在這裡，還是想給自家妹妹添堵。
「稟聖上，臣並未備馬，恐怕……」唐韞修上前一步拱手道。
不料趙臻像是早就預料到他的託詞般，轉身吩咐道：「來人，將朕的馬牽過來。」

能騎君王的馬是何等榮幸，唐韞修根本沒有理由拒絕。

趙瑾還想說點什麼，結果就聽見趙臻說道：「怎麼，瑾兒也想隨駙馬一起狩獵？朕記得妳學過騎馬。」

華爍公主的求生慾瞬間高漲，她道：「皇兄說笑了，臣妹也覺得駙馬應該乘機鍛鍊一下自己的騎術與箭術。」

唐韞修無語。夫妻本是同林鳥，大難來時……唉！

見趙瑾賣駙馬賣得毫不猶豫，聖上冷哼一句，沒再打趣她。

唐韞修騎上了高大的寶馬，從太監手中接過長弓與箭，腳一蹬、韁繩一扯，就這樣策馬進入林間。

與他形成鮮明對比的，是已經成功入座且準備橫掃桌上吃食的華爍公主。

聖上簡直不忍看，他已經開始考慮小郡主的將來了。

「聆筠將要一歲半，再過兩年便將她送來上書房唸書吧，免得跟著妳這個母親，白白浪費了天賦。」趙臻言簡意賅，還順便酸了某人一番。

趙瑾沈默了。她從前是紈袴了些，可她的女兒罪不至此啊！讓一個三歲孩子起得比雞早，合理嗎？

她立刻陪笑道：「皇兄，此時談這個還太早，等圓圓長大些再談也不遲。」

趙臻豈會看不出趙瑾是什麼意思，他冷哼一聲道：「還是妳想讓妳女兒跟著妳學醫？」

聽到這句話，趙瑾無奈道：「皇兄，學醫並不丟人。」
「堂堂郡主拋頭露面，成何體統?!」
領兵打仗的女侯爺周玥，以及行醫救人的嫡長公主趙瑾，算是皇室當中的兩個例外，不能再多了。
趙瑾在心裡「嘖」了一聲，心想便宜大哥的大男人主義果然還是有點嚴重，不過這不能怪他，是環境的錯。
橫豎便宜大哥不是昏君，只要她這個公主沒有謀逆之心，犯點小錯還不至於倒大楣。
除了皇后，德妃等後宮妃嬪也在場，正月時節，有幾個年輕的妃子還將領子拉得很低，似乎根本不畏懼寒風似的。
趙瑾就算看見了，也只能假裝自己眼瞎。
後宮有多少妃嬪正值青春年華，不得而知，只是深宮寂寞，幾乎誰都躲不過。得寵者風光，無寵者失落。
聖上只有一個而已，早些年入宮的，如今已到了色衰的時候，有幾個能像皇后這般，四十好幾依舊能獲得盛寵，又有誰像德妃與賢嬪，就算不得寵，膝下也有個公主？
狩獵開始後，跟著入林的侍衛時不時帶著眾人打下的獵物回來。
趙瑾閒來無事，四處瞄了起來。她就坐在聖上附近，視野無限開闊，連有些人的小動作都一覽無遺。

過了大概一個時辰，趙瑾有些坐不住了，抬手悄悄打了哈欠，一不小心又被趙臻瞧了個正著。「趙瑾，看看下面的官家小姐，有哪個像妳這般的?!」

趙瑾還沒辯解，蘇想容便道：「聖上，公主從小便不愛這種場合，如今在此坐久了，累了也是正常的。」

德妃衛欣也幫腔道：「是啊聖上，安悅一歲的時候，便整夜折騰得臣妾睡不好，想來公主平日帶著小郡主也不容易。」

趙瑾心想：對啊，皇兄您老人家不如猜猜為何我是公主？公主就是要享福的！

聖上說不過這兩個女人，她們都幫他生下了孩子，說話有分量，實在不好對付，於是他停止說教。

趙瑾的眼神繼續亂瞟，這一看，她忽然頓住了。

獵場不遠處的某個枯草叢裡似乎有些動靜——按照風向，枯草搖晃的方向及頻率不合理。

她往旁邊看了一眼，周圍的人依舊沈浸在狩獵場上肅殺的氛圍裡，似乎無人注意到那點小動靜，就連在附近巡查的高祺越也沒察覺。

高祺越離趙瑾不到幾步，有妃嬪在場，趙瑾這個公主的位置雖然靠近聖上，但又不至於離他太近，她可以在不引起關注的情況下提醒高祺越。

就在此時，正帶刀巡邏的高祺越對上了趙瑾的眼神，他反射性地就要移開目光，卻發現趙瑾衝他招了招手。

高祺越一頓，有點懷疑地指了一下自己，在看到趙瑾點頭後，便有些猶豫地走上前去。

他還想向趙瑾行禮，誰知她一把將他拉到身邊，指著一個方向道：「你看看那邊是什麼？」

高祺越抬頭望去。乍一看，他只覺得是普通的枯草叢，雖有些風吹草動，但也算是正常。然而當趙瑾讓他再仔細看看時，高祺越終於瞧出了些不同，他的神色微微一變，隨後便向趙瑾雙手抱拳，轉身離去。

寒風蕭瑟，遠處山間一片朦朧，林間時不時傳來箭刃劃破空氣的聲音，就算不參與狩獵活動，欣賞風景、吃點東西閒聊也不錯。

聖上身邊都是些聊天好手，能在這種場合陪伴左右的，自然不會讓場子冷下來，甚至還會努力吸引他的注意力，不過趙瑾召來高祺越的舉動，還是沒能逃過他的雙眼。

沈默片刻後，趙臻問道：「瑾兒，妳讓朕的人做事，不打算和朕說一聲嗎？」

「皇兄，臣妹方才似乎看見有小鹿的身影，讓高將軍去看看而已。」

趙瑾的話無從驗證真假，聖上雖然狐疑，但也沒說什麼。

變故在一瞬間發生了。

高祺越帶著幾名侍衛前去那個枯草叢巡查，還沒走到那裡，一支羽箭便不知從什麼方向凌空射來，直直往聖上所在的地方射去。

萬幸，那箭被謝統領用石頭打偏了些，刺到聖上身後的木椿上。

「有刺客，護駕！」

御前侍衛紛紛抽刀，趙瑾心下一驚，緊接著就看到那個枯草叢裡鑽出幾個黑衣人，他們拿著刀，與高祺越等人廝殺起來，不僅是那裡，另一處枯草叢中也竄出一批人，往聖上這邊衝了過來。

謝統領與暗衛圍在聖上身邊保護他，現場一片混亂，尖叫聲與哭喊聲充斥周圍。

趙瑾身旁也有侍衛護著，幾位皇室女眷被圍著一起往後撤。

只是這批刺客的武藝不差，而且一副訓練有素的模樣，很快就越過手無縛雞之力的一般女眷和文官，往最為顯眼的皇室成員這邊過來。

趙瑾一邊往後退，一邊握緊藏在袖間的藥和匕首。自從晉王叛變那晚之後，趙瑾便留了個心眼，只要出門，便定會做好萬全的準備。

第七十二章　外邦死士

一群人被護著繼續往後退，趙瑾身後是帝后，若有個萬一，她身上的傢伙能派上用場。

這批刺客身手了得，更是直接衝著聖上來的，偏偏不少武將都在林間狩獵，估計一時半刻不會知曉外面的動靜，甚至很有可能也在林間遭到刺客包圍了。

趙瑾往身後看了一眼，聖上與其他妃嬪正處於被保護的中心，只是眼前的刺客來勢洶洶，似乎是死士，根本不在乎他們自己的生死。

「趙瑾，妳愣著做什麼?!」趙臻開口吼了一句。

他注意到刺客正在逼近自己這個不讓人省心的妹妹，她卻沒有要退開的意思。

這麼一吼，趙臻的氣血有些上湧，不禁猛力咳了兩聲。

身為眾人眼中手無縛雞之力的公主，趙瑾這會兒正處於刀口之下，她手中捏緊了東西，隨時準備反擊。

千鈞一髮之際，趙瑾還沒來得及出手，一支長槍突然橫空架在刺客刀下，碰撞出了響亮的聲音。

趙瑾忍不住一愣，一個轉頭便看到手持長槍的煬王，以及在他身後的唐韞修。

在趙瑾愣神的片刻，唐韞修持劍過來將她護在自己身後，那名刺客則與煬王交起了手——他應當是刺客的頭頭，實力與煬王不相上下，兩人一時之間打得難分難解。

唐韞修跟煬王剛剛才從林間離開，此時陸續有武將策馬竄了出來，後方還跟著黑衣刺客。

這是一次精心策劃的刺殺行動。

刺客們的身手非比尋常，侍衛們應付得有些吃力，場上亂成一團，趙瑾方才也稍微被劃破了掌心。

煬王與刺客持續交戰，很快的，有更多刺客往他們的方向而來。

趙瑾的位置與煬王府幾位女眷還算靠近，她都受到攻擊了，她們那邊也不例外。這種情況下，侍衛們分不出心神保護太多人，多半靠煬王府的奴僕挺身而出，但最多就是拖延一些時間罷了。

唐韞修一邊護著趙瑾，一邊設法出手救援，但能做的終究有限。

此時，林間忽然射出飛箭，最靠前的幾個侍衛中箭倒地，而聖上身邊的人則手持金盾，形成無懈可擊的屏障。

聖上那邊安全無虞，可其他地方卻是混亂無比。

兩名黑衣刺客突破重圍來到趙瑾與唐韞修面前，他們個個蒙面，看不清面容，然而露在外頭的眼睛卻格外深邃，與武朝本地人不太一樣。

按照唐韞修的能耐，保護趙瑾一人不成問題，可若再加上煬王府幾位女眷，就吃力得多。

更多刺客朝他們衝了過來，趙瑾還來不及反應，就被唐韞修連著旁邊的煬王妃一起攬到一旁，躲開一刀。

趙瑾行動方面不算敏捷，她手上握有的東西適合採取突襲的方式攻擊敵人，若跟訓練有素的刺客展開近身戰，只有送頭的分。

煬王府的女眷不過回京一年左右，平時又大門不出、二門不邁，實在比不上趙瑾這個嫡長公主來得有辨識度。

正因如此，趙瑾成了襲擊的重點目標。

聖上被金盾護著，不容易下手，不少刺客轉而盯上趙瑾這個看起來很好對付的公主。不說一國之君，她這個嫡長公主若是死於刺客刀下，也會引起武朝騷動。

她可不是一般的尊貴女子，而是聖上一母同胞的親妹，要是能解決她，不失為打擊皇室威嚴的好辦法。

趙瑾注意到了那些刺客的舉動，覺得莫名其妙。不是要殺她的便宜大哥嗎，結果一個、兩個都盯著她這弱女子下手？真有出息。

就算有人貼身保護，也不代表趙瑾的處境絕對安全，她將手中的東西捏得緊緊的，決定看情況出招。

誰知煬王府的世子妃忽然絆倒，整個人趴在地上，引起了刺客的注意。他們不管摔在地上的人究竟是誰，反正對方穿著華麗，不外乎是武朝的皇室或官夫人，有讓人動手了結的價值。

在那一瞬間，趙瑾瞧見世子妃臉上的驚懼，她眸中已經浮現淚光。

趙瑾身體的反應比腦子更快，她一腳踹向朝世子妃舉刀的刺客腹部，那人瞬間往後倒去。

下一刻，一把銳利的刀悄悄在趙瑾身後出現，可那刀刃沒落在她身上，一道高大的身軀徒手握住了那把刀——是煬王。

與此同時，那刺客遭唐韞修一劍穿心。

鮮血從煬王掌心一滴一滴往下落，他卻毫無表情，彷彿這點傷不值一提。

趴在地上的世子妃驚聲喊道：「父親！」

煬王只沈聲道：「妳們快些躲開。」

趙瑾反應了過來，一把拽起世子妃努力往後退。

煬王與唐韞修兩人的武藝雖高，只是光憑他們兩人還能保護那些女眷多久，沒人知道。

刺客的數量越來越多了，聖上畢竟是他們的最終目標，不可能放過，雖有謝統領等人護著，可難保寡不敵眾。

終於，高祺越那邊解決了一些刺客，他率領軍隊衝過來，又吹響了號角，告知狩獵場外的軍隊，帝王遇刺。

皇家狩獵場上長年有軍隊駐守，可他們防的是從外面進來的人，這次的動亂卻由內而起，實在是被打了個措手不及。由此可見，對方早就透過管道安排刺客藏身於此處。

聽到號角聲，狩獵場外的軍隊意識到事情的嚴重性，他們絲毫不敢耽擱，迅速衝了進來，一部分人則繼續待在外面，圍堵可能逃脫的刺客。

這麼一來，局勢逐漸反轉。

此處終究是天子的地盤，外頭的軍隊一前來助陣，那些刺客便不足為懼。

最後，所有刺客皆被押著跪在地上，可他們的目光卻透著決絕——這種場面趙瑾曾經歷過，她明白這代表什麼意思，要是動作不快一點的話……

煬王快狠準地將其中一個人的下巴捏得脫臼，唐韞修亦然。

只是除了他們面前那兩人還活著，其餘刺客都在下一刻中毒身亡。

趙鵬冷聲道：「是死士。」

這表示就算留下兩個活口，也沒多少審訊價值，因為從他們口中估計撬不出什麼有用的內容，不過活人還是比死人好。

一拆下這兩人的面巾，眾人就發現了一個顯而易見的事實。

「非武朝之人。」趙鵬說道。

這些刺客大多五官粗獷、眼窩凹陷、鼻梁較高，留著鬍子，不束髮，像是外邦那邊來的人。

高祺越走上前來抱拳跪下道：「臣救駕來遲，還請聖上恕罪。」

趙臻擺了擺手，沈聲道：「盡速查清刺客的來歷，另外調查一下狩獵場的情況。這麼多刺客，究竟是怎麼進來的？」

就算聖上不吩咐，也會有人立刻展開調查。茲事體大，若沒查個水落石出，不知道有多少人會被牽連。要是嚴重一點，可能會落個掉腦袋的罪名，誰擔待得起？

趙瑾往後看向便宜大哥，察覺他的視線正朝她這邊掃來，她不禁愣了一下。

這時唐韞修碰巧走上前一步，擋住了她的視線。「殿下可受傷了？」

趙瑾搖頭道：「無事。」

謝統領道：「聖上，此處危險，還請您盡快回宮。」

當趙瑾再看過去的時候，只瞧見一抹鮮黃色的背影逐漸遠去。

她一時分不清楚，皇兄方才看的人是她還是煬王，又或是其他人？

這場刺殺造成眾多死傷者，煬王妃焦急地看著丈夫手上的傷，喊道：「快來人！王爺受傷了！」

沒多久，今日跟著來狩獵場的太醫急忙揹著自己的醫藥箱小跑過來。

趙鵬的掌心有道不算淺的傷口，鮮血糊滿了整個手掌，只是他彷彿察覺不到痛楚一般，豪邁地坐著，還有心思對皇宮的侍衛品頭論足。「連這麼多刺客摸進來都不知道，一群廢物！」

興許是長年練兵的緣故，年過四十的煬王身手依舊俐落，氣場也異常強大，令人不得不折服於他的氣勢。憑他的資格跟地位，這話，他能說。

其他人低著頭，既不敢反駁，也不敢附和。

相較於經歷一場惡戰卻若無其事的煬王，煬王府的女眷哭哭啼啼，公子們則一個個垂著頭，看起來沒一個有出息的。

煬王臉上忍不住閃過一絲不耐煩，一轉頭卻發現旁邊還站著一對安靜的夫婦，他下意識地挑了挑眉。

「皇妹怎麼還在？」

趙瑾老老實實地朝煬王行了禮。「方才承蒙九皇兄搭救，皇妹在此謝過。」

誰知趙鵬卻是哼笑一聲道：「謝什麼，就算本王沒有出手，妳的駙馬也斷然不會讓妳掉一根汗毛。」

趙瑾有些無語。他這是在陰陽怪氣哪一齣？

「九皇兄對刺客似乎有一點了解，不知能否為皇妹解惑？」趙瑾問道。

那麼快就發現刺客的意圖，還火速卸了刺客的下巴，讓對方完全來不及反應，實在讓人佩服。

趙鵬細細盯著她看。「怎麼，懷疑刺客是妳九皇兄安排的？」

此話一出，周圍的人皆是一驚，尤其是還在給煬王上藥的太醫，恨不得將腦袋埋到地裡去。

這話是他們可以聽的嗎？煬王怎是如此口無遮攔之人？

趙瑾輕笑一聲道：「九皇兄說笑了，皇妹只是在請教您，若九皇兄不願意說，皇妹便不問了。」

她不了解煬王此人，但他方才的確救了她。

趙瑾還是挺會做人的，她從隨身攜帶的荷包裡掏出了一個小小的白色瓷罐。「九皇兄，此乃皇妹調製的金瘡藥，在治癒傷口跟止痛方面有些效果，九皇兄若是不嫌棄，便收下吧。」

「怎麼，還能比皇宮裡的金瘡藥更好？」

煬王一開口就是損人，太醫先是看著趙瑾，隨即又看向那小小的瓷罐，眼神中沒幾分信任。

皇宮裡的藥都是為聖上與各宮娘娘準備的，能有什麼藥比皇宮的藥更好？

趙瑾暗暗咬牙，臉上依舊掛著笑容道：「九皇兄可以一試。」

想不到趙鵬點頭了，說道：「行，就用這藥吧，不能浪費本王這妹妹的一番心意。」

妹妹？趙瑾心想，他倒是夠自來熟的。

太醫有些遲疑，然而煬王跟趙瑾兩者身分皆尊貴得很，哪是他能得罪的？

於是，他硬著頭皮拿趙瑾給的金瘡藥用在煬王身上，誰知那藥粉剛撒上去不久，煬王的表情便發生變化。

眾人還沒反應過來，便看見趙鵬用沒受傷的那隻手拍腿道：「這金瘡藥真的是妳做的？」

趙瑾有些不明白他這反應是什麼意思，但還是點了點頭。

「可否量產？」

趙瑾回道：「倒是可以，只是……」

沒等趙瑾說完，趙鵬便興奮地說道：「可否用於軍中？若是軍中將士能有此藥，受傷後便不會過於痛苦。」

不是，能不能等她把話說完？

這玩意兒趙瑾才剛做出來沒多久，要量產可以，但是短時間內辦不到。

瞧見煬王眼中的熾烈光芒，趙瑾覺得她真是給自己找了個麻煩。

聖上遇刺不是小事，不管怎麼說，都得有人為此負責。

皇家狩獵場向來有重兵把守，巡邏的侍衛沒發現這裡出現了紕漏，本就是重罪，何況是讓這麼多刺客藏匿其中？此處，勢必有內賊。

更值得探究的是，刺客的身分並非武朝人，這很可能不是單純的內鬥，而是涉及通敵。

武朝周圍大大小小的鄰國不少，其中最有實力與武朝比肩的，便是越朝與禹朝。武朝與這兩國的關係一直頗為微妙，表面上相敬如賓，然而私底下卻不斷試探對方的底線。

聖上正值壯年時，武朝將重心放在休養生息上，同時操練軍隊、培養新血，這麼多年下來，武朝的戰力並不弱。邊疆的確時有戰事，但不太影響老百姓的生活。

武朝最明顯的缺點，在於聖上子嗣不豐，如今儲君人選雖有了，只是趙詡還年幼，起碼得再等上十幾年才足以挑起大梁。

所有人都意識到，聖上必須盡快選出小皇子的老師與親信，將來好輔助他登上高位。

然而，小皇子的母族並不衰微，他的母親蘇想容是當朝丞相蘇永銘之女。丞相在朝為官數十年，他扶持了當今聖上登基，學生也不少，可謂桃李滿天下，自成門派。

朝中的勢力原本還能維持最基本的平衡，可在小皇子出生之後，這個平衡便被打破，丞相一派儼然一家獨大。

身為小皇子的外祖父，未來還極可能成為天子的外家，蘇家最輝煌的時刻，還在後頭。至於為小皇子選老師這件事，想來少不了丞相插手。

在這種時候，若聖上出了意外，最直接的受益者會是誰？是蘇家，還是他國？

這批刺客上門的時機，可說是極巧。

無論如何，聖上要是有個好歹，朝堂一亂，他國就更有可乘之機了。

再回過頭來看刺客的身分。

越朝與禹朝的人在長相上極為相似，一方是草原人士，另一方的地勢則更高些，與雪山為伴。

這兩國不似武朝地大物博，不過說起天然資源，他們倒是不輸，有其優勢在。單獨對付武朝贏不了，可若聯合起來，便是不容忽視的勁敵。

然而，刺客到底是來自越朝還是武朝，沒能得到結果。那兩個被活捉的刺客絕食了數天，最後趁獄卒不注意時拚著最後一口氣撞牆自盡了。

線索一下子全斷了，就算有，在這個關節點上，武朝也不適合與他國開戰。

小皇子年幼，為了國家的將來著想，社稷必須維持安定，要是打仗，事態的發展便會越來越不可控制，不是好事。

即便此次刺殺無法向他國問責，可大夥兒心裡都有數，那就是武朝已經被盯上了。

這個時候誰都能有事，唯獨宮中的聖上與小皇子必須安然無恙。

刺殺聖上一案由兵部與大理寺共同查辦，最後朝堂又是一陣腥風血雨，不管是怠忽職守，還是真被搜出了與外邦過從甚密的證據，一經查實，抄家的抄家，斬首的斬首。

君王遇刺，可疑的不僅僅是臣子，還有皇親國戚，其中就包括當時先一步發現草叢不對勁的趙瑾。

大理寺少卿崔紹允上門時，趙瑾正在看女兒走路。

小郡主如今在走路方面越發熟練了，甚至挖掘出了小跑步的天賦，圓圓胖胖的小身子搖搖晃晃地跑起來，格外可愛，惹得趙瑾這個當娘的恨不得將她此刻的模樣記錄下來。

於是公主府請了不少畫師，畫得好的，有賞，畫得不合公主心意的，頂多沒機會再上門罷了。

趙瑾不是那種動輒殺罰的公主，她對下人向來不錯，算是個心慈的主子。

小郡主格格笑著往外跑，一不小心撞上某人的大腿，嘴裡「呀」了一聲就要往後倒，被撞上的人眼明手快地一把將她撈了起來，小郡主才沒摔著。

趙圓圓一抬頭，發現那是張陌生的臉。

她嘴一抿，眼淚瞬間在眼眶裡打轉，抱著她的人手一抖，差點將小郡主摔到地上。

被那人放下之後，小郡主立刻跑向自己的母親，嗚咽一聲，直接將頭埋進趙瑾懷裡。

趙瑾看向來人，緩緩從美人榻上站起身，輕聲道：「崔大人，今日怎麼有空來本宮這裡？」

崔紹允看著面前身穿粉色衣衫的女子，她的容貌與姿態都不像是已經成親生子的模樣，粉色在她身上並不突兀，反而顯得柔和淡雅。

「臣參見公主殿下。」

第七十三章　未雨綢繆

崔紹允不過二十五、六歲，卻早已是大理寺少卿，查案、斷案方面都沒話說，甚得聖上器重。

除了當年在街上碰上人販子，趙瑾這個公主與他向來沒有需要打交道的時候，平日也無往來，他此時上門，絕非好事。

「臣聽聞聖上遇刺當日，是殿下先發現刺客的，臣有些事想問問殿下。」

趙瑾很快就意識到，自己似乎成了犯罪嫌疑人。

「怎麼，崔大人是覺得本宮有刺殺聖上的嫌疑？」趙瑾並不是愛拐彎抹角的人，她盯著崔紹允道：「刺殺自己的親兄長對本宮有什麼好處？他出了事，皇位難不成會落到本宮頭上？」

再說下去確實大逆不道，話若是傳到便宜大哥耳裡，說不定還會召她入宮罵一頓。

經過獵場刺殺那件事之後，趙瑾覺得自己的膽子又小了不少。京城本就是個是非之地，她這公主看起來過得安逸，實際上卻天天憂心最上面的那個位置會不會她一醒來就換人坐了。

「行了，崔大人有話不妨直說，省得本宮提心弔膽，誰知道明天被殺頭的名單上有沒有本宮的名字。」

大理寺的斷案水準如何，趙瑾不予置評，只是出事至今不過七、八日，腦袋跟身體分家之人已經超過十個。

就算其罪當誅，也不該這般急切地將人推上斷頭臺，究其原因，未必沒有想盡快撫平君王怒火的意思。

人一死，只怕連翻案的可能性都無。

「殿下！」崔紹允再度提醒道。

「不要用官場那一套來敷衍本宮，」趙瑾悠悠道：「有話就問。」

崔紹允沈默了。跟趙瑾從前那些老師一樣，他時常分不清這個公主究竟是真蠢還是假蠢。

說她蠢，她什麼都看得明明白白；說她聰明，卻總是口無遮攔。

不過，說她一句「恃寵而驕」倒是不會錯。

崔紹允還記得從前入上書房時，正好遇到聖上下令將華爍公主送來，家中長輩為此曾言「若無才幹，可尚公主」。

意思是讓他與公主打好關係，日後好得公主青眼，這樣一來就算沒能力謀得官職，也能順遂度過一生。

當時崔紹允已經明白駙馬是什麼樣的角色了，一想到日後只能仰賴公主鼻息，他幾乎用功到要將書讀爛的程度，在習武方面更是不敢有絲毫懈怠。

不過後來聖上亂點鴛鴦譜時沒想起他，他也沒參加駙馬選秀，何況那時他已是大理寺少卿，和從前家中長輩所說的「無才幹」之人相差甚遠。

趙瑾自然不知道這一切，這位崔大人雖然勉強算得上是她的青梅竹馬，但趙瑾當年在上書房認識的公子哥兒還少嗎？不過是這位崔同學特別古板，讓她印象深刻罷了。

「殿下當日是如何發現草叢不對勁的？」崔紹允終於切入正題。

崔紹允離開公主府時，恰巧碰上唐韞修這個駙馬返家，兩人簡單打過招呼，下一刻，他的小閨女便邁著自己的小短腿搖搖晃晃地小跑過來，猛然撲進他這個父親懷裡。

「圓圓今日乖不乖呀？有沒有好好聽娘親的話？」

駙馬，一個手握兵權的男人，在自己一歲半的女兒面前，毫無身為父親的風範。

崔紹允搖搖頭，快步離去。

再這麼溺愛下去，小郡主早晚成為紈袴——像趙瑾那樣的。

「大理寺的人來做什麼？」唐韞修抱著女兒進屋，看著趙瑾問道。

趙瑾打了個哈欠道：「他過來查皇兄遇刺的事，這會兒估計去隔壁了。」

隔壁，也就是煬王府。

現在要查明的問題，當然不是刺客是哪一國的人，而是聖上懷疑朝中有人通敵，人數甚至不只一個。

趙瑾這個嫡長公主的嫌疑當然不大，不說她一直生活在武朝境內，她也沒理由謀害自己的親兄長。

唐韞修一聽，便猜到了大理寺此番行動的用意，他沒說什麼，只將懷裡的閨女放了下來。「殿下，該用膳了。」

「用膳！」小郡主牙還沒長齊，在吃食方面倒是執著。

唐韞修輕聲笑道：「殿下，聽到沒有，女兒喊我們用膳了。」

趙瑾放下手中擺弄的藥草，笑著道：「圓圓餓了呀？」

「餓！」

聲音超大。

煬王那天說了那麼幾句話，趙瑾便著手研究如何量產她調製的金瘡藥。

便宜大哥遇刺這件事背後勢必有他國的影子，戰鼓何時會敲響，不得而知，但她可不想成為亡國公主，自然不會置身事外。

此番，算是未雨綢繆。

狩獵場刺殺引起的風波還沒完全落幕，武朝就因為太師顧允仁病倒一事起了些波瀾，原本還算平和的朝堂又鬧騰了起來。

太師本就是該頤養天年的時候，如今仍未致仕，不為別的，只因族中後輩不夠爭氣。身為太后顧玉蓮的親兄長，太師顧允仁代表了整個顧家。隨著太后的地位一路往上爬，顧家也曾經風光過，然而現在家中子弟始終差些火候，他若是退下，等同於向皇后母族認輸。

雖說小皇子出生以後，就再也沒人壓制得了丞相領頭的蘇家，不過顧家畢竟是當今聖上的外家，小皇子就算日後登基，也得禮遇他們幾分。

說起蘇家，上升的勢頭還未停止。

小皇子出自皇后腹中，聖上也已江河日下，就算小皇子是鐵打的儲君人選，可若是年幼登上大位，勢必要借助丞相一派之力，方能穩固江山。要是一切順利，起碼能保證蘇家未來幾十年的榮華富貴。

「聖上，太師為朝廷鞠躬盡瘁數十年，已該頤養天年，臣懇請讓太師卸下官職，安享晚年。」

太師確實該退了，只是在這個節骨眼上還不能退。

聖上並未直接回應此事，反而是太師在朝中為官的孫子說道：「稟聖上，臣的祖父一生為國，時常憂慮朝廷將來，此生最大的心願便是為聖上鞠躬盡瘁、死而後已。

「如今他雖年事已高，但心中仍牽掛聖上與百姓，即便病著，依舊每日詢問朝堂之事，還請聖上感念臣的祖父一片赤誠之心，勿讓他有憾。」

旁邊立刻有人站出來說道：「太師自然勞苦功高，但正因如此，聖上才更要讓他老人家養好身體，勿為瑣事所擾。」

這話說得不只是有水準，簡直能稱作藝術了。

「此事等太師身體狀況好轉之後再議，今日便先到這裡吧。」趙臻終於發話了。

「聖上，且慢！」就在此時，有人上前一步拱手道：「之前狩獵場遇刺一事，必然是他國陰謀，皇子年幼，若聖上出事，朝堂上下勢必陷入一片混亂，臣以為，如今須將立儲君一事提上日程。」

若底氣夠足，在聖上遇刺之後，便應該將刺客出身自何國調查清楚，隨即出兵；然而他們所有人都明白，按照武朝眼下的情況，實在不應挑起戰爭。

統一天下，算是歷任君王的野心，只是這樣的野心需要各方面的資本支撐，武朝沒這個條件。

聖上已非壯年，身邊人人皆有自己的算計，他們求的是自身的權勢，而非國家長遠的未來。

這個話題算是冷飯熱炒了，趙臻看著說要立儲的臣子，忽然笑出了聲，語氣透著幾分說不清、道不明的冷冽。「諸位愛卿覺得立儲與不立儲有什麼區別嗎？朕就這麼一個兒子，還是嫡子，諸位在憂心什麼？」

他的口吻平和，但那位提起此事的臣子驀地跪下，垂頭拱手道：「臣失言，請聖上恕罪。」

其他人也馬上跪地道：「聖上息怒。」

「這是第幾次要朕為這件事息怒了？朕看你們就沒這個意思，偏要朕為此發怒不可！」

趙臻袖子一拂，態度冷了下來。「退朝。」

唐韞修今日一下朝便直接回了公主府，唐煜被送去太保府上唸書，小郡主被侍女哄睡了，趙瑾則待在藥房裡。

自從會醫術這件事沒再瞞著其他人之後，趙瑾便完全解放了，她在自家收拾出了一間藥房。

這藥房真的不是誰都能進去的地方，就連唐韞修也不曾踏入一步。

「殿下。」伴隨著敲門聲，唐韞修輕喊道。

片刻後，門被打開了，沾了一身藥味的趙瑾看著身穿官服的唐韞修道：「駙馬？」

唐韞修的臉上浮現笑容。「方才在路上看見冰糖葫蘆，便買了兩根，殿下要陪我吃些嗎？趁圓圓還在睡。」

有了孩子以後，吃東西還得藏著掖著。

趙瑾忍不住輕輕笑了，下一刻，髮髻上有東西插了進去，讓她微微愣了一下。

「瞧見有根簪子挺好看的，想著與殿下格外相襯，就買回來了。」

趙瑾眸子彎了一下，道：「我又不缺這些。」

「殿下缺不缺與我送不送，是兩回事。」唐韞修說道。

他抬手替趙瑾拂了一下頰邊凌亂的碎髮，將紅通通的糖葫蘆遞了過去，輕聲道：「兄長前兩日來信，道邊境近來有不少流民湧入，小鬧不斷，派去的探子說越、禹兩朝都在勤加練兵，兄長懷疑他們背地裡達成了什麼協議，興許這幾年會有一戰。」

趙瑾口中含著的山楂還沒嚼兩下，便聽見唐韞修說出這番話，遲疑片刻後，她問道：「和我說做什麼？」

公主不議政，不僅是公主，只要是女子，在這個時代，都不該干涉朝政，最好是連聽都別聽。

趙瑾這個公主，過去還勉強算是紈袴，如今卻不見得了。

「殿下是武朝唯一的嫡公主，未來聖上那邊興許會有要事相託，何況殿下本就比許多男子優秀……」

說到這裡時，唐韞修一頓，一雙丹鳳眼裡含笑。「我擔心京城混進了歹人，便從軍中挑選了兩個人來保護殿下、圓圓跟煜兒，明日會讓他們來見殿下，若殿下覺得可以，就留下他們如何？」

此時唐韞修發現趙瑾像是在思考什麼事，表情凝重，眼睛不知在看哪裡。

「殿下？」唐韞修喚了一聲。

趙瑾回過神，道：「唐韞修，我想念臨岳城的風景了，我們去那裡住一段時間如何？」

這話說得突然，像是臨時起意，但唐韞修回想了一下自己剛才說的話，便輕聲道：「殿下想好了？」

趙瑾點頭。

唐韞修回道：「殿下若是想出去玩一段時間，想來不是什麼問題，那我方才說的那兩人，殿下見不見？」

趙瑾頷首道：「自然要見。」

唐韞修雖然每日上朝，可他並沒有正式的官職，即便他不在，城外的唐家軍照樣能練兵，即便趙瑾想出京遊玩，也不會造成任何影響。

然而，表面上是去遊玩，實際上是趙瑾在此時選擇了遠離是非。

按照便宜大哥的能耐，再穩定朝堂個幾年沒問題，反正以目前的態勢來看，小皇子三歲以前，儲君之位暫時還不會確立，朝臣們愛吵便吵。

至於聖上與小皇子的身體，可由宮中的太醫調養，再不濟，玄明醫館的醫師也不少，去年又有一位入了太醫院。

趙瑾身為公主，自然不該時時為此憂慮，她也不想這樣折騰自己。

就在趙瑾說要去臨岳的第二日，唐韞修帶回了自己的屬下——嚴格來說，那是唐世子的屬下，此番受命來保護趙瑾，也是為了護衛他們的少主。

這兩個人身材魁梧，眉宇間一股正氣，不僅如此，他們身上還有一股煞氣，確實是上過戰場的人。

他們一出現，就把小郡主嚇得躲在自己的堂哥身後，小小的臉蛋寫滿大大的驚恐。

站在前面一臉嚴肅的唐煜小朋友心裡是這麼想的：妹妹，可愛，嘿嘿。

「屬下康霖見過公主殿下。」

「屬下喬陽見過公主殿下。」

「不必多禮。聽駙馬說，兩位從前皆在唐世子身邊擔任副官。」趙瑾悠悠道：「世子身邊的人，本宮自然信得過，只是本宮與駙馬打算下江南一趟，興許近期不會回京，不知兩位是否願意一同南下？」

趙瑾這是將話說明白了。

康霖與喬陽雖然在戰場上受過傷，暫時從要職上退了下來，不過傷已然養好，仍具備往上爬的能力，就是欠缺機會；若隨趙瑾一家南下，就意味著未來幾年都只能在公主府當侍衛。

趙瑾從不強人所難，哪怕在這君臣觀念根深柢固的朝代，她一句話就能決定這些人的未來。

「屬下願誓死保護殿下！」沒承想，這兩人對視一眼之後，竟異口同聲道。

看著他們眼底的堅定，趙瑾一時之間沒能反應過來。彼此非親非故的，談何誓死保護？不過，從軍營裡出來的人，追隨主子的觀念或許比一般人要來得更深吧。

「既如此，本宮自然不會虧待你們。」趙瑾畫了大餅。

身為尊貴的公主，她在畫餅方面可說是得心應手，但她也不是光說不練，既然大家上了同一條船，便有義務互利互惠。

公主府的動靜並不小，趙瑾沒幾日就帶著府裡一些人跟行李離京了。

身為公主，既有權勢又有錢，趙瑾向來不會虧待自己。

雖然沒有張揚，不過公主全家出城遊玩的事還是有一些人知曉，她還帶了自己的侍衛隊，人不算少。

有些文官得知此事以後一個勁兒地搖頭，嘆著「朱門不知酒肉臭」，將趙瑾比作不知民間疾苦的富貴人家。

趙瑾倒是不生氣，天高皇帝遠，彈劾的奏摺橫豎到不了她面前。

初次出遠門的小郡主興奮得一夜沒睡，因此趕路時在馬車裡面睡得東倒西歪。

臨岳的府邸雖然兩年左右沒住人，但依舊被打理得乾乾淨淨，趙瑾攜家帶眷來到臨岳這件事沒提前告知任何人，直到他們入住時，林知府才急忙跑過來覲見。

「公主殿下大駕光臨，怎不提前捎個信過來呢？臣好為您一家備下接風宴席啊！」

趙瑾淺笑道：「林知府別來無恙，本宮此番只是來遊玩，不必緊張。」

林知府不知道該說什麼。這可是公主殿下啊，他怎麼能不緊張？

無論如何，趙瑾一家是住下來了。

林知府抱著他們前來遊玩、過一陣子就會返京的心情招待，然而等著等著，發現這位主兒根本沒有要走的意思。

趙瑾不光是在臨岳城辦起了學堂，甚至讓姪子去那裡唸書了，小郡主兩歲之後成了哥哥的小跟班，唐煜要去學堂，她也跟著去，乖巧地坐在唐煜旁邊，唐煜還得提防那些覬覦他有可愛妹妹的臭小子。

不久前邊疆來信，他的母親生了個弟弟。對唐煜來說，心願落空固然可惜，但有趙圓圓在身邊，倒也不那麼失落了。

日子如同臨岳的護城河上的瀲灩波光，不急不緩地潺潺流動，從指縫間流淌。

所有人都覺得華爍公主放著京城的奢華日子不過，大老遠南下遊玩，不過是一時興起的事。

她畢竟曾在臨岳立下大功，那裡的百姓們對這個嫡長公主可謂感恩戴德，她南下一趟接受他們的膜拜，倒也沒什麼好說的。

然而，事情並不如他們所想像的那樣。

第七十四章 形勢詭譎

趙瑾他們這一住，就是三年。

臨岳城的公主府自然不比京城內聖上斥鉅資建造的那個，林知府時常憂慮趙瑾會不會覺得這裡的宅子寒磣了點，曾提出擴建的建議，只是被趙瑾給拒絕了。

趙瑾在臨岳這三年，嫌路不夠平坦，花錢修了路；嫌水路運貨實在太慢，折騰著修了一座石橋；嫌如今讀書人的體格太差，又讓林知府頒布法令，凡是在她出錢建造的學堂與寺廟免費唸書的讀書人，必須強身健體——

簡單說，就是能跑能跳。

這條規矩是不合理了一些，沒奈何出錢的人是大爺，連她的姪子跟女兒都不能倖免了，何況是他人？

趙瑾向來不喜歡強人所難，既然想不花一毛錢來讀書，就要嚴格遵守她定的規矩。

雖說趙瑾本人不愛學習，卻愛忽悠自己的女兒讀書、鍛鍊，八歲的唐煜現在都麻木了，也就他那可愛的妹妹還不懂事，不然不至於被嬸嬸這般戲弄。

夏日，華爍公主的興趣之一，就是端坐在學堂屋簷下，看著弱不禁風的讀書人大口喘氣地跑步。她的閨女邁著小短腿慢慢地跟在隊伍後面跑，肉肉的一團，惹人憐愛。

等到跑累了，小郡主會哼哼唧唧地跑到趙瑾身邊貼貼，說道：「娘親，累。」

趙瑾隨手將水遞給小姑娘。「寶貝喝點水。」

小郡主豪邁地乾下了一碗水，然後隨手一擦嘴。「娘親，我跑不動啦。」

「那坐會兒。」

小郡主是個從不勉強自己的幼崽，行就是行，不行就是不行，年紀這麼小已經學會保持平常心，一副冷靜的模樣。

趙瑾開設的學堂不僅男子能進，女子也可以，這個政策讓臨岳的讀書人短時間內激增，有些窮苦百姓為了替孩子謀個前程，便會將女兒送來。

在開學堂與寺廟這方面，趙瑾確實不求回報，不過修路、修橋那些則不同，表面上看起來她沒從中獲得益處，然而減少花在物流上的時間，對她這個做生意的人而言很有幫助，她的獲益遠不只花在建設上的那些錢。

因為這些事情，趙瑾在這裡的聲望還算不錯，要說還有什麼能批評的，便是她一閒下來就往花街柳巷逛，有時還往賭坊裡湊，她不僅從不掩飾自己的身分，甚至還拉著駙馬一起。

這對夫妻在這方面絲毫不見皇室的風骨，導致林知府時常憂慮，要是公主的所作所為傳回京城，聖上究竟會怎麼想？

然而，三年就這麼過去了，即便公主一家連過年都沒返京，京城那邊也沒傳來任何訓斥或催促。

算是相安無事吧——對趙瑾來說。

這三年，京城內的風雲變幻絕對比她在臨岳城聽見的傳聞要精采許多，可她毫不關心。

在趙瑾迎來二十六歲生辰這一日，京城派人送來了賀禮，還帶來了一道聖旨。

「奉天承運皇帝，詔曰：華爍公主趙瑾離京已三年，太后甚是思念，今召公主回京，三日後返程，欽此。」

不祥的預感油然而生，趙瑾抬頭對上公公的目光，對方正滿臉微笑，等著她接旨。

「這位公公，母后的身體可還好？」趙瑾問道。

「太后娘娘身體雖不如從前，不過精神還算不錯，就是常念叨公主殿下，這不，聖上就召殿下回京了。」

趙瑾沈默了。

在她愣神的這段時間裡，唐韞修在旁邊靜靜地看著她，直到公公忍不住開口提醒道：「殿下，先接旨吧。」

「謝主隆恩。」

趙瑾接旨後站起身來，過程中還踉蹌了一下，唐韞修立刻扶住她。

「殿下有所不知，聖上擔心殿下的安危，特派人護送您回京，還望殿下這兩日抓緊時間收拾好東西。」

趙瑾扯了一下嘴角。

那些人究竟是來護送她回京還是盯著她回京的，不得而知，可便宜大哥這三年來都沒說什麼，一開口就是下聖旨，這代表什麼？代表沒有商量的餘地。

三年的度假生活，算是到此為止。

不得不說，聖旨下來時，臨岳城的地方官員們全鬆了口氣。華爍公主在這裡是幹了不少實事，比他們這些當官的都要有出息，但嫡長公主怎麼可能一輩子定居在遠離京都的江南？就算是當吉祥物，也得回京城去當。

三日後，趙瑾等人踏上了歸途，小郡主戀戀不捨地與自己在臨岳認識的小夥伴道別。她已經是四歲多的小朋友了，三年的時間足以讓她成長為一個伶俐的小姑娘，長相上也完美繼承了爹娘的優點。

自從被送到公主府寄養，唐煜便沒再見過自家爹娘，邊疆那邊的情況變幻莫測，近幾年尤甚，養在公主府，總比在邊疆安全得多。他弟弟之所以能繼續待在邊疆，單純是因為唐世子抽不出時間把孩子送到京城。

下江南時的隊伍遠沒有返京時的浩蕩，聖上派人護送一事並非開玩笑，護送他們的人全是盔甲披身、手持利劍的侍衛。

正值春日，一路上春雨綿綿，趙瑾總是昏昏欲睡，她偶然一睜眼，就看見趙圓圓趴在窗邊看風景，唐韞修在一旁按著她那圓潤的小身子，省得小傢伙栽倒出去。

沿途碰見的行人並不算多，趙瑾的車隊上有明顯的皇室標誌，連山賊也不敢隨意搶劫。

回京的路程走上個七、八天就該到了，出發第五日，車隊離京城越來越近，那日的天空灰濛濛的，眼看即將下雨，天也要黑了。

前方沒瞧見驛站或能落腳的客棧，隊伍只能繼續往前趕路，只是不湊巧，雨下了下來。

「駙馬爺，」車簾掀開，康霖的聲音傳了進來。「這雨不小，先入林中避避雨如何？」

唐韞修看了周圍一眼，輕聲道：「可以。」

這裡距離京城並不算遠，只要度過這一夜，之後再走官道，很快就能抵達目的地。

趙瑾攔住想下車的女兒。「外面下雨，不准下去。」

小郡主說道：「娘親，我想玩水。」

趙瑾心裡多少有些觸動，若不是場合不對，她很想給孩子一個完整的童年。

「不准，乖乖在馬車裡待著。」趙瑾狠下心道。

小郡主轉頭看向家裡另一個大人，卻見唐韞修溫聲道：「聽娘親的。」

不死心的小郡主看向唐煜，她的唐煜哥哥雖年幼卻早已會察言觀色，此時戰略性地看起了書。

於是小傢伙只能委委屈屈地撲進趙瑾懷裡撒嬌，奈何娘心似鐵，捏了捏閨女的臉蛋，又摸了摸她的圓腦袋，接著便看自己的話本了。

外面響起淅淅瀝瀝的雨聲，天色漸暗，眾人點起了油燈。

雨水落在地上或樹葉上，讓周遭的環境顯得不太安靜，但並不吵雜。

這裡除了他們一行人，沒有其他人。

忽然間，林間飛鳥驚起，在外守著的侍衛抽出長劍，警戒地盯著周圍看，刀劍亮出的那一瞬間，馬車裡的趙瑾也聽見了動靜，眼睛從話本上移開。

唐韞修動了一下身子，說道：「我下去看看情況，你們在這裡待著。」

趙瑾還沒來得及說句什麼，唐韞修便掀開簾子下去了，馬車前面，是康霖和喬陽守著。

唐韞修頂著雨幕下車，往四周環視一圈，隨後冷靜地走到馬車側面，掀開簾子道：「殿下，等一下無論發生何事，都不要下馬車。」

趙瑾愣住了，雖然明白唐韞修的意思，卻不曉得原因。

便宜大哥到底在京城給她挖了多大的坑，她還沒到家呢，就有人來要她的命。

趙瑾還是第一次享受這種「待遇」，難怪便宜大哥派人來護送他們回京。事出反常必有妖，三年不見，總不至於連她的小命都被算計吧？

她還沒反應過來，外面便傳來腳步聲。

趙瑾從簾子望了出去，沒瞧見人影，林間忽然有箭射了出來，她趕忙放下簾子，隨後將兩個孩子摟入懷中，低聲道：「別怕。」

在趙瑾他們視線不能及之處，不斷射來弓箭，林子裡忽然出現一群黑衣人，手持武器，二話不說就衝上前來。

馬車外不斷響起慘叫聲，利刃刺入身體後再抽出來的聲音透過雨幕傳入趙瑾與兩個孩子耳中。

刺客當然明白他們的目標正在馬車內，只是馬車四個方向都有人守著，想要得手，不是那麼容易。

趙瑾非常清楚這些刺客是來要自己的命，這越發說明如今回京不是個好選擇，只是聖旨已下，不管京城是什麼龍潭虎穴，她都得回去闖一闖。

雖不太愛與人來往，但趙瑾這個嫡長公主總歸是不愛得罪人，再怎麼樣都不至於有人要置她於死地，可如今既然有人要她的命，就說明她的存在影響了某些人的利益。

此時馬車猛然晃了一下，前頭的馬兒被人砍了一刀，馬兒受了驚，發出長長一聲嘶鳴。

馬兒一受驚便會狂奔，唐韞修立刻跳上車拚命抓住轠繩，試圖控制局面，一時之間，馬兒不斷踢起前蹄。

趙瑾與兩個孩子不禁往後倒去，她反射性地抓住馬車內的東西穩住自己的身形，除了一張固定在車廂內的小桌子，其他物品都散落一地。

此時此刻，唐韞修死死抓住轠繩不放，手掌被勒出一條長長的血痕。

「駙馬爺！」康霖在他身邊擋住了乘機偷襲的刺客。

唐韞修咬牙說道：「快將馬車的套繩砍斷！」

康霖毫不猶豫地揮刀一砍，唐韞修也在同時鬆手，馬兒隨即朝前方狂奔而去，馬車則在一陣晃動後停了下來。

沒了馬，便無法迅速離開現場，眼下更要緊的事是解決刺客。

聖上派來的公公大聲喊道：「快保護公主殿下！」

趙瑾這個公主成了矜貴無比的存在，連她都搞不清楚，她究竟是哪裡值得大夥兒如此大動干戈。

便宜大哥派來的護衛隊有點料，刺客雖然不少，可他們卻不見慌亂，加上趙瑾自己的侍衛也不是吃白飯的，刺殺行動結束後，他們這方並沒有什麼傷亡。

趙瑾那輛馬車的馬兒跑了，唐韞修從車隊後方又牽來一匹，換了套繩拴上之後，隊伍立刻開始趕路。

此地不宜久留。誰都不知道還有沒有下一波刺客。

前來傳遞聖旨並負責將趙瑾護送回京的公公嘴巴十分嚴實，無論趙瑾怎麼旁敲側擊，他始終沒透露半分，只說道：「殿下返京後便可知曉，何必從奴才這裡打聽呢？」

趙瑾沈默了。有的人能在御前伺候，不是沒道理的。

馬車內，趙瑾小心翼翼地為唐韞修的雙手上藥，看著上頭長長的血痕，她心疼極了。

平日她自己都捨不得讓這「如花似玉」的駙馬幹點重活，結果刺客一來，他一雙好看的手竟成了這般模樣。

小郡主直接被嚇哭，半晌後又窩在旁邊為唐韞修呼呼，還用上平常父母哄她的伎倆。

「呼呼，爹爹就不疼了……」

唐韞修笑了聲道：「嗯，不疼了。」

即便不到三日就能抵達京城，趙瑾等人仍結結實實地在接下來的時間內又遭遇了兩次刺殺。

她真的很好奇，便宜大哥到底在京城給她招了多少個仇敵？聖上能這樣坑妹嗎？

直到踏入京城的地界，趙瑾才稍微放鬆了些，然而她心裡那根弦仍緊繃著。

若是沒有便宜大哥派來的護衛隊，她這趟返京只怕凶多吉少，就算貴為公主，照樣會被砍得沒了小命。

趙瑾在這兩、三日內充分意識到握有兵權究竟有多重要，不過她也曉得，不管是公主還是王爺，私自養兵皆是重罪，她膽子再大，也不會搞這種小動作。

三年未回公主府，陳管家倒是將這裡打理得井井有條，趙瑾踏進去時，除了冷清些，基本上與她離開前一模一樣。

不過這裡對小郡主來說就陌生許多了，趙瑾決定南下時，她還沒開始記事，京城種種完全沒留在她的記憶裡，紫韻便牽著她認識起了公主府——她出生並長到差不多一歲半的地方。

趙瑾直到此刻才意識到，自己似乎回到受到重重保護的安全範圍內，只是現在到底還安全不安全，她就不知道了。

沒等趙瑾坐下來喝一口水，聖上的口諭便到了。

「宣華爍公主與其駙馬即刻入宮面聖——」

趙瑾無語。行，她倒是要看看，究竟是什麼事能急成這樣。

唐韞修與趙瑾兩人換了一身衣裳，便風塵僕僕地入宮面聖了。

趙瑾上了馬車，在路上掀起簾子往外看，瞧見一處規模不小的寺廟時，她愣了一下。

「京城什麼時候有這麼間寺廟了？」

唐韞修聞言湊過來看了一眼。「從前確實沒有這寺廟。」

看著牌匾上寫的「迦和寺」三個字，趙瑾陷入沈思。

馬車晃悠悠地抵達宮門，趙瑾在唐韞修的攙扶下下了馬車，一下馬車，便遠遠瞧見前方有道披著袈裟的身影。

「李公公，那是何人？皇兄如今信佛了？」趙瑾問道。

說起這件事，李公公淡淡地笑著說道：「那是西域前來的高僧，如今頗得聖上看重。」

「看重」兩個字讓趙瑾下意識蹙眉。

「殿下三年未歸，太后娘娘思念極了您，不如先去仁壽宮拜見太后娘娘？」李公公道。

趙瑾愣了一下，但她很快就想到，便宜大哥正在覲見方才瞧見的那個僧人，而且不便讓她在場。

這不太對勁。想當初，聖上與朝臣談及朝政時，她這個公主都能在場，如今只是跟一個和尚談話，卻要將她支開？

然而趙瑾卻沒多說什麼，只道：「本宮確實掛念母后，就先去拜見她老人家吧。」

太后現在大部分時間都在仁壽宮裡坐著，身體確實不好。去年冬日太師病逝，太后傷心過度，大病了一場，後來就聽聞便宜大哥為了哄她開心，提拔了一位太后母族的年輕才俊。

看見趙瑾時，太后很開心，只是聊了幾句之後，她的老毛病又犯了，問趙瑾與唐韞修為何還沒懷上第二個孩子，說家中要有男兒才有希望。

她瞧著是有些糊塗了，趙瑾隨口說了兩句搪塞過去，之後太后有些睏倦，被劉嬤嬤扶進去睡了。

趙瑾與唐韞修去覲見聖上時，與剛從裡面出來的僧人撞了個正著，對方面相看起來甚是慈悲，只是身上傳來一股頗重的檀香，趙瑾不禁蹙眉。

對方微微彎腰點頭，算是給趙瑾行了個禮，隨即抬腳離去。

這禮，看起來像是敷衍。

對趙瑾這個嫡長公主而言，這輩子她還是第一次看到這樣態度傲慢的僧人。

踏入殿內後，室內瀰漫著的濃烈檀香立刻將趙瑾給包圍了，她微微挑眉，覺得這香當中混雜著一股淡淡的藥味。

她沒來得及細想，人已經到了御前。

「臣妹參見皇兄。」

「臣參見聖上。」

第七十五章　儲君難立

趙瑾無論如何都想不到，不過是三年不見，她的便宜大哥竟然蒼老成這般模樣了——不僅鬢間花白，頭上也添了不少白髮，臉上紋路頗深。

她心中一驚，又低下頭去。

「若不是朕派人去請，你們是打算這輩子都在臨岳城過不成？」趙臻未讓人平身，反而開口質問。

趙瑾愣了一下，隨即熟練地狡辯道：「皇兄說笑了，臣妹與駙馬自小長於京城，怎麼會不回來呢？」

聖上沒回應她這一句，想來也清楚她胡謅的功力。

雖然聖上不提叫他們回來的原因，然而趙瑾可得弄明白。「不知皇兄此番召臣妹回來，所為何事？」她是真的很想知道，有什麼事能讓她平白無故遭遇數次刺殺？

趙瑾相信便宜大哥能聽懂她話裡的意思，不過趙臻抽空瞥了她與唐韞修一眼後，只道：「平身吧。」

華爍公主早就嫌腿痠了，一下子就站直了身子。

趙臻的聲音緩緩地響起。「朕讓妳回來自然有朕的用意，妳倒是很有意見啊。」

趙瑾想過聖上會隨便拿個藉口糊弄過去，卻沒想到他竟然連藉口都懶得給，這話就一個意思：不該問的別問。

華爍公主又沈默了。她當然不是眼瞎或耳聾，就算僅僅回京半日，她也聽聞了一些事——聖上與臣子之間的關係現在鬧得很僵。

原因無他，當初所有人都以為小皇子年滿三歲後聖上便會立儲，屆時他們再盡心盡力輔助，讓他早日成大器即可。

然而趙詡已經四歲，聖上卻還是沒有任何動作。小皇子已經去了上書房，也挑選太傅聞世遠的孫子當伴讀，可儲君依舊未立，哪怕臣子多次提起，他也繼續拖延。

聖上再過幾年就六十歲，真的不年輕了，早立太子才有利於社稷安定。

趙瑾知道自己再問下去便是僭越。朝堂上的事她本來就不會多管，但這滿室的檀香，總能過問兩句。

「臣妹方才看見一位穿著袈裟的僧人，不知是……」趙瑾這話問得並不算委婉。

趙臻倒是沒多大的反應。「那是西域來的高僧，方才妳看見的，是釋空大師。」

其實趙瑾是故意這麼說的，這兩股香味不全然相同，那位僧人身上的檀香沒這麼濃烈，同時也不帶有藥味。

「是釋空大師所研製。朕這兩年睡得不太好，太醫院跟妳之前調製的熏香用處不大了，恰逢釋空入京進貢熏香，朕用了覺得頭腦清明不少，也不頭疼了。」趙臻知道瞞不了趙瑾這個妹妹，也沒想瞞著，此事京城皆知，只要去打聽一下就曉得。

趙瑾覺得不對勁。聖上早年就落下了病根，就算是華佗在世，也難讓他回到巔峰時期，怎麼可能光憑聞香就讓身體情況好轉？

所謂聞著就能讓人頭腦清醒的東西，裡面有些什麼成分，趙瑾心裡有數，正是因為了解，她才知道這裡面有多少坑。

「皇兄用這檀香，可曾讓太醫檢查過？」

「怎麼，怕有人給朕下毒啊？」趙臻將目光從奏摺上移開，審視著趙瑾。「妳倒是關心朕的身體，可這一走就是三年，連母后也不見妳牽掛。」

聖上這番話並不算是道德綁架或情緒勒索，就算不提太后對於這個女兒忽然離開自己身邊三年有什麼想法，趙瑾也確實稱不上孝順。

她的初衷是逃離京城的風波，可最後仍不得不回來。

趙瑾乖乖認錯道：「臣妹知錯。」

華爍公主是否真的知錯，很難說，不過她下一刻便又盯上了殿中的熏香。「臣妹對這檀香頗為好奇，不知能否向皇兄討要些？」

此話一出，殿內的氛圍又發生了變化，趙臻的眸光變得幽深了些。「朕費了好些工夫將你們一家接回來，這幾日老老實實在公主府待著，別想著出去瞎逛。」

趙瑾又不是傻子，哪裡不明白聖上這是在轉移話題。「臣妹遵命。」

至於唐韞修，他被聖上留下來單獨說話。

趙瑾在皇宮裡逛了一下。好些時候沒回來，這裡的一草一木倒是沒變多少，變的大概是宮中來來去去的人以及她的心境。

走著走著，腳邊忽然滾過來一只蹴鞠，跟在趙瑾身邊的公公反射性地往周圍看，揚聲問道：「何人在此踢蹴鞠？」

半晌後，一道小小的身影從某道紅牆後面探了出來，有些怯生生地看了他們一眼。

僅這一眼，趙瑾身邊站著的宮人全跪了下去，異口同聲道——

「奴才見過小皇子殿下。」

「奴婢見過小皇子殿下。」

趙詡今年四歲，宮中只有他一位皇子，未來想必也難再出第二個，於是宮人依舊喚他為小皇子殿下。儘管聖上仍未立儲，但所有人都已將他視為太子，他們深信在不久的將來，便能改口稱呼他「太子殿下」。

同樣是四歲，年長趙詡幾個月的趙圓圓顯然比趙詡敦實許多，趙瑾這姪子看起來實在是過於瘦弱，與她印象中那個娃娃判若兩人，他的唇色甚至泛著不太健康的白。

至於長相，趙詡的五官倒是與聖上有股說不出的相似。

趙瑾看著趙詡，兩人四目相對，趙詡的目光裡滿是陌生的打量，當然，也有好奇。

只見趙詡從牆後走了出來，一步步邁到趙瑾面前，問道：「妳是何人，哪個宮中的娘娘嗎？」

不能怪他誤會，皇宮裡的女人，能像趙瑾這般打扮得華麗的，多半是他父皇的妃嬪。

不等趙瑾開口說明，她身邊的公公便道：「小皇子殿下，這是華爍公主，是陛下的親妹妹，也就是您的姑姑。」

「姑姑」這個概念對年僅四歲的小皇子來說並不陌生，他有好幾個姑姑，但眼前這個姑姑卻是第一次見到。

「本皇子怎麼從來沒見過您？」趙詡盯著趙瑾的眼睛道。

「小皇子殿下有所不知，公主殿下三年前南下，您那時候還小，自然不記得。」

趙詡小朋友的臉上浮現出疑惑，似乎在認真思考自己到底有沒有見過眼前的「姑姑」。

「你身邊的宮人呢？」趙瑾開口問道。

不管是不是皇宮裡唯一的皇子，他身邊都不該沒人跟著。

趙瑾這麼一問，身邊的公公也反應過來了，小皇子身邊怎麼沒人跟著？

此時小皇子臉上浮現了一抹心虛，顯然，他是自己偷偷跑出來的。

不用他自己坦白，趙瑾也看出來了，她向旁邊的人使了個眼色，對方便往坤寧宮的方向走去。

無論如何，小皇子出走，起碼得讓皇后知曉，至於那些負責照顧小皇子的人會不會因此受罰，便不是趙瑾需要關心的了。

「詡兒，怎麼自己一個人玩蹴鞠？」趙瑾蹲下來輕聲問道。

趙詡的語氣聽起來很低落。「母后不許。」

這個年紀的孩子正是好動，趙詡身為未來儲君，重心確實該放在讀書上，只是按照趙瑾所知，每位皇子自幼便需要學武，不求身手了得，起碼得有一定的自保能力。

別看便宜大哥如今弱不禁風，趙瑾小的時候，時常看見他在練武場持刀弄棒，也就是這樣勤於鍛鍊，他直到四、五十歲時還能將宮裡的妃嬪們迷得暈頭轉向的。

「母后說我身體不好，不能隨意跑跳。」小皇子如是道。

趙瑾想了想，不著痕跡地將手搭上小皇子的手腕，偷偷為他把了一下脈，接著她便愣住了。

她想開口說句什麼，可是猛然想起眼前的孩子不過四歲，能懂什麼呢？

「姑姑，」小皇子很快就接納趙瑾的身分，也接受了他們的關係。「您是我姑姑，能陪我踢蹴鞠嗎？父皇和母后不讓我踢，每日還得喝很苦的藥。」

小皇子的表情還算平和，只是話裡已經帶著一種與年紀不相符的麻木。

從小就是藥罐子的小皇子，大概未曾體會過盡情奔跑的滋味，就連蹴鞠，都不得不偷偷跑到皇宮角落裡踢。

「詡兒乖，姑姑帶你去要蜜餞，蜜餞是甜的。」

聽趙瑾說到蜜餞，小皇子又搖了搖頭道：「母后說，成大器者，若連這點苦都忍耐不了，日後必受其亂。」

趙瑾無語。雖然知道皇宮對皇子的教育挺變態的，可沒想到能這麼極致。

四歲的孩子，每日天未亮便起床去上書房，喝藥不能碰蜜餞，玩個蹴鞠得偷偷摸摸，哪裡還有半點皇子的富貴？

尋常孩子說不定都忍受不了，何況是身體不好的趙翊？

關於小姪子的教育狀況，趙瑾覺得自己應該要跟便宜大哥討論一下……算了，討論不起來，一個公主插手皇子的教育，往大了說，會變成政治問題。

想到這裡，趙瑾揚起嘴角笑了聲道：「沒事，姑姑府上有很多糖，下次帶進宮中給你。」

趙瑾的目光落在那蹴鞠上，抬手摸了摸小傢伙的腦袋。「那個就等你長大些了再玩好不好？」

小皇子到底是便宜大哥的親生骨肉，他一點都不蠢笨，且情緒穩定，整體說來是個潛力股，未嘗不是為君之材。只是，性格與學識尚且能培養，但這身體……趙瑾也覺得無力。

趙瑾牽著小皇子的手，一路將人送回了坤寧宮，果不其然，皇后已經在那裡等著了。

「見過皇嫂。」趙瑾規矩地向許久不見的皇后行了禮。

她身旁的小朋友說起話來仍是奶聲奶氣，禮卻行得再端正不過。「兒臣參見母后。」

皇后蘇想容走了過來，對趙瑾展露了笑顏。「瑾兒終於回來了，多虧有妳，否則本宮還不知這孩子不在殿中了。」

聽到這句話之後，小皇子像是意識到自己做錯事般，默默低下頭去。

趙瑾搖頭道：「皇嫂，翊兒只是出去散散心，不是什麼大事。」

她說得這樣輕描淡寫，心裡卻清楚得很，皇后將這個孩子當成了眼珠子，容不得有半分閃失。

哪怕趙翊如今不過四歲，但他無形之中必定承受了許多壓力。

生在皇家，哪有真正自由的？

趙瑾的眼尾餘光瞥見桌上有幾幅畫像壓在書下，似乎是女子的容貌與注解，那些畫像上的姑娘一看就還小，皇后必定不是在為聖上選妃，那麼便只能是……她低頭看了她的小姪子一眼。糟糕，這熟悉的感覺。

說來也合理，小皇子年幼，日後若光憑丞相一派的勢力扶持，未免有外戚干政的風險，早早為小皇子定下娃娃親，起碼未來皇子妃的母族定會盡心盡力輔助他，也會與丞相一派形成平衡的局面。

「瑾兒，妳今日來得倒是正好。」蘇想容滿腦子都是心事，吩咐宮人牽走小皇子之後，隨即上前挽住趙瑾的臂彎道：「妳的眼光向來不錯，給皇嫂提點意見如何？」

趙瑾還沒反應過來，便聽見蘇想容說：「本宮這幾日在為詡兒挑選側妃人選，妳給本宮掌掌眼。」

「側妃？」趙瑾愣了一下。她以為選的是正妃人選。

蘇想容道：「瑾兒，妳也知道詡兒還小，為了往後著想，本宮需要找些能幫襯他的女子，只是正妃人選不能只看家世，性格、學識都很重要，還要能與他心意相通才行。現在與詡兒相配的姑娘，本宮看中的都是比他大些的，做側妃即可，免得他長大有了心儀的姑娘，埋怨本宮早早讓人占了正妃之位。」

趙瑾沈默了片刻。怎麼說呢，此事的微妙之處，在於她明明不贊成定娃娃親這種做法，卻仍佩服皇后的用心良苦。在為了兒子的將來打算時，還考慮到他的心情。

皇后這麼早就開始挑選小皇子的女人，確實有她的理由。她需要有人輔助自己的孩子坐穩那個位置，她的娘家是重要沒錯，但她不能讓自己的兒子被母族拿捏住。

只是娃娃親變數實在太大，即便只是選側妃，時機仍舊過早，既然是皇子，婚事上便更應當慎重。

「皇嫂，您的用意臣妹明白，只是詡兒如今年紀還小，那些姑娘們也是，遇事一急便容易失察，不如多觀望一下，別太著急；眼下皇嫂……不如將重心放在詡兒的身體上。」

趙瑾適時轉移話題，而這正好點醒了皇后。

蘇想容像是抓住了救命稻草般握住趙瑾的手道：「瑾兒，妳皇兄說妳醫術了得，能不能治好本宮的詡兒？」

方才為趙詡把脈之後，趙瑾便明白，為何儲君之位遲遲不立。

她緩緩搖了搖頭道：「皇嫂，這世間並無根治心疾之法。」

趙瑾也沒想到她的小姪子竟有心臟病，就算是在醫學發達的現在，心臟病也很棘手，就算是換心成功，術後照護也是不容小覷的問題，何況是這個時代。

一般人對心臟病的刻板印象，便是皮膚與黏膜會「發紺」，尤其是嘴唇、手指或腳趾呈現紫黑色。然而先天性心臟病卻大致可分為「非發紺性」與「發紺性」兩大類，也就是說不一定能從外表發現孩子有心臟病。

「發紺性」的就先不提了，「非發紺性」先天心臟病，嬰兒的外表正常，但出生後可能會有呼吸急促、心跳較快等現象，以心室中隔缺損、心房中隔缺損、開放性動脈導管等最為常見。

這裡沒有先進的儀器與技術，沒人能提早為趙詡檢查出他的問題，也不可能動手術處理，就算是趙瑾，也無能為力。

蘇想容的雙眼瞬間就紅了。「瑾兒，妳都能剖腹產子了，詡兒就是被妳從本宮腹中抱出來的啊，妳為何救不了他?!」

患有心疾者，尤其是如此年幼的，通常活不過三十歲，按照太醫診斷出來的結果，小皇子應當只能活到二十歲左右。就算趙詡順利登基了，也沒辦法坐在那個位置上幾年，這便是儲君一直無法立下的原因。

皇后身邊的靜嬤嬤早就將門給合上了，皇后此時的慌亂，無第四人知曉。

「皇嫂，」趙瑾心頭一梗。「太醫的診斷未必全然正確，心疾也不一定短壽，說不定詡兒吉人天相……」

說起來，皇后確實苦。若是這輩子注定沒孩子便罷，偏偏老天眷顧她，讓她誕下這後宮中唯一的皇子；可老天卻又如此殘忍，竟要早早收走她兒的性命。

從坤寧宮出去時，趙瑾的腳步還是虛浮的。

同樣身為人母，她自然能理解皇后到底有多絕望，但她除了說些安慰的話以外，實在不能打包票說自己救得了這個小姪子。

坤寧宮外，聖上身邊的一位公公正在等著趙瑾，他道：「殿下，聖上召您。」

趙瑾沈默了。才剛從那裡出來，現在又要回去了？

不曾遇見趙詡之前，趙瑾還沒什麼想法，然而在坤寧宮這麼一坐，她便覺得不祥的預感越發重了……

——未完，待續，請看文創風1266《廢柴么女勞碌命》4

為流浪貓狗加油 和貓寶貝 狗寶貝 廝守終生(一定要終生喔！)的幸福機會

對人來說，貓寶貝狗寶貝只是生活的一部分，但妳（你）對牠們來說，卻是生活的全部，領養前請一定要考慮清楚——

▲ 憨厚可親的吃貨——麥麥

性　　別：男生
品　　種：米克斯
年　　紀：7～8歲
個　　性：溫和親人
健康狀況：已結紮，已施打預防針，
腸胃狀況略不好，若天氣太熱容易拉稀
目前住所：台北市（原中途的工作室）

本期資料來源：瑞芳收容所志工隊

『麥麥』的故事：

麥麥是一隻非常親人的狗狗，微胖、愛吃且不挑食，進食時遇到陌生人或其他動物接近會低吼警告，但建立信任關係後就沒有護食的情況了。

獲得麥麥完全的信任後，牠的脾氣變得非常好也很愛撒嬌，常會伸出牠的「小雞腿」（因右前腳掌缺失）討摸摸，而且笑口常開很討喜。平常的生活就是吃飯、睡覺、出門散步，活動量不大，家裡沒有人在的時候也會自己乖乖睡覺，不吵不鬧。

儘管麥麥右前腳掌缺失，但不影響走路，甚至用三隻腳不僅跳得好也跑得很快，外出散步更不會暴衝，但畢竟只有三隻腳可以承重，加上身形胖，跳著跑著很容易累，約三十分鐘就會趴下來休息喝水，接著再繼續快樂地探索世界。

生活簡單的家庭很適合性情樂天又照顧省心的麥麥加入，既不必揮別原本的步調，又能享受人狗共處的天倫之樂！Aura小姐誠摯歡迎您透過Line ID：aurabooya，為彼此搭起有愛無礙的幸福橋梁。

認養資格：

1. 認養人須年滿20歲，每天必須帶麥麥散步至少1次。
2. 須同意簽認養寵物切結書。
3. 須同意送養人日後之追蹤探訪，對待麥麥不離不棄。

來信請說明：

a. 個人基本資料：姓名、性別、年齡、家庭狀況、職業與經濟來源等。
b. 想認養麥麥的理由。
c. 過去養寵物的經驗，及簡介一下您的飼養環境。
d. 若未來有結婚、懷孕、出國或搬家等計劃，將如何安置麥麥？

2024年4月出版

吃貨動口不動手

文創風 1250～1251

她還小，只能靠賣萌嘴甜來攬客，
不過……開始賣自家月餅前，
她能不能先來一碗隔壁攤的豆腐腦？

背有家人靠，躺好是王道／覓棠

投胎前說好是千金小姐，投胎後卻成了清貧戶的小閨女，
姜娉娉深感被騙了，幸好仍擁有在現代的記憶，便決定藉此改善家計。
不過一切還輪不到她這個只會吃奶的小娃娃，爹娘已考慮好一切，
親爹的木匠手藝了得，不用將收入全數上繳後，生活自然好了起來。
等到二哥能聽懂並翻譯她的呀呀之語，她又獲得了狗頭軍師的助力，
在大人們做事時撒嬌指揮，為家中的事業發展，指出更多可能性。
而多虧家人對她的突發奇想能包容且肯嘗試，因此家裡的經濟越來越好，
她也樂得當一條鹹魚被寵愛，發揮小孩子想一齣是一齣、賣萌的天性。
然而太過安逸，災難就會悄悄來臨，誰想到她會傻得被拐子帶走呢？
想到爹娘她開始害怕，沒哭出來全因為旁邊的孩子們哭得更大聲，
唯獨一個叫做顧月初的男孩異常冷靜，讓她也平靜下來思索現況。
若是就這樣乖乖被帶出城，恐怕她爹和官差是追不上他們的，
但他們這群小不點，該怎麼樣才能從惡徒手中逃脫呢？

2024年3月出版

醫路福星

文創風 1244～1245

林菀沒想到剛穿越過來，就要為自己的人生大事做決定，
秀才李硯好心救了落水的她，卻被逼著要為她負責，
唉，這不是為難人家嗎？而且就算不結婚，她也有信心能在這裡站穩腳跟，
因為她發現，這裡有許多名貴中藥野長在山上，乏人問津，
這裡的村民太不識貨了，這些可都是《本草綱目》裡的神藥啊！

君心如我心，莫負相思意／夏雨梧桐

林菀覺得一頭霧水，她明明在醫院值完夜班累得半死，回家倒頭就睡，
怎麼一睜開眼，就到了這奇怪的地方？難道自己也趕時髦穿越了？
可她無法從原身的身上，搜尋到和這個世界有關的任何訊息，
不行，她得先搞清楚這是哪裡、她是誰，才能應付接下來的難關。
透過原身的幼弟，她得知這是大周，他們住的地方叫林家村，
父親被徵召戰死，母親不久也死了，姊弟三人由懂醫術的祖父撫養長大，
祖父死前安排好了大姊的婚事，如今家中僅剩十六歲的她和幼弟，
而原身採藥時意外跌入河中死了，然後她穿來，被路過的同村秀才所救，
恩人李硯將她一路抱回家，還好心地花錢從鎮上找了大夫來醫治她，
可問題來了，男女授受不親，這一抱瞬間流言四起，難道她要以身相許嗎？

2024年3月出版

千金好本事

文創風 1241～1243

沒有白吃的瓜，當然也沒有白占的便宜。
想欺負人，總不能什麼代價都不付，
她敲鑼搞事剛好而已，戲要熱鬧才好看嘛！

鑼聲一響，好戲開場／青杏

說到濛北縣的雨神祭慶典，蟬聯七屆的雨神娘娘沈晞可是大人物，
能踩穩三丈高的木樁，甩袖跳起豐收舞，誰不誇她一句好本事啊！
這全得感謝去世的師父，偷偷收了穿越的她為徒，調教成武功高手，
她才能藉著武藝自創舞步登場表演，賺賺銀子照顧疼愛她的養父母。
慶典結束隔日，她偷閒去河邊釣魚，竟撈了個美人……不，是美男上岸。
她一時善心大發，帶全身濕透的他回家換衣裳，卻遇歹人襲擊，
看似弱不禁風的美男立時替她解圍，好身手又讓她驚豔了一把，
原來他是大梁顏值最高的紈袴王爺趙懷淵，因離京遊玩而意外落水，
為報答她的救命之恩，他乾脆幫到底，孰料審問歹人時挖出天大的八卦——
她的身世不簡單，並非普通的鄉野村姑，居然是侍郎府的正牌千金 ?!

2024年3月出版

文創風 1238~1240

大力仵作青雲妻

專業不分男女，看看什麼叫真正的仵作！
不論是現代還是古代，屍體都會透露死者生前的遭遇，
就算缺乏專用器具，她也會善用知識與技巧，揭開一切謎底……

推理懸案創作達人／一筆生歌

穿越成鄉下屠戶的繼女，封上上以為這下不缺肉嗑了，
誰知人家對待她的方式卻是又要馬兒好、又要馬兒不吃草，
非但逼她餓著肚子上工，還叫她這姑娘家去殺豬，
搞得封上上年近二十歲，仍舊是乏人問津的單身狗。
幸虧她前世是擁有專業素養的法醫，還會推理案情，
幫著剛來就任的知縣大人應青雲解決疑案之後，
就這麼在衙門當起了仵作，向過去被奴役的生活說掰掰。
只不過呢，這應青雲不僅年輕有為，更是俊到沒人性、沒天理，
讓封上上認真工作之餘，不小心被迷得七葷八素，
決定追隨他到天涯海角，當個忠心的迷妹……

文創風 1265

廢柴么女勞碌命 3

國家圖書館出版品預行編目資料

廢柴么女勞碌命 / 雁中亭著. --
初版. -- 臺北市 : 狗屋出版社有限公司, 2024.06
冊 ; 公分. --(文創風 ; 1263-1267)
ISBN 978-986-509-528-4(第3冊 : 平裝). --

857.7　　　　113006130

著作者	雁中亭
編輯	連宓均
校對	沈毓萍
發行所	狗屋出版社有限公司
地址	台北市104中山區龍江路71巷15號1樓
電話	02-2776-5889～0
發行字號	局版台業字845號
法律顧問	蕭雄淋律師
總經銷	知遠文化事業有限公司
電話	02-2664-8800
初版	2024年6月
國際書碼	ISBN-13　978-986-509-528-4

本著作物由北京晉江原創網絡科技有限公司授權出版

定價290元

狗屋劃撥帳號：19001626

網址：love.doghouse.com.tw　E-mail：love@doghouse.com.tw